恋爱吧，江小姐

下

乌云冉冉 著

江苏凤凰文艺出版社
JIANGSU PHOENIX LITERATURE AND ART PUBLISHING, LTD

图书在版编目（CIP）数据

恋爱吧，江小姐：全 2 册 / 乌云冉冉著 . — 南京：
江苏凤凰文艺出版社，2019.7
ISBN 978-7-5594-3827-0

Ⅰ . ①恋… Ⅱ . ①乌… Ⅲ . ①长篇小说 – 中国 – 当代
Ⅳ . ① I247.5

中国版本图书馆 CIP 数据核字 (2019) 第 114999 号

恋爱吧，江小姐

乌云冉冉 著

选题策划　北京记忆坊文化
出 版 人　张在健
特约策划　暖　暖
特约编辑　单诗杰 莫桃桃
营销编辑　杨　迎
责任编辑　白　涵 刘洲原
封面绘图　伊　塔
封面设计　80 零 · 小贾
版式设计　天　缈
出版发行　江苏凤凰文艺出版社
　　　　　南京市中央路 165 号，邮编：210009
网　　址　http://www.jswenyi.com
印　　刷　三河市国新印装有限公司
开　　本　880 毫米 ×1230 毫米 1/32
字　　数　409 千字
印　　张　14
版　　次　2019 年 7 月第 1 版　2019 年 7 月第 1 次印刷
书　　号　ISBN 978-7-5594-3827-0
定　　价　58.00 元（全二册）

目录 Contents

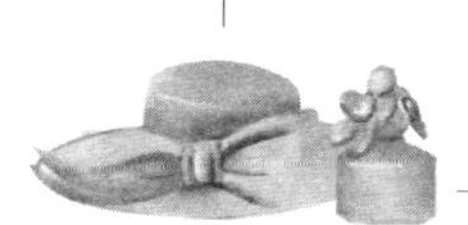

第六章 十面埋伏

会议时间定在了5月的第二个周三，所有的合伙人和经理都从各地赶回来参加会议。

公司里由江美希对接负责的人只有Amy和叶栩。算一算她已经参加过五届“小黑会”，竟然没有哪一次像这次一样，对自己分管的两个人的情况，她都很难表态。

这天江美希早早到了会议室，其他经理也陆陆续续赶到。有人说起自己手下某位员工的表现，似乎很不满意。听到这话的另一位经理抬头看到江美希在，于是半开玩笑地说：“这种时候，那位Selina估计会比较遗憾自己的对接负责人不是Maggie了。”

江美希只是笑笑，什么也没说。

几乎所有人都觉得江美希是对待工作严谨认真，对待下属也要求极高的人。但是只有少数人知道，她其实也是会护短的，平时再严苛，到了决定员工职场命运的关键时刻，还是会作为老板给予支持和庇护。

比如对Amy，就Amy的能力和态度，如果她的对接人不是江美希，或许前两年就不能正常升级了。但是因为江美希的缘故，哪怕她能力平平，甚至态度也不够端正，但每年的考核也能勉强拿到3分。

其实在今天之前，她都没有好好想过这事到底公平不公平，或者想到了，但是也宁愿睁一只眼闭一只眼，千方百计地在心里为下属找借口。但当她动了给叶栩打3分的念头时，她才恍然发现，将这样两个人摆在一起，这种能力和责任心的对比竟然这么讽刺。

人陆陆续续到齐，会议很快开始。

各个员工的对接负责人先发言，其他合作过的经理进行补充，再由对接负责人给出建议分数，如果大家没什么异议就顺利通过，如果遇到分歧很大的情况，最后还要投票决定。

这个流程众人都熟悉，所以分数出得也很快，前面几个经理讲完，都没有出现需要投票的情况。

在江美希之前发言的人是陆时禹，他是穆笛的对接负责人，最后给穆笛打的分数是3分，意料之中。

很快轮到江美希。她先评价了Amy这一年的工作，给出了一个分数，众人虽然意外，但都没有异议。然后是叶栩，这一次有人意见不同，而且分歧比较大，最后只好投票表决。或许是叶栩平日里的表现真的无可挑剔，最后平均下来的分数经四舍五入后依旧是5分。

这一个下午，公司经理级别以下的员工是否在下半年可以获得升职加薪，甚至加薪多少，都已经确定了下来。

会议结束，众人离开，空荡荡的办公室里还剩下最后发言的江美希在收拾东西，陆时禹临走前笑着看她："可以啊！"

江美希没搞明白他这话里的意思，但是她也懒得去多想，拿起笔记本起身往外走："操心别人之前还是多看看自己吧。"

陆时禹乐呵呵地跟着他："我自己怎么了？"

"整天这么闲，可想而知工作多么不饱满。"

"天地良心啊！我忙得四十八个小时睡不上觉的时候，你都当看不见吗？"

江美希笑着回头看他一眼："是吗？如果不想让人误以为你很闲的话，别人的事，你还是少操心吧。"

陆时禹知道她指的是她和季阳的事情。

"你是'别人'吗？"陆时禹厚着脸皮说，"你是自己人啊！所以我再忙也得抽时间关心你！哎，我正想问问你，你到底是什么想法？”

“没什么想法。”江美希斩钉截铁地说。

“别说气话啊，美希！你们俩的情况，别人不知道，我可是知道的，年轻不懂事的时候谁不是分分合合的？年纪大了，见的人和事多了，才知道谁是真的好，真的适合自己，也知道过去做的事多荒诞离谱。你看，这都过去多少年了，他对你的感情还是没变，你对他要是没感情，干吗一直单着？”

江美希脚步迟疑，她虽然不喜欢对别人剖析自己的内心，但还是觉得有些话要早点说清楚的好，也省得再遇到那天那种尴尬的情形。

她深吸一口气停下脚步，对陆时禹说：“他对我的感情怎么样，我不清楚。不过我猜想几年都没联系的人，就算是骨肉至亲之间的感情可能也淡了吧。至于我自己，单不单身跟任何人无关。麻烦你下次不要总是做出这么了解我的样子，会让人误会的。”

江美希一开口，陆时禹就知道她没好话，但他早就习惯了，依旧笑呵呵地说：“好好好，女人心，海底针，我哪敢那么了解你啊！但是我刚才说的话，你也好好琢磨一下。”

江美希笑：“你刚才有句话我还是很认可的——见的人和事多了，才知道过去做过的事情多么荒诞离谱。”

陆时禹满意地点头，正想再补充几句，就听江美希话锋一转说：“不过也不见得就能知道谁是真的好，真的适合自己，却可以确定谁是真的不适合自己。他和我，就不合适。”

“哎，不是……我说……”陆时禹还想再替季阳说几句好话，但江美希已经走远。

他看着她的背影唉声叹气，看来他那位老同学的求和之路还很艰辛啊。

虽说“小黑会”上的情况应该对其他员工保密的，但是毫无例外，每年都会有一些消息流传出来。

快下班时，江美希就发现Amy在工位上摔摔打打，对其他同事的态度也很不友好，看着就是心情很不好的样子。

江美希若有所思地看着窗外。突然间Amy注意到了她的视线，非但没有收敛，那不满的态度反而更明显了。

江美希叹气，以前Linda就断言她这么护着Amy，Amy也不会领她的情。如今想想，或许在Amy看来，她过去两年能顺利升级全凭她自己，与她这个老板毫无关系，但是今天她给她2分，就是对她不公，是在故意为难她。

其实这几年来，江美希早就发现Amy思想比较狭隘，站位也不高。她没少在一旁提点她，明的暗的说了不知道多少，但她似乎一点都没有听进去。

而看Amy今天这一番作态，或许是还期望着她能给她点解释，但是她已经不打算再和她多说一句了，因为说什么都毫无用处了，毕竟她曾给过她太多次机会。

她看着心烦，正要起身去拉百叶窗，余光却感知到另一道目光似乎正落在她身上。

她随着那感觉看过去，就见叶栩看着她，脸上虽然没什么表情，但那眼神中满是嘲讽。

他又是怎么了？

江美希只觉得额角的青筋不住地跳动着，她烦躁地揉了揉太阳穴，快速拉起了百叶窗。

因为下午开会耽误了时间，江美希加了一会儿班才下班。忙季一过，公司内加班的人也少了，所以她离开办公室时，外面的格子间里已经没什么人了。

她刚走出办公室，包里的手机就响了。她拿出来看了眼来电，是个陌生号码。

她犹豫了一下接起来，一个熟悉的声音从听筒里传了出来："下班了吗？"虽然已经时隔多年，但她还是一下子就辨别出了这声音的主人。

她含糊地"嗯"了一声，然后公事公办地问："有事吗？"

季阳仿佛没听出来她言语中的距离感，笑着说："我今天正好来你们公司办点事，看到你的车了，知道你还没走，就打电话碰碰运气。”

她的车上次他只远远看了一眼就记住了？

江美希脚下迟疑片刻，其实在那天见面之后，她就猜测季阳会再度联系她，搞得那之后的几天，她还有点忐忑，谁知他迟迟没有动静。眼下已经过去半个多月了，她都快忘了这件事，却又接到他的电话。

她还是那句话：“有事吗？”

“一起吃个饭吧。”

此时江美希已经走到了电梯间，远远看到有个人也在等电梯。虽然那人是背对着她，虽然电梯间的光线不太好，但她还是一眼认出，那人是叶栩。

她不知不觉就压低了声音说：“不好意思，今晚我有事。”

季阳似乎不信：“真的？”

“嗯。”

叶栩已经听到声音转过头来，但也只看了一眼，就像看到一个不认识的人一样，很快又收回了视线。

江美希对着电话说：“我进电梯了，改日再约。”

说着便挂断了电话，但心里还是有点犯愁。万一一会儿她下了楼，季阳还没走怎么办？

电梯还停留在十二层，半天不动。

江美希瞥了眼身边的男人，突然想到什么，犹豫了一下问：“回家？”

叶栩只是淡淡扫她一眼，依旧什么也没说。

看来是之前的话说得太绝了……

如果是平时，她给他递一次梯子，他不接，她绝不会递第二次，但是想到季阳还真有可能在地下车库等她，她只好硬着头皮又说：“正好我也回家，让你搭个顺风车。”

见叶栩不说话，她顿了顿又补充道：“你入职也有半年多了，这段时间本来该找你聊聊的，但是太忙了，今晚……一起吃个饭吧。”

刚刚拒绝了他，此时却还想着利用他一下，江美希都要鄙视自己了，但是不得不承认，比起季阳，她宁愿见到叶栩。

男人终于有了反应，却是嘲讽一笑。

此时江美希见状也有点不高兴了，难道他表白前就没想到她会拒绝？所以她拒绝了他就是她错了？

她不高兴，索性直接问出来："你笑什么？"

"笑我自己。"

江美希不解。

叶栩又说："虽然你之前说了很多狠话，但我一直认为你这人口是心非，说出来的话不好听，但至少公私分明。不过现在想想也挺可笑的，当初因为怕被我影响到升职就想方设法不让我进公司的人，怎么会公私分明？"

难道他不是因为之前她拒绝他的事在和她生气？

"你等等，你什么意思？给我说清楚，我怎么就公私不分了？"

叶栩幽幽看她一眼："我听说在'小黑会'上，有个没良心的给了我3分。"

江美希已经被气笑了："谁说这人就是我了？"

她承认，在今天开会之前，她确实动过那种念头，但是想到Amy过往的工作她都能给个3分，平心而论，叶栩比Amy年轻好几岁，却比她优秀太多了。

在芯薪的IPO项目中，他作为第一次参加项目的小朋友，在现场负责人离开的几天里，成了大家的主心骨，那种能力和表现出来的责任感，她是看在眼里的。

让她给这样两个能力和态度大相径庭的两个人打一样的分数，对他们俩来说都是不公平的。也正是叶栩的出现，让她开始反思过去几年对Amy的纵容和袒护有多么愚蠢。肆意践踏标准的管理者，如何让跟着她的众人信服呢？

所以她毅然决然给了Amy不合格的2分，给了叶栩5分，而且向诸位合伙人建议，让叶栩跳过SA2（staff assistant 2），直接晋升senior，以后就可以直接作为项目现场负责人开展工作了。如果没有意外的话，这个决定会在不久后公布的员工晋升名单中提到。但是在会上有个和叶栩合作过一次的经理不知道怎么回事，非要给他个3分，这才是后来投票的原因。

不过这些她都不能告诉他，显得太过刻意，好像她企图用这种方式弥补他一样。

而叶栩也是铁了心地认为那个打3分的人非江美希莫属："你不是扬言要用点非常手段赶我走吗？再说这也不是第一次了，有什么不好承认的？"

江美希被气得够呛："是谁跟你说了这些？"

"你真以为会上发生的事情能密不透风吗？再说我实在想不出，还有谁能这么没有良心。"

江美希刚想为自己辩解几句，但是想到过往，她确实前科累累。她这二十几年来几乎没做过什么亏心事，但所有的亏心事好像都是对他做的。

先是稀里糊涂地睡了他，又因为这事不想让他进公司，虽然结果还是让他进来了，可她又三天两头想着法地找他麻烦……

想到这些，江美希也不想辩解了。

她说："随便你怎么想吧，我做什么不需要向你解释。"

此时电梯总算到了，江美希率先走了进去，叶栩跟在她身后。

或许是她的态度也让他的怀疑开始松动，电梯门缓缓合上，他看了她一眼："真的不是你？"

这次换江美希不说话了。

叶栩问："你真的那么希望我离开公司吗？"

不知道为什么，听到这句话时，江美希的心像被什么人狠狠抓了一下。

她强迫自己把视线落在电梯壁的某一处："我没有……"

这句是真心话，可本该接着出现的一些场面话，她却怎么也说不出口了。

他沉默看她片刻，转身在亮起的"1F"上按了两下，电梯直接下到B1。

江美希意外地看他一眼，他笑了笑说："不是说要吃饭吗？"

“嗯，地方你定。”

话一出口，江美希才意识到自己是如释重负的，不知道是单纯因为叶栩的妥协，还是因为有他在，她不再担心遇到季阳。总之，她发现自己心情好了不少。

说话间，电梯门“叮”的一声打开，叶栩率先走了出去。

她的车位离电梯间不算远，她正低头在包里翻找车钥匙，走在前面的叶栩突然停下脚步，她一时没注意到，差点撞上去。

“怎么……”她话没说完，就看到一个西装笔挺的英俊男人从一辆黑色捷豹上下来。而那辆捷豹旁边就是她的车。

季阳见到他们两个人一起出现，明显也很意外，但那意外的神情也只是一瞬即逝。

很快，他换上一副从容的笑容：“晚上有工作？”

那意思就是她既然带着下属出去，就是公事了。

江美希不打算跟他解释太多，还是问：“找我有事？”

季阳笑着走向她：“没什么特别的事，就想着既然来了，怎么也得看看你再走。”

这话说得暧昧，如果是以前还在一起的时候，或者是刚分手那会儿，她听了都会觉得开心吧。但是此时，当着叶栩的面，她觉得有点尴尬。

叶栩似乎也注意到了她不太自在，直接从她手里抽走车钥匙，一言不发地朝她的车走去，开锁，坐进了驾驶位。

叶栩的离开的确给江美希和季阳留出了空间，但是这过于熟稔的态度是怎么回事？当着其他人的面，他一点没有下级的样子，倒像是她的什么人似的。

但那人好像浑然不觉有什么不对，上了车，发动车子，然后降下车窗点了支烟。

江美希从不远处收回视线，发现季阳也正回过头来。她突然有点不好意思，但所幸季阳没说什么。

“有空的话，一起吃个饭吧。”

江美希直截了当地说：“今天有约了。”

季阳微微挑眉，但面上依旧带着笑：“本来临时赶过来也没指望就能约到你，还好来日方长。”

这话让江美希不由得多看了他一眼，她正要说什么，余光瞥见不远处自己的车子缓缓驶出了停车位。

再看向面前的男人，江美希只是说：“如果没别的事的话，我先走了。”

说着，也不等季阳再开口，便朝着停在过道上的车走去。

“美希！”是季阳在叫她。

她不明所以地回头看，他还是那副从容自在的笑容：“这次回来见到你，我真的挺高兴的。”

江美希没想到他会突然说这样的话，想了想，还是把可能伤人的话咽了回去。但让她像对待客户或者是不太熟悉的人那样，出于礼貌地违心说上一句“我也是”，她也做不到。

于是她只是笑了笑，便转身走向自己的车。

其实在过去这几年里，江美希不止一次想过，如果她和季阳重逢会是什么样。如今想来，那时候会去设想这些事，应该还是期待重逢的，可是真到了这一天，她发现自己并不觉得开心，反而有点困扰。

其实，当初她和季阳分手，除了她自己不愿痛快撒手外，他们之间既没有第三者，也没有欺骗和隐瞒，算是和平分手。如果不是她苦苦哀求搞得过程不那么体面的话，他们现在或许已经可以坐在一起喝一杯了。但是只要一想到自己当年的“不体面”，她就不愿意见到这个唯一见过她不体面的人。

而且她也搞不懂他——当年他既然那么冷酷决绝，现在又何必回来假装深情。

女人或许就是这样，深陷一段感情中时，对方的好，那一定是其他人都没有的，哪怕对方有什么地方不够好，她也一定为他找到一个不得已的苦衷。可是江美希已经跳出来了，回头再看时，只觉得索然无味。

身边传来一声似有若无的冷笑，紧接着她眼前突然一黑，身边人已经俯身过来。

江美希反应过来时，心里一惊，但是已经来不及了。好在叶栩只是帮她系好安全带就又坐直了身子。

江美希被他这举动一吓，早就收回了思绪，没好气地瞪他："说一声不就行了吗？"

叶栩不为所动："我说了，你听见了吗？"

"那就多说两遍！刚才那样让别人看到怎么想？"

毕竟狗血电视剧上都是这么演的——男人给女人系个安全带或者在车上找个什么东西时刚好被车外人看到，然后因为角度原因，被解读为接吻等暧昧举动。

她可不想公司很快又出现关于她和他的关系的传闻的第十九个版本。

叶栩没理会她，打着方向盘让车子在前方的弯道掉了个头，再一次驶过季阳面前时，他不自觉地勾了下嘴角。

"我说话你听到了没有？"

"知道了。"叶栩不耐烦地应着，但看上去心情好像还不错。

季阳制造的那个小插曲很快被江美希抛在了脑后。她瞥了眼身边专注开车的男人，想着今天要处理的正事。

"一会儿你想吃什么？"

叶栩瞥她一眼没有回答。沉默了许久后，他才问："咱俩以后的关系，你想好了？"

江美希愣了愣，原来那件事情他还没有死心。他这么冥顽不灵，她该生气该不耐烦的，但是此刻的她却有点于心不忍。

她看向窗外，几不可闻地"嗯"了一声："所以以后不要再提了。"

他似乎笑了，回答得也很痛快："好。"

让她没有想到的是，她的心竟然被这个"好"字刺痛了。她不知道自己是怎么了，但她很不喜欢这样的自己。

从公司出来，一路畅通。江美希看着窗外，脑中搜索着家附近可以吃饭的地方，却发现车子开始减速，缓缓朝路边靠去。

这地方离他们住的那个小区已经不远，步行十几分钟就能到了，可是江美希没来过这里，也不记得这附近有什么能吃饭的地方。她朝车外看去，路边只有一家孤零零的饭店。看着规模不小，但是从敞亮的玻璃窗看进去，宽敞的大厅里几乎摆满了桌子，而且人来人往、座无虚席。

车子已经停好，她抬头看了眼硕大的霓虹招牌，“特色烧烤”四个字登时映入眼帘。

难怪她没有印象，这种地方就算她路过千百回也不会走进去的。

她微微皱眉：“在这儿吃？”

“你不喜欢？”叶栩回头看她。

江美希犹豫了一下：“也不是，就是……”

其实对吃什么她一向不挑，但是她对吃饭环境的要求还是挺高的。在安静干净的地方，哪怕吃碗泡面，她都没意见，但如果是在这种人声嘈杂、对面人说句话都听不清的地方，吃什么她都提不起兴趣来。

“那就好。”还没等她把话说完，叶栩已经推开车门下了车。

她见状只好也下了车，跟着他走进了店内。

所幸不用再花时间等位。在服务生的带领下，他们来到角落里的一个位置坐下。

叶栩把服务生递上来的菜单递给江美希。江美希直接摆手，示意他来就好。

他也不推托，轻车熟路地点起菜来。

江美希趁他点菜的工夫环视四周。

其实走进来才发现，这里跟一般的烧烤店不一样，这家店还算干净，而且从别人桌上的菜色也能看出来，虽然是烤串，但又不是传统烤串，应该是被改良过的，不失精致讲究，难怪说是特色烧烤了。可就是人太多了，给她一种乱糟糟的感觉。幸好他们坐的这个地方比较偏僻安静，不至于说起话来对面人都听不见。

再回过头时，服务员已经离开，叶栩正低头替她倒茶。

江美希想着该说正事了，琢磨着开场的措辞，有点不太自在地说：“其实，我早就想为之前的事情向你道歉了。”

叶栩握着茶壶的手突然顿了顿，他垂着眼问：“你指哪次？”

江美希尴尬地轻咳一声，确实太多次了。

她想了想，谨慎地围绕着工作的事情说："一开始不想让你进公司，后来对你也比较严苛。"

叶栩放下茶壶，无所谓地问："是吗？你对我比对其他人严苛吗？"

这话倒是让江美希有点意外，在全公司都传言她要搞死他的时候，他怎么可能无知无觉？

她不由得回头想了想，发现自己还真没有因为工作的事情为难过他。但并非因为她不愿意，相反她的确出于私心对他的要求比对别人高，而且一直等着挑他的错，只是他的能力比公司里的大多数人都要强很多，也就没给她挑错的机会。

想到这些，江美希在心里叹气，但面上依旧无波无澜地说："比对Amy稍微严苛一点。"

叶栩懒懒靠在椅背上笑着看她："那这事你就不用感到抱歉了，你不是对我严苛，而是对她纵容。"

好吧，这么说好像也没错。

没一会儿，服务生端上来了两个标有"1L"字样的铝罐，并且在叶栩示意下打开了其中一罐。

江美希看着服务生利落的开瓶动作问叶栩："这是什么？"

叶栩像看白痴一样看她一眼："啤酒。"

"我知道是啤酒，可谁说要喝酒了？"

他诧异地挑眉看她："哪有吃烧烤不喝酒的？"

说着，他已经拿过她面前的玻璃杯替她倒满。

江美希正想说她不能喝酒，对面的叶栩已经端起他自己那杯朝她举了举："我记得有人说要向我道歉的，既然要道歉，总得有个道歉的样子吧？"

江美希看着杯子中的酒盘算着，喝一杯她还受得了，但如果这一杯就能让对面那小狼崽子一笑泯恩仇，那还是值得的。于是，她无所谓地笑了笑，端起自己面前的酒杯，和他的酒杯碰了碰。

天气已经转热，尤其是此时这饭馆里人声鼎沸，温度比户外还要高不少。江美希从刚才坐下后就觉得有点热，此时冰凉的啤酒顺着喉间流下的感觉竟然是意想不到的舒服。

她脑子里甚至不合时宜地冒出一个念头：难怪那么多人爱喝酒。但即便如此，她也只喝了两口，可是一抬头就看到叶栩正笑盈盈地把干干净净的杯底亮给她看。

这是什么意思？不喝完还不行？

算了，她还是尽量满足他吧。于是她又端起酒杯，把剩下的半杯喝了个干净。

她的这一举动似乎让叶栩情绪好了点，正好他们点的菜被陆续端上来，叶栩挑了两串火候刚好的羊肉放到她的面前："吃吧。"

见他这态度，好像已经接受了她的道歉，这么想着，她的心情也好了起来，再吃起羊肉，也觉得味道不错。

江美希连吃了两串，才发现对面的男人一直看着她吃，自己并不动筷子。

她有点不解："你怎么不吃？"

叶栩却是又拿起酒瓶，替她倒了一杯酒："除了面试那事，你还有别的事情要向我道歉吗？"

江美希愣了愣，原来还没完……

"别的？"

"好好想想。"

不知道为什么，这句"好好想想"立刻让江美希想起了在南京出差时，她把他从楼梯上摔下去的那一幕……

叶栩端起自己的酒杯："看来是想起来了。"

江美希心里暗叫不妙，这要一桩桩一件件清算下去，她把桌上这两升全喝光也不够啊。可是南京那次，她对他的确有那么点小愧疚无奈，于是也没推辞，再一次举起酒杯："那次我确实有错，还好后来你伤得不严重。"

"嗯，多亏你手下留情，我保住了一条命。"

嘶……那次她又不是故意的！而且造成那次"事故"的人又不只

是她一个！

想到这些，江美希试图替自己辩解两句，可话还没出口，就见叶栩又替她倒上了第三杯。

前两杯过后，她的脑子已经有点昏沉，但是她觉得，该说的话她还是得说清楚，省得有人总拿着那件事说个没完。

“那次害你受伤，我是有错，但都是我的错吗？你喝成那样想过后果吗？你这么大个子，一百多斤，让我怎么把你抬回去？”

话说到这里，叶栩刚刚还算柔和的表情又冷了下去：“你的意思是我自己想喝那么多的？”

江美希怔了怔，她立刻又想到第二天她在王明办公室外听到的那些话：“我知道你不是，但是……”

“那就好，你既然知道我不是为了自己，那就应该已经知道了，我是为了谁。”

说话时，他目光灼灼地看着她，这让她有点不敢与他对视。

就听叶栩继续说：“我为了你和他们喝成那样，你却趁着我喝醉害我差点摔成重伤，然后又试图给我换上长袖衣服掩盖罪行……最可恶的是……”说到这里他冷冷一笑说，“你还趁着给我换衣服的空当对我上下其手。”

他话说到一半时，江美希就听不下去了，一边抬手试图制止他继续说下去，一边也不用他再劝，端起面前的酒杯毫不含糊地把杯中酒一饮而尽。

“可以了吗？”她擦了擦嘴看着他，“满意了吗？如果满意了，以后就不要再提这件事了。”

唉，她一时脑子发热摸了他一下，还被他看到，这几乎可以列为她此生十大窘事之一了。

已经是第三杯酒了，她面前的影像开始扭曲起来。她烦躁地闭了闭眼，知道是酒精开始发挥作用了，也知道自己又喝多了。

她单手支撑着额头，斜着眼睛看他，等着他回答她。

她是无力抬头，眼神涣散，可是在其他人看来，这微微迟缓的动作语气，这斜乜着人的神情，都是一种魅惑，一种致命的勾引。

叶栩嘴角弯了弯："其他事都好说，但是那次我确实摔得不轻，谁知道有没有什么后遗症。"

这是赖上她了？

江美希有点不高兴，口齿不清地说："能有什么后遗症？带你去做个全身检查总行了吧？"

"全身检查？"

见叶栩似乎对这个提议比较感兴趣，江美希继续说："对，你看什么时候方便，检查一下也就放心了，这事就过去了。"

"好啊。"他笑了笑，"越快越好。"

江美希没想到他答应得这么痛快，虽然总觉得哪里似乎不对劲，但是此时的她也想不了太多，只想趁着自己醉倒前，把能说的话都说清楚。

"一般情况下，是不方便告诉你'小黑会'上的事情的，但是你也听到一些消息，我就直说了，不是你想的那样。"

这一次让江美希意外的是，叶栩听到这话，既没有惊喜也没有怀疑，只是淡淡回了句"我知道"。

江美希有点不解地望着面前的男人，刚才在电梯间里，他明明还不信她的。叶栩像是看穿了她的想法，笑着说："在这种事情上，如果真是你做的，你不会不承认。"

江美希大大松了口气，口齿不清地说："不光是在这种事情上，所有的事情都是这样，如果是我做的，我不会不承认。"

叶栩却不置可否地笑了笑："是吗？"

江美希已经有点意识不清："当然，你还有什么想要确认的都可以问我。"

叶栩端起茶杯喝了口茶："他今天为什么找你？"

"谁？"

他放下茶杯，看着她不说话。

江美希皱眉想了好半天才恍然："你说季阳？"

见叶栩似乎是默认了，她坦然说："我也不知道。"

"他还喜欢你？"

江美希又想了想，最后只是摇了摇头。

应该是不喜欢了吧。毕竟当年他那么决绝地要分手，而且又多年没联系了，怎么看也不像是还对她有感情，可是陆时禹说他还记着她。

“摇头是什么意思？”

江美希完全没注意到叶栩的声音已经变冷，回答说：“就是我不知道。”

“不知道？还是你觉得他对你还有感情，所以你动摇了？”

江美希皱眉：“我什么时候动摇了？”

“你没动摇怎么会让他在公司楼下等你，他还知道你的车停在哪儿。”

其实江美希也不明白季阳现在究竟什么想法，但是她对自己的想法很清楚，所以听到叶栩这自以为是的话，她也很不高兴。

她撑着桌子站起身来：“我喝得有点多了，早点回去吧。”

叶栩坐着没动，只是抬头看她：“你生气了？”

是的，她生气了！

江美希用眼神回答他。

原本两人还一站一坐，有点僵持不下的样子，叶栩突然拿起茶壶替她倒茶：“先坐下来喝点茶醒醒酒，我们再回去。”

江美希见他态度转变，也只好重新坐下。

叶栩说：“其实我就是想站在朋友的角度帮你分析，免得你当局者迷。”

“朋友”这个词明显让江美希有点欣慰，看来那几杯酒没白喝。

她心情好转，也觉得口干舌燥，有气无力地伸手去摸桌上的茶杯，险些被烫到。最后还是叶栩把他自己那杯放凉了的送到她手里。

此时的她完全没意识到有什么不对，接过茶杯喝了两口，顿时觉得舒服不少。

就听对面的男人又问：“他当时有什么迫不得已要离开你的原因吗？”

江美希放下茶杯，不由得想到当年。

跟小说里写的一点都不一样，他没爱上别人，也没得治不好的绝症，更没什么父母恩怨之类的狗血桥段……他就说他突然迷失了，找不到生活的方向了，然后在江美希甚至没搞清楚这话里的意思时，就提出分手，而且态度很坚决。

想到这些，江美希笑了笑，什么也没说。

叶栩沉默了片刻问："你当时痛苦吧？"

江美希依旧没说话，但叶栩早就知道了答案。

"那他呢，也觉得痛苦吗？"

江美希皱眉想了想，他痛苦吗？或许是吧。他说"你别这样"时，好像也是痛苦的。可是有多痛呢？如果真的那么痛苦，又不是不能继续在一起，为什么不愿意和好？那大约就是不那么痛吧。

但她不愿意就这么承认。

她烦躁地抹了抹额头："能不能说点别的？"

叶栩仿佛没听见，继续说道："所以说，当初你们分手只有你痛苦？"

江美希已经不想再听下去了，她晃晃悠悠地起身："服务员呢？买单！"

四周有人看向他们这一桌，但似乎也没人觉得有什么不妥，人间百态，有时候糊涂也是一种不错的状态。

叶栩并不关心周遭的陌生人怎么想，他看着她，一字一句地说："但是江美希，一个男人哪怕对你还有一点感情，都不会让你一个人承受痛苦。"

服务生见到有"醉汉"闹事，飞快地打了单子小跑过来。

江美希仿佛没有听到叶栩的那番话，烦躁地翻出钱包，随便抽了几张百元钞票塞给服务员，二话不说拎起包包往外走。

她醉得不轻，而这饭店里面弯弯绕绕，处处都是人和桌椅，她几乎是走两步就会撞到什么。

在她第二次撞痛自己时，手臂突然一紧——叶栩不知道什么时候出现在了她身侧，拉着她往店外走去。

刚出了烧烤店，江美希还没反应过来，就又被人塞进了车里。

如果之前坐在里面脑子还算清醒的话，此时被这么一折腾，她就彻底晕了。后来车子是什么时候发动的，他们又是什么时候回了家，她都不记得了。

迷迷糊糊间，脸上传来温热濡湿的感觉，她仔细感受了一下，原来是有人在替她擦脸。

温热的湿毛巾仔仔细细在她脸上擦了好一会儿才被拿开，这个过程中，她始终没有睁眼，安安静静地任人摆布。

虽然潜意识里知道自己醉了，但是不知道为什么，她没有像以前那样觉得心慌，反而无比安心。

脸上的残妆被擦掉，她心满意足地翻了个身，滚到床的里侧，舒舒服服继续睡起来。

身后传来一阵低笑声，然后是渐渐远去的脚步声，再然后是隐约的流水声。

江美希并没有睡得太踏实，半梦半醒间，眼前还是睡前的景象——全世界都在扭曲晃动着，时而真切，时而模糊，这让她一度分不清，自己究竟是在梦中，还是醒着的。

江美希再次睁开眼时，那水声已经停了。伴随着一阵潮气，有人走进了房间。

她努力睁开眼看了看，映入眼帘的竟然是一个浑身赤裸的男人。他背对着她，一手拿着毛巾在头发上随意擦拭着，另一只手漫不经心地翻着手机。

他旁若无人地站在那儿。暖黄灯光下的他，宽厚的肩、窄实的腰以及一双修长有力的腿，几乎一览无余。随着他擦拭头发的动作，时不时有几滴水顺着他匀称紧实的肌肉缓缓滑下。

江美希突然觉得自己有点渴了，可一张嘴，却发现声音竟然无比嘶哑，勉强哼哼唧唧弄出点动静，那人终于听到了。

他转过身来。而当他身上原本若隐若现的某一处就要和她打上招呼时，也不知道怎么了，她本能地翻了个身，让自己背对着他。

身后的他似乎笑了一声，但并没有朝她走来，而是走出了房间。

江美希闭着眼，回想着刚才看到的那一幕，怀疑自己还在梦中。

因为自从半年前那一天起，她时不时会梦到他，每次的画面都无比暧昧，但是没有哪次像这次一样，这么赤裸直白。

又不知道过了多久，在江美希昏昏沉沉即将失去意识的时候，那脚步声也再度响起。

是他回到了房间，这次他干脆地关了灯，直接爬上了床。

房间再度陷入黑暗，江美希很快睡了过去。直到半夜，她被渴醒了，想动一动，却发现腰上搭着条手臂，一转身，又一头撞进一个坚实的胸膛中。

被撞的人不满地闷哼一声。

江美希头还痛着，又是半夜醒来，意识很不清醒，就含糊地说了句："我渴。"

身边人"嗯"了一声，片刻的静默后，江美希突然感到唇上一湿，竟然是那人不管不顾地吻了上来。

江美希的酒已经醒了一半，只觉得这样不对劲，软绵绵地试图推开那人。但那人似乎也是意识不清的状态，完全不理会她的意思，在她身上四处点火。

江美希早已意乱情迷，但无论是在梦里还是在现实中，她都觉得不该再这么放任自己和他，于是在他吻到她的锁骨时，她还不忘气若游丝地表明自己的态度："我不要。"

那人听到了，终于停下了动作。

他双手撑在她身侧，低头看着她，一双黑漆漆的眼在夜色中分外明亮。

他看了她片刻，似乎在犹豫，可就当江美希以为他想放弃的时候，他却突然在她下面摸了一下……黑暗中，她好像看到他笑了。

她还来不及羞愧，就又是一个足以让她窒息的吻。

酒精的作用，加上尚未散退的睡意，最终挤走了她脑中最后一点清明，让她不由自主地随着心底最原始的欲望而去……

第二天醒来时，已经快到中午了。当江美希看到熟悉的家居摆设、熟悉的房间时，她已经不像前两次那么不淡定了。

但是一想到自己这段时间做的所有努力应该是白费了，她就又忍不住悔不当初。

信誓旦旦地拒绝了对方，结果又滚到了一起，她都开始鄙视自己了！

听到声响，身边的人也醒了，眯着眼看向她，态度如常地问了句：“醒了？”

昨晚和之前两次喝多后的情况不同，她昨晚并不是完全醉了，所以对有些事情，她还是有印象的，尤其是后半夜那次……所以，她完全可以想象得到薄被下的他是什么样。

江美希“嗯”了一声，背对着他坐起身。

叶栩似乎也不在意：“怎么不多睡一会儿？”

这话怎么可以说得这么自然？难道他们不该为昨晚发生的事情反省一下吗？

江美希还没想好怎么跟他说，干脆把他支开：“我渴了。”

身后人没有说话，片刻后是一阵窸窸窣窣起床穿衣服的声音，然后她听到他走出了房门。

房间里只剩下她一人，她飞快地从床下找到自己的衣服换上。

刚穿戴整齐时，叶栩已经回来了。

他看到她明显愣了一下，但也只是笑了笑：“动作够快的。”

说着把手上那杯水递到她手里，然后趁她还没反应过来，他握起她的下巴迫得她仰起头，便吻了下来。

这个吻来得又急又猛又带着一种理所应当的霸道。

在江美希快要窒息前，他终于松开她，往外走：“去洗漱吧，然后吃早饭。”

“叶栩，”她气息不匀地叫住他，“我们谈谈吧。”

叶栩回头看着她，神色不明，但最终还是说了声“好”。

其实江美希也不知道从何谈起，她对此时此刻的自己也很失望，一边做着心理建设要离他远点，实际行动却一直与她的目标背道而驰。

她看着面前的男人，突然觉得很无力。

“之前你问我对你有没有感觉，我承认，有感觉，很有感觉。”

这话一出，她明显感觉对面男人看着她的目光都分外柔和。

“我知道。”他说。

所以他故意让她半醉半醒，抛开所有的束缚，明明白白看清自己内心的渴望吗?

“可是……也仅此而已。”她说。

他看着她，神情从刚才的柔和渐渐变得疏离冷淡，片刻后，他用没什么温度的口吻问她：“什么叫‘仅此而已’？”

江美希低头看着手中的水杯：“你也知道，如果我们在一起要面对什么。”

叶栩刚要说话，江美希却抬起眼来，用目光制止住他。

她继续说：“先不说公司同事，我的家人，你的家人，就是我自己，我也承受不了那种压力。”

“我不会让你承受太多。”叶栩的嗓音有点干哑。

江美希笑了：“是吗？这事你说了算吗？”

见她这样，他似乎有点着急，不由得上前一步：“江美希……”

她依旧只是笑着看他：“如果真的割舍不掉，如果你愿意，就这样也挺好，但是除此之外，我什么都给不了你。”

短短的一瞬间，叶栩的表情从错愕变成不可置信，最后只剩下一抹自嘲的笑：“你的意思是，我们可以继续上床，但是我们其实什么都不算？”

江美希都觉得自己够渣，不管她过去表现得多么排斥他，但是不得不承认，她享受跟他在一起的感觉，工作、生活，甚至是床上的。可是她也清楚，她和他之间的鸿沟不止一条，她没有勇气去面对更多的狂风骤雨，也没有勇气再一次让自己伤得体无完肤。而且她对感情，尤其是婚姻，已经不抱有什么希望了，她能做的就是管好自己的心，不要付出太多真心。

“你要这么说也可以。”她说，“如果不愿意，我们就是普通的上下级关系。”

说到最后一句话时，江美希转过身去，假装做出一副整理衣服的样子，实际上是没勇气看着他说出最后一句。

身后久久没有回应，就当江美希要回头时，他终于有了反应，却是朝房间外走去。

她默默地叹了口气。这样也好，这样他就真的死心了吧？这正是她最初所期待的，可是说不上为什么，她心里就是堵得慌。

她从床上翻出自己的手机，包不在卧室，应该在外面。她正想着一会儿出去怎么告别，就见他端着两份早餐出来，路过卧室时看到她还站着，他面无表情地说了句："去洗漱，出来吃饭。"

江美希怔了怔，有点摸不清叶栩此时的态度。但她还是依言走到卫生间。

盥洗台上放着牙杯和牙刷，牙杯是白色的，整个卫生间只有一个，应该是他自己用的，牙刷是她上次用过的粉色的，原来他一直留着。此时牙杯里已经盛满了温水，而牙刷上也挤好了牙膏。

有那么一瞬间，对什么事情都不露声色的江美希突然觉得眼睛发酸。

她盯着那个牙刷看了许久，直到那种酸涩的感觉过去之后，她才拿起牙刷开始刷牙。

从卫生间里出来时，叶栩已经吃完了，回头看到她说："怎么这么慢？"

她从桌上抽了张面巾纸，把刚才洗完脸没有完全擦干净的水珠又擦了擦，也没回答什么，开始低头吃饭。

他看她一眼说："今天去买点东西。"

江美希不明所以地抬头看他："买什么？"

他已经移开视线："你偶尔在这儿住，没有你用的东西。"

江美希已经不知道该怎么形容自己现在的心情了。意外吗？有一点。期待吗？显然也有。但更多的是酸涩……

她说："好。"

正在这时，她放在桌上的手机突然响了，她抽了张纸巾擦了擦嘴，拿过手机一看，屏幕上显示着的是个陌生号码。

职业使然，江美希对数字很敏感，虽然这个号码只看过一次，但她还是第一时间就想到了对方是谁。

她犹豫了一下接通电话，电话那边传来一个熟悉的声音："是我。"

季阳的声音在安静的房间中尤为清晰。江美希瞥了眼身边的叶栩，他却仿佛什么都没听到，把桌上的碗筷收去厨房。

江美希暗自松了口气："有事吗？"

"今天有安排吗？"

江美希瞥了厨房方向一眼，含糊不清地"嗯"了一声。

电话那边传来一声长叹，季阳说："我之前都在忙，正好这段时间还好，就想趁着这个周末找个熟人带我逛逛北京，毕竟好多年没回来了，但在这里，我熟悉的就你和时禹，但他又去陪女朋友了。"

陆时禹有女朋友了？这事让江美希有点意外，但是她也没有多想，毕竟正常人都不会总单着。

不过季阳的话也让她有点犹豫，因为她还记得，季阳曾经说过他如何如何不喜欢北京，如果留下来，那只能是为了她。但是今非昔比，她犹豫也只是在犹豫要想个什么委婉的理由再次拒绝他，让他不那么尴尬难堪。

正在这时，叶栩已经从厨房走了出来，状似无意地问了一句："要洗澡吗？"

他说话时正好走到她的身后，那句话的声音也不小，她相信，电话那边的季阳只要听力没问题，就一定听见了。

一段漫长而尴尬的沉默后，季阳说："那你先忙吧，改日再约。"

江美希说了声"好"，挂上了电话。

回头看到叶栩又端着个盘子往厨房走，她说："你故意的。"

他闻言回头挑眉看她："是啊，看样子你还挺遗憾的。"

江美希走上前，拿过他手里的盘子："没有，干得好。"

上一次在他家里吃早饭，因为她落荒而逃，他不但得做饭，还得洗碗。这一次既然他没有让她走，那本着分工协作的态度，她怎么着也该把碗洗了。

而她在厨房里洗碗的时候，他就端着手臂倚在门口看着她。

她一边洗碗一边琢磨着两个人的关系，觉得还是有些话需要提前说清楚。知道他还没有走，她头也不回地说：“我希望我们的关系可以对外保密。”

片刻后，他笑：“当然，又不是什么光彩的事。”

江美希把最后一个碗洗好，放回碗架，回头看着他说：“谢谢。”

他脸上还挂着似有若无的笑意：“不客气，不过我说的对外保密，不包括某些贼心不死的人。”

江美希怔了怔，就听叶栩又说：“有些事情我可以忍，但有些事情……”

“我明白。”她没有等他把话说完，已经明白了他的意思。

不管是出于喜欢她、爱她，还是只是需要她这样的原因，他可以接受和她保持着一段不问前程、见不得光的关系，但不是彼此开放的床伴关系。

江美希说完，从他面前经过走向浴室：“我去洗澡了。”

可进了浴室后发现，他也跟过来了，于是问了句：“你干什么？”

“洗澡。”

“你刚才不是叫我先洗吗？”

叶栩已经脱掉上衣，面不改色地纠正她：“是我正要洗澡，问你要不要一起。”

难得这个周末没什么事，江美希和叶栩在家里腻歪了整整两天。

周一一早，两人一起去公司，到公司附近的一个路口前，叶栩说：“在这儿停一下吧。”

这事两人心照不宣，江美希也没说什么，依言靠边停车。

车子停好，叶栩却不急着下车，人来人往的清晨车道，他趁着她还没反应过来，手臂一伸，揽过她，吻了上去。

须后水的味道混合着牙膏残留下的淡淡薄荷味，这个吻让江美希有一刻的沉醉。但它没有持续太久，在身后鸣笛声再度响起时，他松开她，眼神涣散地看着她，满意地笑了笑：“一会儿见。”

那眼神温柔缱绻，那漂亮漆黑的眼眸中有她小小的脸。

江美希的心跳还有些紊乱，但面上尽量保持着风轻云淡，她错开目光，佯装着看窗外过路的车辆，催促他说：“快走吧，免得一会儿被路过的熟人看到。”

“好。”

看着他的背影渐渐消失在街道旁，江美希这才松了口气，与此同时，不自觉地弯了弯嘴角。

再有一个路口就到了U记，江美希停好车子，正要下车，又想起刚才被某人蹂躏了一下，也不知道自己现在什么样子。于是连忙翻下镜子照了照，这一看，无比庆幸自己够谨慎——此时镜子里的她头发有点凌乱，早上出门前还精致的妆容也有点斑驳，尤其是唇上。

她从包里翻出粉饼和口红，迅速给自己补了个妆，这才满意地下了车。

但很快，她又想起什么，连忙翻出手机发了条信息给某个罪魁祸首：“记得擦擦嘴。”

消息刚发出，她就听身边传来一个熟悉的声音：“给谁发信息这么专注？”

江美希倏地回过头，Linda不知道什么时候已经走到她身边，正斜眼看向她的手机屏幕。

她不动声色地收起手机，无所谓地笑了笑：“组里的小朋友。”

“你啊，有时候管得太细了。有些事情就让他们自己想办法，我们当初不也是这么过来的吗？谁这么手把手地教过？”

江美希不置可否，Linda也就没再说什么。

两人一起走进电梯间，Linda说起正事来：“投阿奇法的事情，北右那边差不多定下来了，上周五下班时通知我们近期准备好尽调报告，我看还有时间，周末就没打扰你。”

江美希有点高兴：“这是好事。”

Linda笑：“一会儿你跟我来下办公室，咱们商量一下后续的工作。”

“好的。”

电梯门打开，两人一前一后走进去，没一会儿再度停在了一楼。此时正是上班高峰期，电梯门刚打开，就陆陆续续进来五六个人。叶栩就是这些人中最后一个进来的。

他个子很高，一眼看到电梯里的江美希，两人目光相触，他面不改色地移开视线，待看到她身边的Linda时，才恭敬地点了下头算是跟上司打了个招呼。

江美希和Linda靠着电梯里侧并排站着。江美希在看到叶栩进来的一刹那就有点紧张，她特意留意了一下他的唇，是比平时红润了一点，倒是更显得唇红齿白、无比招人，但好在看不出唇膏的痕迹。

她稍稍松了口气，看来他是看到她发给他的信息了。

或许是因为有老板在场的缘故，电梯里静悄悄的，甚至有点憋闷的感觉。直到大部分人陆续下了电梯，空间宽敞了一点，江美希才觉得舒服一点。

然而刚才人多时，她没注意，这会儿人少了，一抬眼就对上光可鉴人的电梯门上某人的视线。他依旧是那副沉静无波的表情，但是江美希却仿佛看到了那双黑漆漆的眼眸中的暗涛汹涌。

她连忙错开目光，却又不经意间扫到Linda的表情，她勾着嘴角，像是在笑。

终于，电梯停靠在九楼，叶栩和身后两人打了个招呼，出了电梯。

电梯里就剩下江美希和Linda，Linda也不再掩饰，大大方方笑了起来。

江美希有点紧张：“怎么了？”

“你刚才没看到吗？那小朋友看你的眼神像是能吃人。”

“有吗，我没注意。”

两人一前一后走出电梯，Linda忍着笑问她：“我听说‘小黑会’开完后，他听到点消息，还去质问你，以为给他打3分的那个人是你？”

原来Linda说的是这事，江美希不由得松了口气。

“随便他怎么想吧。”她没什么情绪地说。

Linda同情地拍了拍她的肩膀：“那小朋友从一开始就对你敌意不小，你俩剑拔弩张了大半年，我是他的话也会怀疑你给我穿小鞋。不过，他可太不了解你了。”

江美希无所谓：“我当你这是在夸奖我公正了。”

Linda却不置可否：“你啊，‘峣峣易缺’这词你听过吗？”

江美希怔了怔，不明白Linda为什么会这么说，但再看向Linda，她已经换了话题。

“这次尽调我本来还是想让Amy走一趟的，但是Amy最近状态不好，我担心和用户那边有什么不愉快，其他人我也不放心，还是你去一趟吧，可能还会遇到北右派去的其他人，正好借机多接触一下。”

阿奇法如今已经是江美希的客户，但北右还是由Linda对接，所以这件事情Linda这么上心也很正常。

江美希问：“北右那边会去什么人？”

“可能是投资部的杜总吧。”

“我以为只会派个副总或者主管去的，如果是杜总的话，你去是不是更合适点？”

Linda却笑了：“你去我去有什么区别？对方来的人级别高，这更是个好机会，你好好准备下。”

江美希闻言也没再推托：“好吧，有具体的时间要求吗？”

“周三之前就过去吧。”

“好的。”

“哦，对了，你和北右那边之前有接触吗？”

江美希不知道Linda怎么突然这么问，但还是认真想了下：“没有，这次是咱们U记和他们的第一次合作。”

Linda若有所思地点了点头。

后来，两人又简单商量了后续的工作安排，江美希才离开。

Linda望着她离开的背影，不禁皱了皱眉。

这次让江美希去，其实并不是因为Amy状态不好，也不是她不愿意去，而是北右那边的项目负责人专门点名要求江美希周三前过去。

如果江美希和北右没有关系，那对方又是为什么特意要她去呢？

回到办公室，江美希立刻让林佳帮她订了第二天到上海的机票。这一走又是两三天，公司里还有不少事情要处理。除此之外，还要翻阅之前的年审底稿和财报，尽可能地多了解点阿奇法的情况，以免到了那里浪费时间。

而之前阿奇法的年审就是Amy带着叶栩等人做的，江美希打算先把几人的底稿看完，有问题再当面问问他们。

她从早忙到晚，等稍微放松下来的时候才注意到已经下班了。

她抬头看了眼窗外，叶栩还没走。她差点忘了跟他说她明天出差的事，刚拿起手机，她又想了想，还是决定当面说一声，正好拿起放在桌角的文件走向门外。

她原本想先去找叶栩，可她刚出了办公室，就见石婷婷扭扭捏捏地走到叶栩跟前，不知道跟他在说什么。

说话时，小姑娘脸色红扑扑的，看着叶栩的目光也是躲躲闪闪的。叶栩倒是和平时没什么两样，对小姑娘这些外泄的情绪视若无睹。

江美希没太当回事，又朝Amy走去。

Amy正准备下班，见江美希来问阿奇法的事情，重新打开电脑，翻出当时的底稿。

江美希有点意外，看来过了个周末，Amy已经冷静下来了。就是不知道她今后有什么打算，不过江美希猜测她多半是会离开U记的。

江美希想了解的情况，Amy也不是全部清楚，有些工作是叶栩做的，还得问问叶栩。

这时候石婷婷总算是离开了，江美希正要朝叶栩走过去，她的手机突然响了，是Linda。

她接起电话，Linda已经离开公司，但还有些事情嘱咐江美希明天要留意。

江美希一边听着电话，一边找了旁边一个没人的空位坐下，随手拿起桌上的纸笔，把Linda的嘱咐一一记下。

这期间，陆时禹见石婷婷一离开，就凑到了叶栩身边，看着石婷婷离开的背影，还颇为遗憾地拍了拍叶栩的肩膀：

“这小姑娘多好，工作认真，性格温柔，长得也不错啊，对你还一往情深。你真没什么想法？”

忙季一过，下了班办公室里就没什么人了。陆时禹说这话时，就半倚半坐在叶栩面前的办公桌上，自以为声音压得很低，也就没注意到他斜后方的隔板后还有一个人。

叶栩缓缓靠在椅背上看着陆时禹，明知故问：“什么想法？”

陆时禹笑：“我记得组里年会那次，你俩不是挺好的吗？”

这一次，叶栩破天荒地有点不自在：“你看错了。”

“怎么会呢？我看你俩没少聊啊！”

“嗯，所以都聊清楚了。”

陆时禹愣了愣：“什么意思？你把人家姑娘给拒了？”

叶栩不置可否。

陆时禹一脸惋惜，但转瞬又笑起来：“我看她刚才那样应该是还没死心，你要不再好好考虑考虑？真的比那谁强多了！”

叶栩一脸真诚地问：“那谁？”

陆时禹不耐烦：“就那个……”

他斟酌着措辞，似乎也知道不好点名道姓说江美希坏话，于是想了想说：“黑无常！”

叶栩若有所思地“哦”了一声，依旧态度不明。

陆时禹见他这次没有一口回绝，以为他对石婷婷的确有不同寻常的感觉，于是以一副过来人的姿态再接再厉地游说道：“小兄弟，你就是见的女孩子太少了才会这么瞎的。以我的经验呢，这女人年纪越大越难相处！你也看到了，那脾气……啧啧……哪怕她长得跟天仙一样，配上那阎王爷的脾气，黑无常的打扮，谁见了能心情好啊！反观婷婷……”

“好的，我都记下来了……放心……”

一个熟悉的声音突然从身后传来，打断了陆时禹的话，而且听音量，说话的人还离自己很近。

陆时禹猛然回头，就看到他斜后方的桌前江美希正一边看着他一边讲电话。

说了几句，她挂上电话，笑盈盈地站起身来。

凭他对她的了解，他当然知道这个笑容意味着什么！

“你什么时候过来的？”他问。

“你来之前。”她答。

那岂不是他说的那些话她都听到了？虽然他说的那些都是心里话，但他的目的是想讨好她啊！这下好了，见女朋友家长的道路越发难走了！

“不是……那个……美希你听我说！”陆时禹急中生智想着怎么解释，支支吾吾了片刻突然福至心灵，“我说的那个黑无常是Daniel之前暗恋的女生，跟你一点关系都没有，不信你问他！”

说着他回头朝叶栩挤眉弄眼起来，叶栩却低下了头，假装没看见。这也就罢了，但他那一脸要笑不笑的欠揍表情是怎么回事？

陆时禹见叶栩是指望不上了，还想再和江美希解释几句，可江美希却比他先开口：“听说你有女朋友了？”

陆时禹心里一惊，但不知道江美希知道多少，也就不好回应什么。

江美希继续说：“真不知道是哪家姑娘这么不开眼，我要是认识那姑娘，一定要好好劝劝她。”

陆时禹直觉不好，但还是问：“劝她什么？”

“看男人啊，不能光看皮相，要多方面考察。太八婆不行，太龟毛不行，当然太抠门也不行，最重要的是人品太差满口瞎话的肯定也不行。”

话一说完，江美希便转身朝自己办公室的方向走去。

陆时禹正要追上去，一眼就看到不知什么时候从外面进来的穆笛，那小脸上的绝望，他看着都心疼。陆时禹想着怎么也不能给未来小姨就留下这么个印象，追了几步为自己辩解说：“我发现你对我误解很深啊，美希，可太伤我这老同学的心了！我觉得我们很有必要多接触一下，让你更加了解我！”

江美希闻言回过头，陆时禹不由得停下脚步。

江美希上下扫了他一眼，目光最后落在他的脚尖处：“后退。”

陆时禹不明所以，但还是依言后退一步。

江美希继续：“再后退。”

他又退一步。

这样看着陆时禹乖乖退出几米远，江美希才把视线重新移回到他的脸上：“麻烦你下次和我保持至少三米以上的距离，免得让其他人以为你我之间还有除了同事以外的其他关系。”

陆时禹瞥了眼角落里的穆笛又看向江美希，再开口时，不由得带上了求饶的语气：“用不着这样吧，Maggie？”

江美希不为所动：“其实你还是可以有优点的。”

陆时禹惊喜道：“我就说嘛！”

江美希微笑：“你可以离我远一点。”

“扑哧……”身后传来年轻男人的低笑声。陆时禹这才意识到办公室里虽然人少，但也不是一个人都没有，瞬间觉得颜面无存，不由得在心里把江美希也骂了几遍。但一看到不远处的穆笛，他又心软了。

唉，舍不得孩子套不到狼，放不下面子娶不到媳妇啊！

江美希已经走远，陆时禹正要朝穆笛走去，肩膀突然被人拍了拍。他回头，是叶栩。

两人身高差不多，叶栩比他更瘦更高一点，他从他身边走过，微微歪头，颇为诚恳地说：“以后真不用替我操心了，忘了跟你说，我就喜欢她那样的。”

说着也没再看陆时禹，就那么当着他的面，走进江美希的办公室。

江美希见是他，脸上没什么表情：“谁让你进来的？”

叶栩笑得很无辜：“我可什么都没说。”

江美希收回视线，没有理他。

叶栩走近：“你刚才是有事找我吧？”

江美希这才想起正事，把之前几份底稿递给他。叶栩看了一下，把知道的情况一一跟她说明。

说完正事，江美希也消了气，对叶栩说：“以后离他远一点。”

不用特意说，叶栩也知道她指的是陆时禹。

他说："组里就这么几个老板，我不跟着他，就得跟着你了。"

说话时他故意压低声音，抬眼看她，江美希不敢与他对视："我说工作之余。"

"哦，恐怕难。"

陆时禹真和穆笛在一起的话，以后就算是江美希自己想不和他来往都很难。

江美希问："为什么？"

叶栩却不打算多说了，而是问她："听说你明天一早的飞机飞上海？"

"嗯。我这儿估计要忙到挺晚的，明天又是一早的飞机。你忙完了早点回去吧。"

"嗯。你明天几点的航班？"

"八点十五，怎么了？"

"我去送你。"

从她住的地方到机场，至少要走一个小时。要提前一小时到，所以最晚也要六点十五就出发。

江美希想说不用了，但叶栩已经转身出了门。

江美希回到家时已经很晚了，她洗完澡一沾到床，就立刻睡了过去。

感觉时间一瞬即逝，闹钟响起时，她撩起窗帘看了眼窗外，依旧黑漆漆的，像是深夜，看不到天要亮的痕迹。不过好在因常年奔波各地，她已经习惯了这种半夜起床出门的节奏，很快就清醒过来，然后用最快的速度洗漱好、穿戴整齐。

出门时天光已经微亮，她看了眼对面楼上那扇黑漆漆的窗——其实并没指望他真的爬起来去送她，所以她也不打算特意打电话去叫醒他。

她拎着小皮箱出了门。虽然已经要入夏了，但是这个时间还是有点冷的。

小区里静悄悄的，还处在沉睡的状态中，唯有她的皮箱滚轮的声音在小区中徘徊，显得有点突兀。

想到一会儿不知道要等多久才能打到车，江美希不由得加快脚步。可是刚走到小区大门前，她停了下来。

年轻的男人此时正倚在一辆黑色揽胜前低头抽烟，抬头看到她，便将烟蒂踩灭，走到她身前二话不说，拿过她的行李箱放在车后，回头看她还站在原地，又朝车上扬了扬下巴，示意她上车："傻愣着干什么？"

江美希这才回过神来，绕到副驾驶位上了车。

车子发动，她看了眼车内问："谁的车？"

"昨晚借的。"

"就为了今早送我？"

"不然呢？"他瞥了她一眼。

"其实我可以打车。"

"这么早又这么冷，不知道要等多久才能打上车。"

江美希突然想到去芯薪那次，那天也很早，甚至还下了雨，可他完全没考虑过她，还自己搭车去了机场。

想到那次，她还是有点生气："怎么之前没见你这么有心？"

叶栩不置可否："一直很有心，但得看我想不想。"说着，他瞥她一眼，"无所谓的人冷不冷急不急跟我有什么关系？"

江美希冷笑："所以我这个无所谓的人，连个车都不让搭？"

说这话时，江美希早忘了，自己曾经是怎么拒他于千里之外的。

叶栩勾起嘴角："那倒不是，你也说了是顺路，无所谓的人搭个顺风车确实无所谓。但你不一样。"

江美希等着他的下文。

就见他笑着看向她："那时候就爱看你生气。"

江美希先是愣了愣，但想起之前的事情，也不由得笑了。

"现在呢？"

"都爱看。"

原本她是随口一问，没想到却等来这个回答。她知道，那不是随口一答。想到两人现在的关系，她的心变得沉甸甸的。

临近机场时，稍微有点堵，但好歹是在预想的时间内赶到了。叶栩一路把江美希送到安检口，分别时也只在她后脑勺上轻轻拍了一下，示意她快点进去。

江美希对他这没大没小的举动很不满意，但看到他下巴上微微泛青的胡茬儿和略带惺忪的双眼，也只是瞪了他一眼："你快走吧，一会儿上班别迟到了。"

他说："好。"

她拎着行李走到等着进安检的队伍末尾，准备好证件，再抬头时，发现他还没走，只是站在不远处看着她。

其实以他们两人这两天的黏糊程度，他又是那种我行我素惯了的人，他送她出差，她已经做好了准备，他会当众做点让她难为情的举动。但是她发现，只要在外面，有其他人在的时候，他就表现得很克制冷漠。但如果真的那么无所谓，又何必一大早跟到这儿来呢？

终于轮到江美希过安检，她把登机牌和证件递给工作人员，过程中不由得回头又看了眼他停留的方向，就见他朝她挥了挥手，在她的注视下转身离开。

有那么一瞬间，江美希发现，虽然只是离开几天，但自己好像也挺舍不得他的。

几小时后，飞机降落在虹桥机场。从出站口出来，她轻轻松松找到了来接站的人。或许是知道来的人是她，对方也派了个女孩子。

女孩叫王萌，一路上和江美希聊着关于这次专项审计的事。她从王萌口中得知，阿奇法很重视这次尽调，所以特意指派王萌和另外一个女孩全程陪同江美希，配合她此次工作。

因为有两个人专门配合，所以江美希的工作进展起来也很顺利。这样一来，晚上再加个班，她就可以早点回北京了。可快下班的时候，她又被告知北右那边的人也到了，阿奇法的老总余淮要请大家吃个便饭。

阿奇法这公司不算小，听说余淮也是整天忙得不落地的人。以前江美希和余淮打过几次交道，但还从来没见过他本人。这一次应该是沾了北右的光。不过吃饭是次要，还是要和北右这边建立起更深入的联系，这才是她这一趟的目的。

所以在赶赴晚上的饭局前，江美希特意回酒店准备了一下，这才慎之又慎地出了门。

晚上吃饭的地方是一家江边会所，上海这个时候已经有了夏天的模样，即便是夜晚，也是暖风阵阵。所以江美希今天穿了条连衣裙，虽然是无袖，但裙子够长，在这个温度下正好不冷也不热，而且颜色素净，也适合今天这种局。

阿奇法公司的车带着江美希轻车熟路地赶到会所所在地。

和大部分的会所一样，这里封闭静谧，除了服务人员，少有外人出入。江美希到的时候正值晚上用餐时间，但大堂里也没有其他人，钢琴声袅袅传来，服务员的说话声也细声细气压得很低，像是生怕打扰到什么人。

江美希在一个服务员的引领下走到三楼走廊的尽头，包间门半掩着，隐约听到里面男人交谈的声音。

看来她到得不算早。

她推门入内，就看到几个衣着笔挺的商务精英或站或坐地正在聊天，看样子也是刚到不久。

背对着门的男人回过头，见到是她立刻露出笑容。这是她之前就打过照面的，阿奇法的财务总监刘洋。

“Maggie你总算来了！来来，认识一下，这是我们余总！”

坐在一侧单人沙发上的中年男人闻言站起身来，客气地和江美希握手：“初次见面，多多关照啊。”

江美希笑着应答，刘洋又看向另外一边的两人：“这是北右投资部的杜总，你们之前见过吗？”

江美希笑：“久仰大名，也是初次见面。”

面对她，杜总倒是一点疏离感都没有：“之前总听Linda说起她的得力干将，虽然也是第一次见到江小姐，但感觉已经认识很久了，所以我一直都觉得咱这不是第一次合作了。”

江美希顺着他的话说：“这次是不是第一次没关系，反正下次肯定不是了。”

她这么一说，众人哈哈大笑。

杜总又说：“说起这次我们能合作，还得多谢一个人。”

江美希从刚才起就看到杜总和刘洋身后的沙发上还坐着一个人，只是从她的角度只能看到那人穿着西裤的长腿。刚才她和他们寒暄时，那人就在那儿静静坐着，也不起身，也不吱声，她一直猜测着对方可能的身份，是北右的人，还是阿奇法的人？

直到杜总和刘洋让开位置，他缓缓站起身来，彬彬有礼地朝她伸出手：“又见面了，美希。”

他这句“又见面了”，还有那声“美希”，引来周遭几个男人揶揄的笑声。

江美希怔了怔，但很快镇定下来，也朝他伸出手轻轻一握：“这么巧，季总。”

他叫她“美希”，温柔熟稔，让人不由猜测他们的关系，但她只称呼他为“季总”，再配上她职业干练的笑容和举止，众人脑中刚冒出的那点暧昧想法又没了着落。

或许是因为发现江美希和季阳认识，落座时众人特意留出季阳旁边的位置给江美希。她也没矫情，但是还是没想明白季阳为什么会出现在这里，而且他是坐在主座上的。

直到席间听众人聊天，她才大概捋顺了这三家之间的关系。

原来季阳和北右以及阿奇法都有过合作，这次阿奇法想筹钱，北右想投一家主营微电子产品的公司，这就通过季阳一拍即合。

不难看出，无论是北右还是阿奇法对他都很感激，可是即便如此，这里余淮还在，杜总还在，再怎么感激，季阳也只是一个咨询公司的老板，怎么能让这些人这样礼待呢？

这事江美希想不明白，但是有一点她隐约想明白了。

像今天这样的局，如果真的是Amy来，明显是不合适的，但Linda本人来会比江美希这个小小总监来更能显出诚意，可Linda偏偏让她来，这事和季阳有没有关系呢？

想到这里，她看向身边的男人，发现他也正看着她。

见到她回头，他笑盈盈地压低声音问：“吃饱了吗？”

江美希淡淡“嗯”了一声。

季阳朝着身后半开着的推拉门扬了扬下巴：“陪我去透透气。”

江美希扫了眼已经有点醉意但仍旧在互相劝酒的其他人，又看向季阳，他刚才也被劝着喝了两杯，此时脸色酡红，似乎真的不怎么舒服，于是也就点了点头。

江美希以为包间推拉门外就是一个普通的阳台，走出去却发现是一个很宽敞的方正露台。

季阳此时只穿着件白色衬衫，刚才屋里闷热，又喝了点酒，衬衫领口微微敞着，被风这么一吹，有点凌乱。

他信步走到露台边缘，凭栏远眺，久久不动。

江美希看了一会儿，也走到他身边。这么一看才发现，从这个角度这个位置望去，外滩夜景几乎是一览无余。

“你记不记得我刚来上海工作的那一年，我们也曾在这儿看过风景。”说着，他朝楼下某个地方指了指，“就在那边。”

那次她是趁着周末来看她，机票花了她半个月的工资，两人见面的时间还没有她在路上用的时间长，那时候的她却觉得很值得。

江美希漠然收回视线：“好像有点印象。”

“好像？”季阳嘴角噙笑，回头打量她。

她穿着一身无袖连衣裙，上身剪裁得体，衬得她身段婀娜有致，下身裙摆长及脚踝，不失端庄职业，但好在质地轻柔，很适合江边的夜风，随着她一走一动，也颇有点风姿摇曳的感觉。只不过又是黑色的。他见她两次，她都是一身黑色，虽然也衬得她皮肤莹白如玉，但是他明明记得她以前更喜欢鲜亮的颜色的。

“美希啊，你知不知道，这几年你变了很多。”

江美希不为所动：“成长也是变化的一种。”

季阳似乎没料到她会这么说，愣了一瞬，便笑了：“嗯，也变得伶牙俐齿了。”

江美希不想跟他在这里追溯过往，她想到刚才的自己的猜测，于是说："这次的due diligence（尽职调查），原本是不用我来的……"

她正斟酌着要怎么说出来而又不显得自作多情，季阳却很快给了她答案："是我授意北右那边，指定要你来。"

江美希不解："为什么？"

季阳笑着看她："想见你一面不容易啊，在北京见不到，只能到上海见了。"

江美希漠然收回视线，看向远处点点星光。

"现在你见到了，然后呢？"

"你明知故问。"他笑了笑，"不过没关系，我愿意回答你——我们分手后的这三年，无论是在上海，还是后来在纽约，我都没有忘记过你。"

"所以呢？"江美希问。

"回到我身边吧，美希。"

她笑了笑："那当初又为什么要分开？"

季阳沉默了，片刻后才说："人总会犯错的，但是如果能用这个错误来让我们认清彼此的内心，我不后悔。"

江美希依旧是笑着的："还是算了吧。"

对于她的拒绝，季阳似乎并不意外："美希，我知道你怨我，你可以发脾气或者冷落我，但是我们总要重新在一起的。"

这话让江美希由衷地感到意外："为什么？"

"我听时禹说，这几年你也一直单着，而且，我了解你……"

他后面的话没有说下去，江美希却已经明了。

她笑着摇头："这不是因为你。"

回头见他明显不相信但又不愿跟她争辩的模样，即便她对他谈不上恨，但此刻的她依旧感到点快意恩仇的畅快。

对于过往，他表达得很清楚了，他当初提出分手，可能是厌了倦了，也自信离得开她。可是多年过后，兜兜转转，竟然发现身边再遇到的人都不如她合适，当然也有可能他是真的无法忘掉她。所以他回头了，看到她还单着，误以为她还在原地。所以他刚才说认清了彼此的内心，而不只是他的。可是只有她清楚，他们早已回不去了。

她抬头再看季阳，他脸上早就没有多余的情绪，取而代之的又是那副气定神闲的笑容："那是因为谁？"

他说这话时声音微哑，上身稍稍前倾靠近她，陡然让气氛变得有点暧昧。

江美希不动声色地后退一步："你还不明白吗？我们之间的问题不是过往怎样，而是现在怎样。如果现在我们还彼此喜欢，我不会拒绝你的靠近，可是，我对你没感觉了。"

这话一出，江美希明显看到季阳的身子僵了僵。

片刻后，他自嘲般地笑了笑："所以你是对其他人有感觉了吗？我曾经的那个位置现在有别人了吗？"

江美希没说话，但这比说点什么更让人绝望。

季阳转过身，双手撑在栏杆上，脸上挂着笑，笑意却未达眼底。

"是他吗？"

他没有明确说"他"是谁，但她知道，他已经猜出来了。

季阳又说："我听说他是小笛的同学。"他回头不可置信地看着江美希，"小笛的同学啊！小你七岁！"

一直没有说话的江美希抬头迎上他的视线："那又怎样？"季阳正要再说点什么，江美希又说，"跟你有什么关系？"

这一句话让季阳把要说的话又咽了回去，他重新看向远处，面上无波无澜，可握着栏杆的手却松开握紧，握紧再松开。

江美希看了眼包间里，此时那群人正一边抽着烟一边聊着天，完全不关心露台上发生了什么事，好像早有预料，或者早已习以为常。而且杜总看到她看过来，还朝她无所谓地笑了笑。

这种感觉让江美希很讨厌。

她正想和季阳说差不多该回去了，季阳突然说："你不甘心轻轻松松地答应我回到我身边，那想玩就玩吧，但是也要有个度，差不多的时候该收心就收收心。"

江美希被他这一番话彻底惊住了，她不知道季阳是以什么立场说出的这番话，更不知道他是以什么心态说出的这番话。

以前就听人说过，在有些男人的潜意识里，前女友还是他们的女人。当时江美希觉得这说法匪夷所思，现在听到季阳这么说却只觉得讽刺。

江美希转身就走，刚走两步又被身后人叫住。

她停下脚步，他却似乎有点犹豫。

过了片刻他说："这件事你不要再管了。"

江美希愣了愣，回头看他："哪件事？"

"无论是北右，还是阿奇法的事，你都不要再管了。"

就是因为她不想陪他凭吊过往，重新开始，就撼动他作为男人的尊严了？所以他就想在工作上打击她，让她对他低头吗？

江美希什么也没说，转身离开。

回到包间，她和众人说明自己还有工作，也没再和季阳道别，就先行离开了。

她直接回到了酒店，房间里只开着一盏不太亮的台灯。关上门拿出手机，没有电话，没有信息。

身上还留有那帮人留下的烟味，她有点烦躁地脱掉衣服，走进浴室。

第二天，江美希跟着几方又开了大半天的会，她在上海的工作就算完成了。因为会议结束的时候时间已经比较晚了，阿奇法的人留她一起吃晚饭。江美希拒绝了，找了个借口说明天一早有事，怎么着也得今晚赶回北京。

众人见她已经订好了机票就知道不好再强留，都看向季阳等着他发话。

季阳只是说："我送你去机场。"

江美希刚想拒绝，杜总他们就连忙帮腔说："对对，季总送一下，我们也放心，只是晚饭你们俩就得到机场解决了。"

江美希看了季阳一眼，也不想当众驳他的面子，于是答应了下来。

江美希住的酒店就在阿奇法附近，江美希自己先回酒店退房拿行李，季阳去开了余淮的车。等他到酒店门口的时候，江美希刚好出来。

正赶上晚高峰，去虹桥机场的路也有点堵车。一个多小时的车程显得尤为漫长，可是车里的两人却没有交流。

江美希又拿出手机看了一眼，除了两条工作信息，没有其他。

季阳瞥了她一眼问："很着急？"

江美希收起手机，不明所以："什么？"

"你的航班几点？"

江美希这才明白，他以为她刚才在看时间。

她说："没事，时间来得及。"

季阳又看她一眼："有什么要紧的事非要今天赶回去？今天到北京也很晚了。"

江美希没有回答他。

沉默了片刻，他又问："到那边有人接你吗？"

"打车很方便。"

"他不去？"

他没有明说这个"他"是谁，但是两人都清楚，他说的是叶栩。

江美希却没有正面回答他："其实今天我打车去机场也挺方便的。"

季阳笑了笑，没再说什么。

而这个笑容却让江美希有点恼火，其实她也不知道自己为什么这么着急离开上海，她就是觉得有点不安心，不知道是因为季阳突然出现在上海，还是因为别的什么。但是江美希可以想象得到，在季阳看来，她急着回去无非就是为了早点见到叶栩，反观叶栩，应该没那么急着见她。

江美希看了眼窗外，回头对季阳说："也不知道前面还得堵多久，听会儿广播可以吗？"

季阳沉默片刻才淡淡"嗯"了一声，但也没有动作。

江美希干脆自己动手打开了广播，调到一个正在播路况的频道。她把声音稍微调大了一点，主持人轻松的声音从音响中传出来，车内的气氛顿时也跟着轻松起来。

季阳突然笑了笑。

江美希不解："你笑什么？"

"你就那么不想跟我说话？"

"什么？"江美希又把声音调小了点，问他。

季阳看她一眼："没什么。"

见他不再说话，她才暗自松了口气。

大约一小时后，江美希总算赶到了机场，匆匆和季阳道了谢就进了安检。其实距离航班登机还有一段时间，但她就是不想和季阳多相处哪怕一刻。

坐在候机室里，她百无聊赖地拿出手机，一边盘算着飞机落地的时间，一边从通讯录里找出叶栩的号码，可想了想，最终还是没有拨出去。

目送着江美希离开，季阳拨了个电话给余淮。电话一接通，余淮的笑声就传了出来："季总这么快就回来了？"

季阳笑着说："还得麻烦于总个事，找人过来把您的座驾开回去，顺便帮我把行李带过来。"

"哟，看来是首战告捷啊！但有必要这么急着回北京吗，再多留一晚不是更好吗？机场附近还是回市区？我再帮你好好安排安排！"说到后面，余淮暧昧地笑了起来。

季阳依旧笑着："感谢余总好意，不过这次是用不上了。我订了一个半小时后回北京的航班，还得麻烦余总的人动作快点。"

"唉，你啊，重色轻友！"

江美希回到家时已是深夜，手机里依旧没有新的信息，对面楼上也早就没了光亮。不过奔波一天确实很累了，她迅速地收拾好自己爬上床，脑子里迅速过着第二天要做的工作，没多久就睡着了。

第二天一早，江美希先去见了个客户，回到公司时已经将近中午。

格子间里的众人三三两两聚在一起讨论着什么，她也没在意，一路走向自己办公室。

众人还没注意到她，有人在抱怨："希望别安排在周末，太累了！"

也有人说："唱歌吃饭都太无聊了，我只想回家睡觉。"

江美希没太当回事，路过叶栩的工位时，发现没有人，不由得皱了皱眉。

正在这时，她和迎面走来的人撞了个满怀。对面人抬头见是她，立刻高兴地打了个招呼："Maggie！"

周遭安静了下来。

穆笛问："你出差回来了？太好了，正好赶上我们投票截止前的最后一天。"

"什么投票？"江美希皱眉。

穆笛说："下个月初组里要团建，大家正在确定具体的时间，还有团建项目。林佳给大家群发了邮件。"

"哦，这事啊。"她对这些活动一般不感兴趣，但是碍于自己也是半个老板，不得不积极响应，其实比起什么团建，她宁愿留在公司里加班。

"这两天太忙，我回去看看。"她说。

"好的。"

江美希也没再说什么，笑着拍了拍穆笛的肩膀，往自己办公室走去。

回到办公室，她打开邮箱，果然看到两天前林佳发的关于团建的邮件。她随便选了个时间和项目发过去，开始写这次的出差总结和会议纪要，写好后发给Linda，然后出了门。

她和叶栩是在楼梯间遇上的，她正要上楼去找Linda，而他应该是刚抽完烟从小阳台出来。

叶栩见到她明显也有点意外："什么时候回来的？"

"昨天晚上。"

"怎么没说一声？"他顿了顿说，"我可以去接你。"

从前两天就开始莫名烦躁的心绪在这一刻终于平静了一点。

“哦，昨天太晚了，打车回来也很方便。”

叶栩看了她片刻，点点头：“今晚能早点下班吗？”

江美希想了一下说：“应该可以。”

“那下班前联系。”

江美希应下，往楼上走去。两人擦肩而过，叶栩突然又停下脚步回头叫住她：“这次去上海，遇到什么事了吗？”

江美希皱眉想了下，觉得季阳的出现也算不上什么不顺利的事，于是说：“没有，挺顺利的。”

“我听Amy说我和她可能这两天就会赶过去完成后续的尽调工作。”

江美希微微挑眉：“后续还有什么工作？”

“你不知道？”叶栩想了一下，“可能北右那边有新要求吧。”

“什么时候的事？”

“上午刚接到的消息。”

江美希终于明白叶栩为什么会认为她这次出差不顺利了——她刚刚回来，公司就又派其他人去处理本该由她处理的事情。如果真的是用户有了新的要求，按照常理来说也该由她接着去处理，现在这样换人去做，倒像是说她之前的工作做得不好。

不知道为什么，她又想到季阳在露台上对她说的那番话，难道真是他和北右那边说了什么？

江美希若有所思地点了点头：“我知道了。”

叶栩也没再说什么，留下一句“有事打电话”，转头出了楼梯间。

Linda见是江美希，连忙招呼她坐。

江美希说：“这次的出差总结和昨天的会议纪要，我整理了一下发你邮箱了。”

“嗯，我正在看。早上我接到北右那边的电话，他们提了一些新的要求，还有一些内容需要补充一下。”说到这里，Linda顿了一下说，“没想到你已经回来了。”

江美希佯装着刚听到这件事，意外之余皱着眉说：“那我得看下时间安排再确定什么时候过去。”

Linda摆手：“这次不用你去了，我已经安排了Amy和叶栩这两天过去一趟。”说完她看向一脸不解的江美希，似乎有点犹豫，半晌叹了口气说，“算了，我就直说了吧，对方要求我们换人过去，这两天在上海有什么不顺利的吗？”

果然是他！

江美希有点生气，没想到季阳这么公私不分。但当着Linda的面，她也只能尽量简要地说：“其实也没什么不顺利的，就是……我之前那个男朋友回来了。”

她不知道她这么说，Linda是否明白，好在Linda很快明白了她的意思：“你是说这次去的几方人马里有他？”

江美希点头。

Linda问：“我记得你说他是干投行的，这次也是？”

江美希摇头：“他现在在挚戎。”

“这次挚戎不是老板亲自去的吗？而且我听说他出门一向都是单独行动。”

“嗯……”

“啊，原来真是他……”Linda对这个消息明显很意外，消化了半晌才说，“所以这次在上海，你们闹得不太愉快，他才授意北右那边来和我说项目换人的吗？”

江美希有点不爽：“没有不愉快，无非就是工作，但这应该是他的意思。”

Linda怔了片刻，片刻后笑了，走到她身边拍了拍她的肩膀说：“你来之前我还担心出了什么大事，现在看也没什么。唉，这些男人啊真不是东西，论起专业性，有时候还不如我们女人。”

江美希无奈：“所以就算他们不说，这个项目后续我也不方便参与了。”

Linda笑了笑：“没事，也不是什么大项目。不过说起这个挚戎的老板季阳，我早就听说过他。他之前在上海那边的投行工作，后来去华尔街待了一段时间，回北京成立了摯戎，也就半年多的时间干得风生水起，手上的资源不容小觑。我虽然没见过，但听和他合作过的其他女合伙人提起过，这人也算是年轻有为，一表人才，爱慕他那款的小姑娘可不少。”

江美希不知道Linda为什么突然说起这些：“没怎么关注，不太清楚。”

Linda说：“以前不关注无所谓，以后你可得多关注关注。”

“为什么？”

Linda笑：“男人要是不在乎谁就真的不在乎，对方想什么做什么跟他们一点关系都没有。他能有今天的成绩肯定不是个小家子气的人，但唯独对你这么斤斤计较，我看是对你还念念不忘呢！反正你现在也单着，要不要再回头考虑考虑他？”

江美希低头看了眼手腕上的时间：“你也说了，他现在身价不菲，那么多年轻漂亮喜欢他的小姑娘他不喜欢却惦记我这个旧人，怎么可能？这点我还是有自知之明的。”

这一次，Linda没有再劝她，而是有点惆怅地说：“唉，所以女人能力再强，事业发展再好，在男人眼里也不及年轻小姑娘对他们的百依百顺和盲目崇拜。作为过来人，我是劝你，工作干不了一辈子，也是时候替自己的未来考虑考虑了。”

别人这么说，江美希或许能理解，但Linda这种强势惯了的人说出这种话着实让她有点意外。

她坦言：“你今天说的这番话很不像你。”

Linda笑：“是吗？可能真的年纪大了，想法也在变。”

江美希想到对待感情一向有点保守的自己，竟然也接受了和叶栩的关系，或许Linda也是如此，有什么人让她改变了。

她笑了笑说：“看样子你家那位最近的工作很有成效，总算是精诚所至金石为开了。不过……我的情况你也知道，我对婚姻没那么多执念，有没有都OK的。”

Linda不置可否：“算了，不说这些了，下个月团建，你把手上工作安排好，务必参加，就当给自己放个假。”

江美希起身："好的。"

快下班的时候，叶栩收到了Linda发来的邮件，除了通知他们去上海的时间，还附有江美希之前写的会议纪要。

他只扫了一眼，就注意到季阳也参与了这次的项目，而且江美希在上海的那几天，他也在。

他迅速看完那份会议纪要，记好出差的时间，关掉了邮件，起身往办公室外走。

坐在他后排的同事看到他随口问了句："团建你选的哪项啊？"

他却像没听见一样，径自从那人面前经过。

其实也不是他故意不理人，跟他熟悉的人都知道，有时候他会陷在自己的思路里，也就注意不到别人的存在。只不过，自打进了U记后，他这种情况出现得比较频繁。

他一离开，周遭的几个同事面面相觑，刚才问他话的男同事委屈地看向其他人："我没得罪他吧？"

有人提醒他："应该不是你，看他心情不好好几天了。"

男同事问："为什么？"

提醒他的人看了眼四周压低声音说："我听说Maggie在'小黑会'上给他打了个3分，他还因此找Maggie理论来着。"

男同事感叹："啧啧，这就是职场，任他再有能力再优秀，面对老板的一双小鞋，也只有乖乖伸脚的份！"

"但我觉得Daniel不是这种逆来顺受的人，看着吧，这两人啊，没完！"

从洗手间里出来，叶栩一边洗着手，一边想着上午在楼梯间里和江美希说话的情形，想到她当时不那么坦荡的神情，他心里不由得烦躁。

正在这时，裤子口袋里的手机响了起来。他抽了两张纸擦干手，拿出手机看了一眼，是陆时禹，犹豫了一下，还是接通了电话。

电话里有点吵，陆时禹问："晚上能来趟酒仙桥这边吗？"

叶栩问："干什么？"

“就是锐丰那个项目，我们关注了这么久，最近听说终于要招标了。我好不容易约到对方的人晚上吃个饭，你也过来吧？”

在公司里，偶尔有老板带着项目上的人一起参加饭局的情况，但事实上只有老板们才有业绩压力，那些会跟着老板参加饭局的小朋友，也多数是因为担心自己的项目数不够会影响考核成绩，所以像叶栩这种情况的，完全可以以项目太多做不过来为由拒绝陆时禹的。

叶栩正要开口，就听陆时禹又说：“我没想到对方一下来了四五个人！咱们组里都是小姑娘，就你酒量不错，江湖救急啊！”

他抬头看江美希的办公室，门开着灯亮着，但是人不在。他短暂犹豫了一下，想着锐丰那边去的最多就是投资管理部的人，也就同意了。

“好吧，地址发我。”

上了出租车，叶栩发了个短信给江美希：“突然有点事，不用等我了。”

等了一会儿，没有回信，他又收起手机。

叶栩赶到的时候，众人只是坐在包间的沙发上聊着天，还没有入席，看来他到得还不算晚。

陆时禹见到他来，松了口气，连忙把他引荐给包间里的其他人。

叶栩匆匆扫了一眼，正庆幸大多数都是生面孔时，就看到坐在里面单人沙发上的锐丰副总金利华。

他完全没想到他会出现在这里，而对方见到他明显也很意外，但意外之余还有怀疑和不确定。

“这位是锐丰副总，金总。”陆时禹说，“金总，这位是我们项目组的Daniel，虽然进公司不久，但是能力很出众。”

金总愣了愣：“Daniel？中文名字是什么？”

叶栩礼貌地掏出名片，双手递到金总面前，不卑不亢地笑着说：“初次见面，您多关照。”

金总神色莫名地接过名片看了一眼，下一秒几乎是从沙发上弹起来的。但很快，他似乎是注意到了自己这反应有点不妥，尴尬地笑了笑，然后颇为和蔼地朝叶栩伸出手："叶栩是吧？一看就是年轻有为啊！U记果然人才济济！"说着又看向陆时禹，"以后我们公司上市的事免不了麻烦你们啊！"

虽然在此之前，陆时禹没少做锐丰的工作，但是以他的能量还没够到金总这个级别。今天金总能出面也完全是看在季阳的面子上，但是此时听他这么说，怎么有点还没招标就属意于U记的意思？可是就在之前听锐丰投资管理部的人说起这次的项目时，对方的态度明显还在摇摆啊。

陆时禹一边笑着应"是"，一边琢磨着金总的态度，半晌没琢磨出个所以然来，就趁着众人入席的工夫，小声问旁边的叶栩："你认识金总？"

"算不上认识，之前也没交流过。"

叶栩说的是实话，如果他没记错的话，他在这之前只见过这位金总两次，一次是在他妈妈的办公室里，还有一次是在一个无聊的饭局上。但这两次，两人都没什么交流，或者更准确地说，是那位金总没有机会和他说上哪怕一句话。

陆时禹凝眉想了下，还是觉得刚才金总那反应有点奇怪，但此时此刻他也没时间多想，只是鼓励叶栩说："不管怎么样，看样子他老人家对你印象很不错。这样正好，说什么也要把他拿下！搞定了锐丰，就相当于敲开了广化的一扇门。"

广化集团创于20世纪80年代，如今已经是国内最老字号的家电品牌。近十年来广化更是兼并不少家电企业，拥有子公司数十家，已然成了家电行业内的龙头企业。

在此之前，广化所有的年审业务、IPO业务几乎都给了U记的竞争对手，但是这一次广化锐丰要筹备上市，IPO业务要招标。这就意味着，以前广化集团内延用一家会计师事务所的惯例要被打破。不少会计师事务所看准了这个机会，想要和广化有所合作，U记自然是其中之一。

叶栩不置可否地笑了笑，抬头才发现金总旁边还有个位置是空着的。他正想问问陆时禹还有什么人没到，就听到包间门被推开的声音。

众人循声看过去，季阳在所有人的注视下，施施然走了进来。

金总见到他，立刻熟稔地起身相迎："你让我六点到，你自己却迟到，有点过分啊！"

季阳笑着走过去："没想到路上这么堵，我的错！"

说完，季阳又和在座其他人打了个招呼，目光扫到叶栩时明显有点意外。而叶栩早在他进门后就收敛好了情绪，此时完全看不出喜怒，只是冷冷地瞥了眼他身边的陆时禹。

陆时禹找叶栩来，纯属是临时起意找他来救个场，也是看到季阳之后才想起来这两人的关系有点微妙。尤其是他这人前科累累，不免要被人怀疑他这次是不是又是故意的。

就刚才叶栩轻飘飘扫过来的那一眼，他其实也想假装看不懂的，但是一想到自己和穆笛的事还指着这小子不要添乱，于是只好压着声音替自己辩解了一句："这次真是意外。"

"哦。"叶栩点了点头，"不过有件事我挺好奇的。"

"什么？"陆时禹傻傻地问。

"这位季总如果不来，你是不是就没业绩可做了？"

"嘶……"

这话不由得让陆时禹有点火大，但他一直奉行的职场原则都是如此——大多数人走的路只适用于大多数人，有捷径的少数人，只要不傻都会选择走捷径。

"你懂什么？！"

酒过三巡，金总和季阳聊起近况："听说你之前去了趟上海，什么时候回来的？"

"昨天半夜到的北京。"

听到这句话，正在挤兑陆时禹的叶栩不由得抬起头来看向对面的季阳。而与此同时，季阳的目光也正扫向他，但也只是短短停留了那么一瞬。

"公司有急事吗？"金总随口问道。

季阳说："没什么急事，不过是我一个朋友急着回北京，我就顺路跟她一起回来了。”

金总闻言挑眉看他：“能让你从上海护送回北京的，我猜肯定是位美女。”

季阳不置可否，而就是这暧昧的态度，让在座和他比较熟的几个人更加肆无忌惮地打趣起来。

金总说：“哟，这是有什么情况吧？”

“能有什么情况？”

金总似乎更好奇了：“说说呗，对方什么来头，能让我们季总另眼相看？”

季阳端起面前的茶杯抿了一口茶：“没什么来头，就是读书时的女朋友。”

这话的信息量太大了！

其实金总问的时候也没指望他能真的回答，毕竟商场里摸爬滚打久了的人都知道，这种场合不太适合谈论这么私人的话题。可季阳还是说了。然而，他这虽然是回答金总的问话，目光却又一次地停在了叶栩的身上。

叶栩也不回避，就那么跟他对视着。

渐渐地，饭桌上的其他人也注意到了两人之间的气氛有点不对劲。

尤其是陆时禹，他从刚才季阳进门起就开始后悔了——早知道会是这样的情况，他今天宁愿被灌得不省人事也不会找叶栩来救场的！

金总自然也注意到了叶栩的反应，但他和其他人想的都不一样。他开始反省，是不是自己和咨询公司走得太近，他不满意了？

可是此时他又不想得罪季阳，如果突然对他和他介绍的公司表现得太过冷淡也说不过去。而且虽然不知道叶栩到底是怎么想的，但是他自己现在也在U记，季阳明显又和U记关系不错，所以他究竟是个什么立场、什么态度，饶是他混迹商场多年，也有些摸不透。

想到这些，他决定把自己“和蔼可亲”的人设进行到底！

他笑着对在座其他几个年轻人说：“看到了没有？季总这就是下手太晚的例子！要不然也不会把女朋友变成前女友了！你们要是遇到喜

欢的姑娘可说什么也别撒手，不然即便像我们季总这么优秀的，想把人家追回来也得费不少力气。”

因为他和季阳说话一向是这么个调调，所以这一番调侃的话说出来，其他人也不觉得有什么不对。但是这话说完，他却看向叶栩，而且语气很是关切：“小叶有女朋友了吗？”

“咳咳……”

陆时禹正假模假样地喝着茶掩饰着自己的尴尬，没承想金总这一问直击红心！

陆时禹一边咳嗽一边暗骂这人真是哪壶不开提哪壶，却听叶栩说：“有了。”

“有了？”陆时禹诧异地看向叶栩，“是谁？什么时候的事？”

叶栩看他了一眼，没有立刻回答，而是看向桌对面的季阳，缓缓露出个笑容说：“有点巧，季总也认识。”

季阳回视着他，面上始终维持着他惯有的微笑，但熟悉的人都知道，此时的他已经不太高兴了。

可惜金总今晚喝得有点多，感觉没有平时敏锐，甚至是完全忽略了旁边的季阳，哈哈笑着感慨道：“这姑娘眼光不错！运气也不错！”

乍一听像是在夸姑娘，可谁都明白，这言外之意是在夸叶栩。

叶栩笑了笑，视线依旧没有离开过季阳：“也不是谁天生就会看人的，当然更不可能一直运气这么好。”

金总笑着应是：“所以啊，这有良缘，必定就有孽缘。”

陆时禹已经听不下去了，想说这老哥可真敢说。

而就在这时，叶栩放在桌子上的手机突然振动了两下，陆时禹迅速扫了一眼，是江美希的短信。

不知道为什么，他竟然莫名其妙地松了口气。

叶栩拿起来看了一眼，是江美希问他几点回。

叶栩匆匆打了几个字发过去，然后端起酒杯起身，抱歉地对金总说：“不好意思，金总，家里有点事。”

他刻意说是“家里”，金总怎么会听不懂？

金总连忙说：“我们这儿马上也散了，你忙你的吧！”

叶栩笑着应，把酒杯里的酒喝掉，这才和陆时禹他们道别，而在这个过程中，他完全无视了季阳越来越冷的那张脸。

出了饭店坐上出租车，他又拿出手机看，在她问他“几点回”，他回了“半小时”以后，她又回复了一条：“我在你家楼下。”

看到这条，他对司机师傅说：“麻烦您开快点。”

叶栩离开后，挂在季阳脸上的最后一点笑容也消失了，他转过头问身边的金总：“你们认识？”

他太了解这个金总了，一般公司底层的人他看都不会多看一眼，更不会对一个刚见面合作的公司的小朋友这么关照。

而金总想到刚才叶栩故意装出不认识他的样子，想了想把要说的话又咽了回去：“我看U记不错。”

这就是说他也感谢季阳这次的牵线搭桥了。

季阳见状就知道，金总不愿意说，自己再问也没用。而此时，金总却对今天晚上几乎一句话都没说的陆时禹说：“陆总啊，我看叶栩这小伙子很不错嘛，以后必定前途无量。”

刚进小区没多久，叶栩就看到停在自家楼门前江美希的车。尾灯亮着，还没熄火。

他直接绕到副驾驶位，敲了敲玻璃，等里面的人开了锁，拉开车门上了车。

“怎么在这儿等？”

江美希看了眼时间：“你不是说半小时吗？正好我也刚到没多久。”

“先把车停好。”他说。

她“嗯”了一声，重新发动车子。

绕着叶栩家的楼开了小半圈，江美希把车子停到自己的车位上。过程中，两人谁也没说话。

熄火下了车，一阵夜风吹过，吹得头顶的枝丫沙沙作响。

夏天是真的来了。

叶栩问："你家还是我家？"

以前他从来没给她商量的机会，都是直接带到他家去，所以这还是头一次，让江美希不由得有点尴尬。

她佯装着淡定地轻咳了一声："你家吧。"

他家有她日常用的东西，方便，但她家什么都没有。

两人一前一后走着，直到进了电梯，江美希还在犹豫着要不要提醒一下叶栩，挚戎的人可能还在上海，他很有可能遇上季阳。可是提醒他的目的是什么呢？会不会适得其反更让他心里不舒服？

正犹豫着，突然"叮咚"几声，两人的手机先后响了两声。

江美希拿出来一看，是林佳群发的消息，关于团建的安排。

时间已经定了，是下一个周末，项目是真人CS。

她记得当时选项有好几个——KTV她嫌吵，打牌她没兴趣，户外烧烤倒是挺好的，只要别再做游戏就行，至于这个真人CS，她一想到打打杀杀的就觉得头大……

叶栩像是看穿了她的想法："其实这个游戏最适合你。"

"为什么？"

"简单啊。"

"你确定？"

"嗯。到时候你进去以后找个偏僻的角落一躲，谁叫也别出来，最后等游戏结束再出来，你在哪方，哪方就算获胜了。或者一开始你就跳出来让对手击毙，然后躺着等游戏结束。两种情况你都不用干什么，还不简单？"

这么听着还真是这样。江美希正暗自琢磨着，一抬头又对上叶栩的目光。此时电梯间里的光线昏暗，橘色的灯光从两人头顶泻下，在叶栩的脸上留下斑驳的暖色光影，倒是让人看不出他此时的表情。不过从那双黑漆漆的双眼中，她似乎看到他在笑。

江美希这才反应过来，这人是故意调侃她吧。但经他这么一调侃，两人之间那有点紧绷的气氛也终于缓和了。

"叮"的一声，电梯门打开，叶栩看了她一眼走出去："其实还有第三种。"

说完，趁着江美希凝眉思索的空当，他打开了房门。

“是什么？”她还是没想出来。

“再好好想想。”

“啪嗒”一声，厚重的防盗门重新落了锁。然而还不等江美希去开灯，她整个人就被压到了墙上。

他低下头凑近她，哑着声音说：“还有一种，等我去救你。”

而下一秒，她的唇就被另一双温软的唇重重地堵上了。

与以往的每一次都不同，这一次除了这个吻，几乎没有任何前戏，他就霸道地挺身而入了。

到了这一刻，江美希才算明白，刚才在电梯里那种以为他们之间的关系转缓的想法，分明是她一个人的错觉……

第二天一早，江美希醒来时身边已经没了人，叶栩不知去向。

浑身无一处不酸痛，她动了动脖子，迷迷糊糊下了床。去洗手间时路过餐厅，这才注意到餐桌上不知什么时候已经摆好了早餐，桌角处还放着张便签一样的东西。

她犹豫了一下，转身走向餐桌，拿起那张便笺纸。

映入眼帘的是苍劲有力的一行字：“我去机场了，如果早餐凉了你再热热。PS：我家密码是520820。”

江美希拿着这便签琢磨了片刻，六位数的密码，但明显不是生日。520的意思倒是挺好猜的，可是，是她猜的那个意思吗？怎么看叶栩也不像会设置这种密码的人，而且这820又是什么东西？

想了半天，无果。她放下便签，去摸了下盛着豆浆的碗，还是热着的，再揭开小平锅的锅盖，黄灿灿的鸡蛋饼也色泽诱人，让人看着很有胃口。

其实这么多年来，江美希的早饭都是能凑合就凑合，像这样吃到早上现做的饭也只有那么两次，还都是在叶栩这里。腰有点疼，她缓缓拉开椅子坐下，望着桌上的早餐，有那么一刻，她突然有点恍惚，不知怎么就想到如果一直这样也挺不错的。

叶栩去上海的几天，两人偶有联系。起初江美希还担心他遇到季阳会发生什么不愉快的事情，但是后来也没听他提过，也就渐渐放了心。

后续的工作，听叶栩的意思，进展得很顺利，所以他和Amy赶在周末前回了北京，正好Linda也提了要求——这次团建，组里所有人都得参加。

至于那个真人CS，小朋友们自然是跃跃欲试，只有江美希倍感压力。

活动是从周六下午开始的，正赶上一天中最热的时候。江美希换好迷彩服，穿好护具走出更衣室，太阳一晒，只觉得昏头涨脑。

男生的动作都比女生快，早在她们出来前，他们就已经等在了前面的树荫下随意聊着天。

江美希远远看过去，全是一样的迷彩服，一样的护具。照理说，单从背影看应该是很难看出谁是谁的，但是她一眼就看到了人群中最挺拔修长的那个身影。

“哇，他好帅！”身边传来女孩子激动的声音。

江美希循声看过去，是组里两个小朋友，其中一个正是石婷婷。两人看到她回头才认出她来，立刻尴尬笑了笑，噤了声。

江美希也没在意，继续活动着脖子。

自从那天从叶栩家里出来后，她就发现她的颈椎病犯了，这几天一直没好，现在戴着帽子更觉得肩颈压力不小。

当她慢慢悠悠走到众人末尾站好时，教官也正好走到众人前面，开始了入场前的讲解。先是对装备枪和背心上感应器的介绍，然后是对场地内的地形的介绍。

江美希低着头有点心不在焉，而正在这时，她突然发现原本还在窃窃私语的众人都安静了下来。

她不明所以地抬起头来，这才注意到众人都在看她，而众人之所以看她的原因是教官也在看她。

年轻男人穿着迷彩服，虽然黑瘦，但也是精壮干练的。此时他正噙笑看着她，待对上她不解的目光后，他扶了扶他自己头上的帽子。

江美希这才后知后觉她头上的帽子都快顺着一边掉下去了，于是连忙扶正。那教官见状才又开始讲解起游戏规则来。

游戏规则直接关乎着江美希一会儿怎么死，什么时候死，所以听到这里，她也认真起来。

参考今天到场的人数，大家最后选了“VIP护送”的玩法。教官将所有人分成两组，一组是营救方，另一组就是搜索方。

江美希和叶栩等人被分在了营救方，队长是叶栩。陆时禹带着Linda和穆笛被分到了搜索方，队长是陆时禹。

根据规则，营救方还要出三名队员，事先躲在丛林里，就是这次要被营救的人。而这三名队员中，必须还有一个VIP。VIP活着回到起点算营救方胜，反之则是搜救方胜。

找个地方躲起来，这不就是江美希梦寐以求的吗？于是她第一个自告奋勇要去丛林里躲着，然后是石婷婷和刘刚，也愿意作为被营救的一方。三个人组成了小队，VIP自然是江美希。

角色分工确定好后，两队队长开始排兵布阵。商量好谁负责突破，谁负责掩护后，江美希他们即将被带入丛林。而就在他们离开前，突然有人说了声“等一等”。

江美希循声看过去，是刚才那个教官。

然而还没有等那教官再开口，叶栩已经率先走到了她的面前。

他离她很近，近到他一低头就能吻上她的发顶。而他好像没觉出什么不妥，还悄悄扣着她的手腕不让她后退，看她的眼神也是暧昧又危险。

江美希被他挡住了视线，看不着组里其他人，但也可以想象得到，此时肯定有不少人正盯着他们看。

她不知道他想干什么，不解之余更是不安。

于是她抬眼冷冷看着他，企图用眼神告诉他，这么多人看着呢，他最好适可而止。

可她忘了，这小狼崽子就没有看人脸色行事的时候。

而就在这时，叶栩突然扣着她的手腕，但还没等她躲开，他就又抓住了她的帽子系带。

他缓缓将她的帽子扶正，然后也不知道是在说给谁听，总之声音要比平时提高了不少："你这帽子好像戴得不对，总是掉肯定不行，万一一会儿在路上掉了，很容易被敌人发现。"

说着他的手已经移到她的下巴上，重新帮她调整了带子长度，然后扣好。

整个过程中，他离她很近，以至于他呼出的气息，她都能清楚地感觉到。而与这种灼热的感觉截然相反的是，他帮她戴帽子的手指有点冰凉，时不时地擦过她颈项的皮肤，引得她一阵战栗。

"我说的话还记得吗？"他用仅有他们两人才能听到的声音问。

江美希不明所以："什么？"

他停下动作，低头看了她一眼，然后似笑非笑地说："藏好了，等我去救你。"

眼前的画面好像又回到了几天前的那一晚，江美希想到那天两人说完这话后做的事，不由得就红了脸。可等她回过神来的时候，叶栩已经走远了。

挡住她视线的人一离开，她第一眼看到的就是那位年轻教官。可是与之前的几次不同，这一次对上她的视线的一刹那，他立刻像被烫了似的避开了目光。

到了这一刻，即便迟钝如江美希也回过味来了——刚才叶栩那一番奇奇怪怪的举动分明就是做给那小教官看的啊！

想到这些，她冷笑一声。

这算什么？畜生护食吗？

不远处围观了这一切的U记众人到了这时候才算是松了口气。

一个女孩拍着胸口说："吓我一跳，刚才从我这角度看，还以为Daniel在吻Maggie呢！"

刘刚打趣地说："怎么可能！借他小子十个胆！"

不知道是谁小声嘀咕了一句："他又不是没干过……"

众人似乎都想到了什么，不约而同地沉默了。

片刻后石婷婷说："应该就是角度问题，而且刚才Maggie那脸色大家也都看到了……"

在此起彼伏的呼气声中，刘刚如释重负地说："有些事情想想都觉得可怕，还好只是我们瞎想的，刚才那情况，我怀疑两人多半是又杠起来了！”

石婷婷回头看他：“你平时跟他关系不是挺好的吗？你劝劝他吧，总这样得罪老板有什么好处呢？这也就是遇到Maggie这种好老板，人家才不介意。”

另一个男同事闻言不可思议地看向石婷婷：“你没事吧？Maggie会不介意？她要是真不介意就不会在‘小黑会’上给叶栩打低分了……”

石婷婷和刘刚对视一眼，这事他们也听过，所以没什么好反驳的。

而几步之外的另外几个人明显也看到了刚才那一幕，而且还把这几个小朋友说的话也听了个七七八八。

Linda无所谓地笑了笑：“Maggie也真是的，能跟个比她小七八岁的小朋友针锋相对到这种程度，以后这工作可怎么开展啊！”

说着，她朝着不远处的出发点走了过去。

陆时禹看了眼身后的穆笛，脑子里迅速盘算着——叶栩那天晚上说的话是真是假，他还无从考证，但不管怎样，他不能帮这俩人煽风点火。在他看来，江美希和他哥们儿季阳才是一对，而且也只有季阳是站在他这一边的。

想到这些，他连忙附和道：“Maggie那人你又不是不知道，人是不错，就是脾气有点大，这几年我都习惯了。”

可是他没注意到，刚刚从江美希身上收回目光的穆笛，神情有点古怪。

穆笛又想起那天早上在江美希家看到的那身衣服，这一次，总算想起来那身衣服为什么那么眼熟了。

大四那年的毕业典礼上，叶栩曾作为优秀毕业生代表上台演讲，当时他就是穿着那身衣服站在大礼堂的讲台上的。她印象之所以深刻，是因为在那种场合下，他的穿着实在显得过于随意了。但是不得不说，那个平时看起来有点散漫冷傲的人，在以轻松幽默的口吻侃侃而谈他四年大学的收获时，那种由内而外的随性，也让他显得格外夺目。也是从那一刻起，穆笛有点能够理解她周围那些对他犯花痴的姐妹了。

但是她怎么也想不到，那样的人，她一度怀疑可能并不喜欢女人的男人，竟然和她亲爱的小姨有了不可说的关系！难道是因为她小姨的气场像男人吗？

无论如何，发现这个惊天秘密的穆笛激动不已，之所以这么激动，除了意外，更多的是为她小姨感到高兴！

其实在这之前，她一直觉得江美希是惦记着季阳的。而事实上江美希除了一直让自己单着，并没有表现出丝毫对过去的执着，但是她分手那段时间的状态，穆笛是知道的——从不可置信、无法接受，到不舍，再到绝望。

那样一个虽然有点倔强但也算腼腆温婉的人，硬生生把自己变成了现在这副刀枪不入的样子。

穆笛不相信这跟季阳一点关系都没有。所以当她在她家里看到男人衣服时，虽然也激动，但是那时的激动和现在是完全不一样的。在潜意识里，她总觉得江美希这段还没见光的感情应该长久不了，因为人总会拿过去和现在作对比，可是比季阳优秀的人太少了。

但是现在不一样了，对方既然可能是叶栩，那么论能力、外形，甚至家境，都不会比季阳差，甚至还要比季阳好。要说唯一的风险，可能就是他比江美希小七岁的年纪了。

想到这一点，还有江美希那古板的老观念，穆笛突然有点同情自己这位向来要风得风、要雨得雨的同学了。

“游戏马上开始了，还愣在那儿干什么？”说话的是不远处的陆时禹。

穆笛立刻收回思绪，犹豫了一下，故意慢腾腾地走过去。对上陆时禹的目光时，她朝他讨好地笑了笑：“那个……队长，我想临时换个组可以吗？”

Linda闻言看过来：“怎么了？”

穆笛皱巴着脸：“我有点肚子疼，一会儿可能不方便跑来跑去的，我能和刘刚换一下吗？”

陆时禹立刻关切地问：“怎么突然不舒服？”

穆笛连忙摆手："就是有点岔气，但我还挺想玩的，估计歇一会儿就好了。"

"这样啊……"

陆时禹还在犹豫，他可是想跟小女朋友一组的，但Linda已经发话了："这有什么，那就赶紧换吧！"

穆笛立刻眉开眼笑："好嘞！"

得知穆笛要换队，石婷婷倒是很高兴，亲亲热热地挽起她的胳膊商量着一会儿怎么互相掩护。

穆笛这才想起来，她这位小姐妹还有求于她呢！再想到过去这段时间里，她为了帮石婷婷做的那些事，如今看来真是在往她小姨心口上扎刀子啊！想到这些，她看向身边江美希的目光都满是歉意。

江美希冷冷看向她："你那是什么表情？"说完又顿了顿，语气缓和了一点，"真那么难受？"

穆笛一脸堆笑："没，已经好多了。"

江美希点头："如果一会儿还是不舒服就原地歇着，不用勉强。"

"好的，我知道了。"

石婷婷说："那咱赶紧进丛林吧。"

很快，游戏开始。三个人找了丛林深处的几处掩体躲好，听到远处的枪声，一开始还有点紧张，但还没有人找到她们这边来。

渐渐地，枪声越来越少了。穆笛压低声音朝不远处的两人说："估计'活着'的人没几个了。"

而就在这时，几个人都听到了附近的树林里有脚步声传来。

三人立刻警惕起来，石婷婷第一个看到来人的身影，连忙举枪。奈何对方出手太快，还没等她瞄准，她就已经被"击毙"了。

陆时禹的笑声从树林里某处传来："Maggie，我可看见你了！"

刚才江美希冒头那一瞬间，陆时禹确实看到她了，但他没看到穆笛。他猜想穆笛应该就在这儿附近，所以也不敢贸然暴露。

听到陆时禹叫的声音，江美希不安地挪动了一下位置。而就是她这举动，让陆时禹以为找到了机会。求胜心切，他一时也就忘了还有个躲在暗处的穆笛，刚一起身，就听到几声枪响。

他无奈又懊悔地看向某人，小姑娘正得意忘形地朝他龇牙咧嘴。

陆时禹顿时就笑了，无声地朝她用口型说：谋杀亲夫。

穆笛很快明白了他在说什么，心里早就甜出蜜了。可还没等她得意太久，又是两声枪响，紧接着她感到背部的传感器震动了几下。这就意味着，她被“击毙”了。

不用穆笛回头看是谁，对面的陆时禹已经拍起马屁：“老板枪法不错啊！”

看来他是早就看到Linda了，那么在这之前朝她那番挤眉弄眼其实只是为了分散她的注意力？想到这些，穆笛狠狠瞪着陆时禹。陆时禹无辜地耸了耸肩，那意思好像在说开枪的又不是他。

这边两人正眉来眼去，林子里再度传来一个男人的声音。

“这是诈尸了还是怎么着？怎么‘死人’都站着？”

说话的是叶栩。

石婷婷看到叶栩从Linda身边走过来一阵狂喜：“Daniel，你终于来了！”

陆时禹看向Linda，Linda一脸无可奈何：“我中埋伏了。”

穆笛看到叶栩毫无顾忌地走到他们藏身的掩体附近，担心还有敌人埋伏在周围，于是有点担心地问：“其他人呢？”

叶栩说：“应该都‘死’了。”

穆笛这才放心地朝江美希藏身的方向大叫：“Maggie！我们赢了！”

直到这一刻，江美希才敢站出来。众人这才发现，她已经躲到了围墙的后面。原来刚才趁着其他几人互相厮杀的时候，江美希担心之前的藏身地已经曝光，这才又悄无声息地转移到了围墙后面。

陆时禹见状输得心服口服，拎起枪对已经“死了”的几人说：“走吧，到起点等着集合吧。”

游戏还剩下最后一个环节，被营救的VIP回到起点，这就算是营救方获胜了。

石婷婷还在原地站着不动，看着叶栩一步步走向江美希，而江美希此时正攀上围墙试图从上面跳下来，似乎有点费劲。

穆笛上来拉她："走啦走啦！"

石婷婷还不愿意走："等等Maggie他们一起走呗。"

"他们这不是马上跟上来了吗？快走吧！"穆笛说着，也不管石婷婷是否愿意，连拖带拽把人拉走。

江美希站在围墙上看着下面，刚才上来时竟然没觉得这个墙又陡又高，爬下去肯定最安全，但是也太丑了。她正犹豫要不要跳，叶栩在下面朝她伸出双手："跳吧，我接着你。"

江美希看了眼还没走远的其他人，最后下定决心对他说："你让开点，我自己跳下去。"

叶栩不理会："快跳！"

江美希坚持："你让开！"

说话时她看到前面的石婷婷频频回头看向他们，又有点着急，解释说："这也就一米多高，挺矮的，我又不是残疾人，没问题的，放心吧。"

叶栩扫了眼墙高，犹豫了一下，似乎也觉得江美希说得没错，这才让开了一步。

就在这时，江美希纵身跃下，紧接着，发出"哎哟"一声。

叶栩立刻凑过去："怎么了？"

江美希勉强挪开自己的左脚，下面正好有一块圆滚滚的石头："好像扭到了。"

"你先坐下。"叶栩说着就抓过江美希的脚腕，挽起裤管查看伤情，这么短的时间，江美希的脚踝处，已经开始肿了。

他没好气地抬眼看着她："一米多高挺矮的？你又不是残疾人。"

江美希低着头假装看自己的脚踝："这不是有块石头没看到吗？"

叶栩无奈，转过身背对着江美希蹲下："上来。"

"干什么？"

"我背你。"

“不行，那么多人看着呢！”

“你都受伤了，这里就咱俩，我背你怎么了？”

“我说不行就不行！”

这时候其他人已经回到了起点位置，外面正热，大家就躲在教官的办公室里吹空调。不一会儿教官从外面回来，问众人：“VIP还没回来？”

陆时禹看了眼时间说：“是有点奇怪啊，他们应该就跟在我们身后回来，我们都回来一刻钟了。”

教官闻言晃了晃桌上的鼠标，顿时几处监控录像出现在了电脑屏幕上。众人都好奇地围过去看，终于在一个画面里看到两人。江美希坐在地上，叶栩站在她面前，两人脸色都不太好。

不知道围观人群中是谁小声嘀咕了一句：“都离开公司这么远了，也能吵起来……”

他说话的声音虽然小，但办公室里此时静悄悄的，明显众人都听到这话了，但是没人说什么，就像是一种无声的认同。

穆笛当然不会这样认为，她皱眉观察了片刻说：“Maggie好像受伤了。”

Linda闻言也不太淡定了，走到监视器前认真看了看，就见江美希的一只裤管被挽了起来，好像是扭到了脚。

而就在这时，所有人都看到，监视器里的叶栩突然转身朝远处走去，而他身后的江美希正指着他说着什么，似乎很不满意。

有人惊呼：“这什么意思啊？把Maggie扔那儿了？”

刘刚抹了把莫须有的汗：“这小子可真敢！”

又有人说：“我就说刚才进场的时候这两人的感觉不太对。”

Linda回头瞪了一眼话多的众人，回头看陆时禹，发现他也正皱着眉看着监视器，无奈地说：“你们赶紧进去两个男孩子，把Maggie背出来！”

另一边，围墙下，江美希指挥着叶栩：“左边左边！好像有根比较粗的树枝！”

叶栩捡起来看了下，这根是够粗，只不过太短了，也不适合做拐杖。挑挑拣拣，没什么趁手的东西，他又返回江美希面前背对着她蹲下：“上来吧，一会儿遇到他们解释一下就行。”

见江美希没反应，他回头看她，突然笑了笑：“不想让我背你啊？”

还不等江美希回答，他突然转过身来，打横将她一把捞起。

江美希突然失了平衡，条件反射地勾住他的脖子，待回过神来时，叶栩已经抱着她大步流星朝出发点走去。

“喂！你放我下来！”江美希这次是真的生气了。

叶栩扫了眼前面一个“废弃厂房”的房顶：“现在放你下来也晚了。”

“为什么？”

“这里面有摄像头。”

像是为了证实他的话，此时刘刚和另外一个男同事已经跑向他们，见到这情景也都是一愣。

还是刘刚先回过神来：“我们在外面的监控里看到Maggie好像受伤了，需要帮忙吗？”

叶栩面不改色地说：“来得正好。她脚扭了，我刚才在树林里擦伤了背，也背不了她……你们谁来搭把手？”

刘刚松了口气，看来叶栩不想背江美希出来也是有隐情的。他连忙蹲到江美希面前：“上来吧。”片刻后，江美希被三个男生护送到了出发地，教官宣布营救方获胜。

这个小插曲随着团建活动的结束也就过去了，却为江美希和叶栩关系不和的传闻添加了一份八卦的佐证。

江美希本来以为左脚只是扭伤，可是擦了化瘀的药水，等到第二天后依旧没见好转。这才去医院拍了个片子，就那么一扭，竟然已经是轻微骨裂了。

在医生的埋怨声中，她的左脚被打上了石膏，日常起居和上班也不得不依靠轮椅和拐杖。

她拄拐上下班的第一天晚上就接到了穆笛的电话。

电话一接通，穆笛的声音就噼里啪啦地从话筒里传了出来："没想到你伤这么重，怎么昨天去医院也没叫家里人陪你一起去呀？你这样多不方便！要不这样，我牺牲一下，暂时在你家住一段时间吧，也方便照顾你，怎么样？"

穆笛说这些时，江美希刚刚洗漱好，叶栩正扶着她往床上坐。

听了穆笛的话，她有点犹豫，因为她没有什么好的理由可以拒绝，但穆笛一来，叶栩就不能出现了。

可就在她犹豫的空当，手上突然一空，手机被站在床前的叶栩抽走了。

江美希反应过来后立刻有点着急，不知道叶栩会做出什么事，所以只想赶紧拿回手机，但好在叶栩只是捂着话筒看着她问："知道该怎么说？"

她怔了怔，明白过来后有点想笑，但还是板着脸说："拿过来。"

见她这反应，叶栩朝她勾了勾嘴角，把手机还给她。

江美希拿起手机，轻咳了一声说："不用了，我今天已经适应了，而且你在我这儿，我睡不好。"

穆笛明显很失望，但也没再说什么，又发了几句牢骚就挂断了电话。

穆笛的本意其实也就是试探试探江美希，如果她同意她过去，可能她和叶栩的关系还没好到同居的程度；如果干脆就不让她去，那就说明两人的关系真的很亲密了。

想到前两天在CS基地的监视器里看到的那些画面，叶栩抱着她小姨，别人看不出其中暗流涌动，她多了解她小姨啊，虽然常年一张扑克脸，但是害羞时的扑克脸和其他时候的扑克脸还是有点差别的。

穆笛正贼兮兮地笑着，身后突然传来一个声音："你小姨受伤了？"

穆笛浑身一个激灵，缓缓回头对上她姥姥一脸的焦急。

"说话呀你这孩子！"

穆笛支支吾吾。

老江女士干脆起身往玄关处走："算了，不问你了。我自己过去看看她！"

穆笛这才意识到事情的严重性，连忙冲过去挡在门口："您先别着急呀！她是受了点伤，但是小伤。"

"什么小伤，用得着你去长住？"

穆笛急中生智："其实我想去长住，不是因为她受伤，她就破了块皮而已，我就是觉得您和我妈太烦了！"

老江女士几乎气笑了："原来你还惦记着这事呢？"

因为穆笛最近和陆时禹谈恋爱，在两位江女士眼皮子底下，很多事情都不方便，之前也提过要自己搬出去住，结果引来了强力的镇压，后来就不了了之了。这一次旧事重提，也算是合情合理，可惜就是她又要牺牲一下自己的耳朵了。

果然，老江女士声如洪钟、宝刀不老，开始了新一轮的数落："你们一个个的什么意思啊？都想着搬出这个家是吧？她是一年到头也见不到几次，你也想学她啊？白养你们这些白眼狼！哎呀……我一个人把你妈和你小姨拉扯大多不容易，你知道吗？"

穆笛一脸的生无可恋："又来了……"

江美希受伤后，坚持又去了几次公司，把手上的工作暂时清理了一下。因为正好是淡季，她索性请了年假，在家安安心心养伤。

几天后，叶栩也请了年假回家照顾她。两人都不用再去公司，整天宅在家里看看书、上上网，日子倒是难得舒服自在。不过后来江美希突然意识到，她受伤这么久了，照理说老江女士早该得到风声跑过来了，可是竟然一点动静都没有。而且就连穆笛，也没再出现过。不过她倒是乐得如此。

发现她看书心不在焉，叶栩从电脑上抬起头："怎么了？"

"没什么，就觉得这几天没人打扰挺好的，你看什么呢？"

叶栩把笔记本递给她，上面是一则网页新闻："北右最后以5.6亿的资金拿下阿奇法12.6%的股份。"

江美希接过来看了片刻："倒是挺划算的。"

“这半年来阿奇法的股票走势一直不怎么好，停牌前三十天交易平均价的90%就是这么多了。”

江美希点头：“之前强势拿下芯薪，我猜他们已经是强弩之末，一下子拿出那么多钱，其他产业肯定受到影响，这资金链一断可就危险了，好在是筹到钱了，可以解一下燃眉之急。”

叶栩想了想说：“就怕是杯水车薪。”

半个月后，江美希拆掉了石膏，虽然还是要拄拐，但基本已经行动自如了。她销假回到公司，得到的第一个消息竟然是Amy离职了。

公司里人来人往，这原本很正常，尤其是Amy这种混得不好的，离开只是早晚的事。但让江美希意外的是，她走得太突然，也太无声无息了，竟然连封告别信都没发。而且照理说，她离职应该第一个知会她一声，但是她几乎是公司上下最后一个知道的人。

她叫来林佳：“Amy离职，谁给她签的字？”

林佳说：“本来人力说该找你的，但Linda说不要打扰你休假，就代劳了。”

到了这一刻，江美希也算看明白了——Amy以前是没表现出来，但内心里怕是早就恨死她了，所以临走都懒得通知一下她这个昔日老板。虽然职场上的人情冷暖，江美希已经看得太多了，但这一次，想到过往的六年，她还是不免被伤到了。

江美希自嘲地笑了笑，或许就像叶栩说的，她真的不太会看人。

她自己出了会儿神，再一抬头，发现林佳还在，于是问了句：“我刚才去Linda那儿，没有人，她出差了？”

“哦，忘了说，她休假了。”

“说什么时候回来了吗？”

“说是要休一个多月。”

“这么久？”

这可不像是Linda的做派，过去这么多年来，年假她就没有休满过一次，她是典型的工作狂，在家里多待几天都觉得浑身难受。这次怎么要休这么久？难道是家里有什么事？不过江美希很快想到另外一个原因——女人谈起恋爱，大概就想多点时间陪在对方左右吧。

想到这些，她也就理解了，等林佳出去后开始清理积攒了半个多月的工作。

时间很快进入7月底，这是北京一年当中最热的季节，传说中的桑拿天。这个时候如果待在没有空调的房间里，哪怕只是枯坐着，很快都会出上一身的汗。

而每年这个时候U记的氛围也会像这天气一样变得焦躁起来。因为每年的8月、9月，公司总部都会正式宣布新一年晋级人员的名单，包括新晋合伙人的名单。

其实往年这个时候，关于晋级的事情多少都会漏出点风声来，但是今年异常地安静。

江美希算着日子盼着Linda销假回来，毕竟她在的话，还能帮她打听一下内幕。可是最近这段时间，她发现她总是联系不上她。一开始以为她人在国外，不太方便，可后来想想，即便是如此，在看到她的电话或者信息后，总该找个方便的时间回一下吧？

然而什么都没有，她打出去的电话，发出去的信息，都像是投入大海里的一粒沙，杳无音信。

江美希的内心越来越不安起来。直到8月的第一天，已经休假满一个月的Linda还是没有回公司销假。然后就在那天上午，公司所有人都收到了一封HR发来的离职告知书。

只看了个开头，江美希那种不好的预感就涌上心头，当她看到Linda的名字时，依旧有点不敢相信。

她离职了，怎么会？

很快，她桌上的电话响了，江美希看着自己的电脑屏幕迟迟没有反应，终于在电话铃声不知道响了多少次之后，她接通了。

“这事你之前知道吗？”陆时禹问。

江美希反应了一下才说：“刚知道。”

“这我倒是没想到。”陆时禹笑了下，“现在看还真不好说，是好事还是坏事。”

走了一个合伙人，自然就空出一个合伙人的位置，这对他们来说或许是好事。但是Linda走得那么突然，她手上的所有工作都没有交接，她的去向也无人得知。如果是单纯不干这行了还好说，如果是跳槽去了对手公司或者另起炉灶，对U记来说可能是一笔不小的损失。

但是江美希此时最关心的不是这些。

Amy走了没告知她一声，她尚且能够理解，可Linda呢？她现在连她的电话都打不通了。

江美希将脸埋在双手手掌中，前所未有地觉得恐慌和挫败。

接下来的一段时间，江美希都过得浑浑噩噩的。直到有一天，穆笛特意打电话恭喜她，她才又打起点精神。

“恭喜什么？”她问。

穆笛嘻嘻笑着说：“我今天刚听到消息，说组里新的合伙人确定之前，组里的管家权给你了，这不就是等于变相通知大家，你会接Linda的班吗？我们下面都传遍了！”

虽然陆时禹和江美希是竞争关系，但是穆笛作为老江家的女儿，如果要支持一个人的话，必须也是支持老江家的人啊！所以在这件事上，穆笛是无条件支持她小姨的！

江美希无语：“就是组里一些要花钱的杂事需要我签个字而已，哪有那么多变相通知？”

Linda走后，公司立刻找到江美希和陆时禹，让他们把Linda手上的客户资源分一分，尽快和这些客户取得联系。除此之外，组里其他事情，公司还没有指示，也就是昨天，有员工报销一些费用，达到了需要合伙人签字的额度，最后问过人力资源和财务处，确定可以让江美希暂时代签而已。怎么这才半天的工夫，就被传成这样了？

江美希一边觉得困扰，一边又忍不住期待真如大家所说。

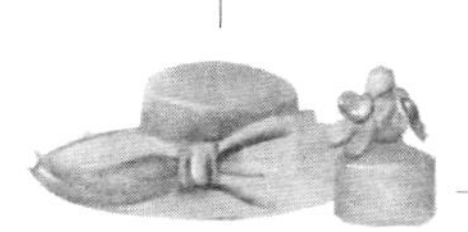

第七章 裙下之臣

广化锐丰筹备上市的事情很快定了下来，陆时禹带着叶栩参与了前期项目碰头会。在一份文件里，叶栩注意到了一项数据对比，锐丰将自己和同行业的几家公司的业绩、管理模式、市场营销模式甚至IPO情况都进行了很详细的对比。

而这个名单里，除了阿奇法这种老牌公司，还有一些没有上市但是业绩不错的企业，比如夏风科技。

会议到中午时才结束，在金总的再三挽留下，陆时禹和叶栩在锐丰吃过了午饭才返回公司。

回去的路上是陆时禹开的车，车里冷气呼呼吹着，但依然可以感受到空气停止流动的那种窒闷感。

车子停在一处红绿灯前，陆时禹随口问了句："CPA（注册会计师）考试报名了吧？"

"嗯，报了。"

"报了哪几门？"

叶栩不解："什么哪几门？"

"会计、审计、税法、经济法……"陆时禹问叶栩，"你不会都报了吧？"

叶栩不置可否。

陆时禹哈哈大笑："我看你这钱多半是要浪费了，知不知道CPA考试为什么给大家五年的时间？"叶栩没搭理他，他自问自答道，"因为一年考不过呀。即便是五年的期限，你知不知道CPA的通过率有多少？"

这一次，叶栩倒是有点兴趣："多少？"

"不超过15%。"

在U记，考不过CPA是无法升任经理的，也就是说经理级别以上的都是通过了CPA考试的。

"你考了几年？"叶栩问。

"三年，Maggie考了四年，所以你这第一年能过两门算很不错了。"

说起江美希，陆时禹又想到Linda突然离职，江美希虽然表面上没有表现出什么，但就他对她的了解，这件事对她的情绪影响肯定不小。

于是他问叶栩："对了，Maggie最近怎么样？"

"你问哪方面？"

这话分明意有所指，陆时禹回头看了他一眼："你们俩真在一起了？"

叶栩回看他："我说是的话，你是不是可以省点力气不再拆台了？"

陆时禹显然没想到叶栩会这么回答他，不由得被噎了一下，但气了一会儿，也无奈地笑了："你真以为我是见不得她好吗？你是不知道她和季阳当年的事情……"

"我知道。"叶栩直接打断他。

陆时禹意外："她这都跟你说？"见叶栩不再回答，倒像是默认了，陆时禹又说，"我还是有点不敢相信你俩真的在一起了。"

"为什么？"

"不说别的，这女孩子再跋扈霸道，谈了恋爱也柔软温顺了，但你看看她……"

听到陆时禹的话，叶栩像是想到了什么，低头笑了笑。

"行了行了，你别笑了，我看着碍眼。"陆时禹不耐烦。

正好此时绿灯亮起，他重新发动车子：“就是可怜了我那老同学的一片痴心。”

叶栩抬头看向窗外，心不在焉地听着，片刻后才说：“他不爱她。”

这话说得太笃定了，陆时禹有点不高兴：“听了几个故事就下这种结论显得很幼稚，懂吗？你不了解季阳，他那人……”

说着，又是一声长叹。

叶栩回头来看他，表情中难得地有点好奇：“看人不行这一点，是你们师传的吗？”

陆时禹先是一愣，待明白过来他是在嘲讽他和江美希一样看人不准时，也不由得生气：“嘶……哥哥我吃的盐比你吃的大米饭都多，你跟我比看人？你……”

叶栩面无表情地从口袋中拿出耳机塞进耳中。陆时禹开着车没有注意到，还在口若悬河、滔滔不绝，但是他后面究竟说了什么，叶栩一个字也没听见。

这段时间公司里不忙，江美希和叶栩都能按时下班。为了掩人耳目，两人会约在离公司不远的地方会合，再一起回家。

这天下班，江美希开着车到距离公司两三公里处的一条小路附近停下。叶栩早就等在那里，见她的车来，二话不说拉开门上了车。

车内放着广播，挺聒噪的，两人也因此都没有说话。其实这段时间他们之间一直如此，主要是江美希也不知道怎么搞的，对什么事情都提不起太大兴趣。虽然公司里盛传她要接替Linda的位置，算是个顺耳的传闻，但是最后结果如何谁知道呢？而且就算这传闻最后被证实，她设想了一下，意外地发现自己竟然没有想象中那么高兴。

车子停进了车位里，可是车上的两人谁也没有下车的意思。

江美希笑了笑：“其实我到现在都没想明白到底是哪里出了问题，还是她遇到了什么事。”

这段时间，叶栩当然知道江美希在焦虑什么，晋升的压力，加上所谓朋友的背叛，让她整个人变得茫然起来。有时候他也会去替她想，Linda究竟出于什么原因选择不告而别呢？不告而别也就罢了，一夜之间仿佛人间蒸发了，这就实属罕见了。

他想了想问：“你记不记得我们在Linda办公室外撞到她朝Amy发火的那次？”

江美希不知道他为什么突然提起那件事，想了想说：“你的意思是说其实Linda看到我了，因此就记恨上我了？”说完，她很快否定道，“不可能，不至于。”

叶栩说：“确实不至于，而且她应该没看到你。但我总感觉有些事情就是从那时候起开始有点不对劲的——Amy当时明明惹怒了Linda，但是那之后她非但没有被刁难，反而得到重用似的。”

江美希也想起来了，年会的时候连陆时禹都发现了这一点，还问她Amy是中彩票了还是要嫁人了。

“你是说Amy的离职和Linda有关系？”

“是，但应该不单纯是因为她办公室里那件事。”

那或许只是个契机。

叶栩想了一下，如果两人的离职真的有联系，那么除了那件事以外只能是业务方面的原因，而她们在工作上最大的交集是……阿奇法？

“Linda和阿奇法的人关系好吗？”叶栩问。

江美希不知道他怎么突然问这个，但还是回答说：“算不上多好，普通的客户吧，因为从开始合作起，就是由我主要对接阿奇法，今年她又把阿奇法所有的客户关系都转到我这里了。”

叶栩皱眉，一时间也有点乱。

两人沉默了一会儿，叶栩转移了话题：“从下周开始，我想请三周考试假。”

江美希这才想起来，快到9月了，CPA考试要开始了。原本8月、9月是最清闲的时候，小朋友们都在放假准备考试，老板们也会顾着这事，尽量不把项目安排在这两个月。所以以往这时候，江美希也是乐得清闲，但是今年明显不行了。

U记对合伙人一年的业务总额要求是1500万。向合伙人冲击的总监们，如果谁能达到这个额度，那么就会顺理成章地晋升为合伙人。但是这个要求对总监们来说的确不低了，所以大部分总监是达不到的，业务总额只做个参考，还有平时的工作表现，最后能不能晋升，还是要看其他合伙人们怎么考虑。

虽然现在都在传她会接替Linda的工作，但也不知道为什么，她心里始终有点惴惴不安。所以她想，还是要趁着上面下决定前，多拉点项目给自己加加分。

想到这些，她有点心不在焉地回了叶栩一句："那你好好复习，有什么不懂的可以问我。"

叶栩也不在意她态度敷衍，答了声"好"，然后说："作为你辅导我准备CPA的回报，我可以答谢你点别的。"

江美希总算被这句话唤回了思绪，抬头看着车厢里的年轻男人。他此时正目光灼灼地看着她，一双湿漉漉的眼眸要笑不笑的，充满了挑衅和暧昧。

不知道是不是她的错觉，她总觉得他所谓的答谢可能有点少儿不宜。想到这些，她顿时觉得车内的空气太黏腻了。

"想什么呢？脸都红了。"他笑。

她怔了一下，旋即就要去推车门，又被他一把拉住："等我说完。"

"快说。"她没好气。

"你的业绩指标还差多少？"

江美希想了一下说："两百多万吧。"

叶栩点头："差得不多。不过正常的公司年审应该是凑不够，IPO倒是可以。"

江美希这才明白他也在跟她想着一样的事情。

听他这么说，她有点泄气："哪有那么多IPO项目呢？"

一般公司要做上市的决策都需要很长的周期，什么时候需要对接第三方，这只有公司内部知道，所以这种项目一般都是公司自己找过来，江美希想主动作为，成功率很低。

叶栩却笑了："如果那么容易就搞定，那要我干什么？"

叶栩虽然说要帮她搞定一个大单，但是这种事情的结果太难掌控了，能力是一方面，运气是另外一方面。何况叶栩还要准备考试，江美希不想占用他太多时间。

所以那天之后，她开始主动联络些以前联系不太多的潜在客户，了解对方公司当前的审计需求以及和其他会计师事务所的合作情况。遇到对方不愿意聊的，她就礼貌客气地说声“打扰”，约下次吃饭；遇到对方愿意多聊的，她会把这些信息一一记下来，哪怕这次没希望合作，但或许还有下次。

而叶栩这边范围更小，目标更明确，他把之前被锐丰提到的几家公司一一列出来。这些都是比较优质的企业，所以大部分都曾是U记的目标客户，只是因为这样那样的原因最终没有合作成功，这些企业相关负责人的联系方式，公司里是有的。叶栩圈出其中没有上市的几家公司，其中就有夏风。

与其他几家公司分别联系过，但有下文的没有几家，包括夏风在内，倒是另外一家正在筹备IPO的公司说可以给U记一个竞标机会。约好了面谈的时间，叶栩挂断了电话。

这几天江美希又忙了起来，所以晚上回来得都比较晚。叶栩又看了会儿书，起身往洗手间走去。简单冲了个澡，再出来时，放在餐桌上的手机正好响了。

他以为是江美希，拿起来扫了一眼，竟是个外省的座机号。

他立刻接通电话，夏风科技邢总秘书的声音很快传了过来：“是U记叶栩吗？”

“您好，是我。”

“你们方便来厦门一趟吗？我们老板在下周三之前应该都在厦门。”

秘书小姐说得没头没尾的，但是叶栩很快明白过来，合作的事应该很有希望，于是说：“好的，我们确认下行程，提前跟您约时间。”

挂上电话，叶栩看了眼时间，已经九点多了，但是江美希还没回来。

他打了个电话过去，“嘟嘟”的声音连响数下电话才被接通。

“什么事？”伴随着江美希略微慵懒沙哑的声音，乱糟糟的喧嚣声也一股脑地通过无线电波涌入了叶栩的耳中。

他皱了皱眉：“你在哪儿？”

她懒洋洋地答：“和客户吃个饭。”

其实今天来的也不完全算是客户，因为主宾是她的一位大学同学，他们以前也偶有合作，但多数情况是同为乙方。

然而乙方和乙方也有不同。就比如在IPO项目中，因为券商决定着要为甲方引入什么样的战略投资者，而不同的投资者又能为甲方打开完全不同的局面，经验丰富的券商对证监会的审核标准把握得也更精准。所以IPO的成败，除了看公司本身资质外，主要就是看券商是否给力。所以鉴于券商的重要性，他们在项目中的地位似乎也是凌驾于会计师事务所和律所之上的，而且更得甲方依赖。

大部分的甲方公司对于选哪家会计师事务所并不那么明确，但如果这时候，有一家本身资质就很不错的会计师事务所被甲方信赖的券商推荐的话，或者是干脆打包合作，那么这家会计师事务所也就不用担心业绩问题了。

江美希今晚约见的这位大学同学，就在一家很有名的证券公司工作。难得的是，她的这位老同学是少有的和她关系不错，但和季阳关系一般的人。

江美希猜可能是性格使然，她这位老同学上学时还不善交际，在学校里存在感也很低，自然和季阳、陆时禹这些风云人物玩不到一起。正好她也是这种人，如果她不是季阳的女朋友，那在美女如云的财经大学，即便长得再好看，她这种人的存在感也很低。

不过他们两人一起参加过一个社团，比起不熟的其他人，同班同学自然要亲切很多，这也就是她和这位老同学关系不错的原因。不过自打毕业以后，她几乎是亲眼见证一个老实人如何在这资本市场摸爬滚打，渐渐蜕变成一个长袖善舞的人的。

其实这位老同学也不止一次提过，她工作上有需要可以找他。但江美希不习惯求人，哪怕是自己的同学，所以在今天之前她都完全没有想过这事。

今天是恰巧听说了他刚当上爸爸，于是打电话去恭贺对方时，约了晚上一起吃饭，叙旧之余再聊聊上次提过的合作事宜。

晚上江美希带了刘刚去赴约，老同学也带了几个人来。经过介绍，江美希才知道这几个人也不全是同学的同事，还有可能帮到她的人。

因为有老同学在，气氛倒是很随意，只可惜这种场合又免不了喝酒。饶是有刘刚替她挡酒，但别人敬的酒可以不喝，老同学敬的酒却不得不喝。

这样一来，她又有点醉了。

叶栩还是问："你在哪儿？我去接你。"

"别。"江美希即便是醉了，也知道叶栩绝对不能这时候出现，但话一出口，她也发现自己的口气有点急了，缓了缓解释说，"我不是一个人来的，刘刚在，你放心吧。"

叶栩没有回话，她耳边静悄悄的。江美希也不知道说什么好了，她知道这是那小狼崽子又在闹别扭了。

旁边包间的门突然被人拉开，随之而来的还有老同学的说话声。她连忙对着话筒说了句"晚点再说"，就挂断了电话。

老同学从包间走出来，看到门外的江美希愣了一下，但很快绽开个笑容："在这儿站着干什么？"

江美希笑着朝他扬了扬手里的手机。他点了点头，很快又想到什么似的问她："不久前那次同学聚会你怎么没去？"

江美希回忆了一下，那次好像是为了给季阳接风，班长陆时禹就顺便把在北京的大学同学张罗了起来聚了一下。当时陆时禹也问过她，但她连个敷衍的理由都懒得想就直接推掉了。

"哦，当时有点其他事，就没去成。"

老同学明显不信："跟我就不用这样说了。"

江美希尴尬地笑了笑。

老同学说："话说出来可能有点马后炮嫌疑，但我当年真不觉得你俩能走多远。"

这说法和其他同学可不一样，江美希有点意外地问："为什么？"

老同学笑："我一直觉得，咱和他们不是一类人。"

江美希也笑了，或许就是这样，但她和季阳究竟是怎么不同的两类人，她又说不清楚。

她说："今天真是谢谢你。"

"你就是太客气了，王芸就从来不和我客气，有事没事找我帮忙。"

江美希笑："那你应付她就够忙的了，我还找你，太为难你了。"

老同学无所谓地摆手："放心吧，你俩都是老同学，我肯定不会顾此失彼。不过你要是跳槽去她那里了，我也的确省点事，一份人情卖两个人。"

江美希一听就知道王芸肯定没少跟这位老同学抱怨，她诚心挖她，但她就是不给面子的事。

江美希说："她的话你听听得了。"

老同学却不以为然："其实我觉得她那个提议挺好的。你能力摆在那儿，只是可惜再有能力也是给别人卖命，不如出来自己干，干得好不好都是自己的，更何况U记这样的外资所，不可能一直霸着市场。"

其实是不是给自己干倒是其次，她如果能在U记升合伙人，那接下来也相当于在替自己干了。真的让她有所触动的，还是王芸那套壮大内资所的理论。

内资所的发展的确落后于U记这样的外资所好多年，内资所也因缺乏经验、制度不够完善而被外资所诟病。

她人在U记，耳濡目染得多了，前几年在提起内资所时也会跟着有点优越感。可是随着在这行的时间越来越长，她也开始反思，为什么我们自己不行？真的是外来的和尚才好念经吗？就算是吧，我们取经也取了这么多年，什么时候才能打破这种外资所霸占市场的局面呢？

但是想归想，她这人认定一件事不会轻易放弃。比如现在，就想着顺利升上合伙人，至于以后怎么样，她还没想过。

两人又聊了两句，老同学去了洗手间，她回了包间。

她回去时，老同学带来的那几个人明显都已经喝高了，勾肩搭背地凑在一起抽烟聊天，就连她进门，那几人也没有注意到。

江美希看了一眼离门口最近的刘刚，他正低头看手机。

她走过去，坐在他旁边，随口问道："家里催你回去了？"

刘刚被她的突然出现吓了一跳，手机险些掉在地上。

“没有，同事之前发的信息，才看到。”

“哦。”江美希也没在意，隔着呛人的烟雾看对面东倒西歪的几人，又看了眼身边还算清醒的刘刚，由衷地赞了句，“酒量不错。”

刘刚趁着刚才江美希回过头的工夫又偷偷拿出手机，正编辑短信，被她这句话又吓得一个哆嗦。

“还行还行！”

江美希看着他这反应不解地皱了皱眉，片刻后说：“去把账结了吧，估计快结束了。”

“好的。”

刘刚如蒙大赦地跑出了包间，出来后干脆拨了个电话给叶栩，没好气：“你到底要干吗啊？”

刚才江美希挂了叶栩的电话后，叶栩直接就发信息向刘刚要地址。刘刚以为叶栩是要来找他，虽然不知道是为什么事找他，但他明显没有时间应付他，于是说自己在和客户吃饭，江美希也在。

然而祭出了江美希的大名并没有什么用，他还在不依不饶地问他在哪儿。

叶栩没有回答，而是问：“你们什么时候结束？”

刘刚完全没有注意到他说的是“你们”而非“你”，正想说“跟你有什么关系”，突然想到了一件事——他最近约了石婷婷几次，难道跟这事有关？

“不是……你听我解释……”

“两分钟之内，地址发我。”

“唉……”刘刚听着电话里的忙音，一脸的愁容。这时候的叶栩明显有点冲动，两人这时候见面显然不明智，但是他也了解，也许今天放了叶栩鸽子，以后他在公司的日子怕是都不好过了。他想了想，估计等叶栩赶来其他人已经走了，一会儿他只要在这里等他来，把事情说清楚，应该就可以了。

想到这些，刘刚极不情愿地发了个地址过去。

叶栩的车子刚驶出小区，手机“叮咚”一声进来一条信息，他随手抄起看了一眼："鸿运大厦。"

路上，叶栩趁着等红灯的时候发了信息给江美希："在大厦西门等我。"

江美希收到短信时有点意外——大厦？鸿运大厦？他怎么知道她在哪儿？难道她自己刚才在电话里说了？

脑子因为酒精的缘故还有点混沌，江美希也就没有多想。

老同学和其他几个人已经走到一楼大堂处，要出门前回头张望，应该是在找她。

江美希连忙收起手机迎过去："怎么来的？有司机吗？要不要帮你们叫个车？"

老同学摆手："不用了，有司机过来。你呢？我顺路送你？"

江美希说："你们先走，我刚才在楼上看到个熟人，一会儿还得上去打个招呼。"

老同学点头："那我们先走了，后续有进展，我们及时通电话。"

江美希说："好。"

送走了客人，她这才意识到身边还有个刘刚。

"还不走？"她问刘刚。

刘刚看了眼时间，心里有点打鼓，生怕一会儿叶栩来了会和江美希遇上。

"我有个朋友要来接我，等他一会儿。您什么时候走？"

江美希说："不用管我，你先走吧。"

刘刚有点迟疑："您一个人行吗？"

江美希摆手："没喝多少，明天见。"

说着她转身往楼上走去。

刚回到二楼，江美希又接到叶栩的电话。

"出来吧。"他说。

江美希从二楼走廊直接绕到西侧楼梯下了楼。一出门就见一辆黑色揽胜堵在门口，火还没来得及熄，引擎"嗡嗡"作响，在这个本就闷热的夏日夜晚，制造着多余的热浪，让人觉得一阵烦躁。

怕他下了车反而被可能出现的熟人看到，她几乎是一看到他的车就急匆匆上来拉车门。只不过喝了酒，手上没什么力气，拉了两次才把车门拉开，上车时也不太顺利，差点踩到裙子，还好座椅挡着，让她没太狼狈。

叶栩刚停好车，就听到车门被人蛮力拉拽的声音，待看清门外的人时，他打开车锁，面无表情地看着那人爬上车。

每次都是这样。

虽然明知道她最多也就喝了两三杯，但他看着这样的她还是忍不住生气。这人不知道自己酒量多差吗？就这点酒量还不愿意叫他来接？怕什么？怕被人看到吗？

气过了江美希，他又气刘刚，那家伙看来也没什么用，几杯酒都挡不住。

还好他来了。

看着她慢腾腾地坐好，端正了姿势，甚至还一板一眼地系好了安全带，他收回视线，发动了车子。

回去的路上，两人谁也没有说话，直到叶栩的电话突然响了起来，打破了车内的静默，他这才想起来刘刚可能还在等他。

“怎么不接电话？”江美希问。

“开车不方便。”他任由手机在牛仔裤的口袋里响着。

她突然解开安全带倾身过来：“我帮你接。”

说着，她略带凉意的手已经探到他牛仔裤外。

车内的灯突然亮了起来。

江美希被这突如其来的光亮搞得莫名其妙。

她不解地看着叶栩：“你干什么？”

叶栩勾了勾嘴角：“方便你帮我找，免得看不见瞎摸。”

江美希怔了一下，悻悻收回手，而此时他的手机也已经安静了下来。

叶栩笑了笑，又关了灯。

片刻后，他说起正事：“安排一下工作，我们下周三之前要去趟厦门。”

江美希诧异看他：“为什么？”

“约了夏风的副总。”

她像是想到了什么，惊喜道：“那边给回复了？他们真有IPO意向？”

“既然叫我们去了，那就应该是吧。”

江美希缓缓靠在椅背上，想到今晚和老同学的见面，还有叶栩带来的这个消息，之前因为Linda的突然离职和晋升合伙人的不确定而压在心头的阴霾，一瞬间就一扫而空了。

无论如何，一切都在朝着好的方向发展着。

她问叶栩：“我这几天没什么事，那我们周几走？”

“那就周五晚上吧，顺便在厦门过个周末，就当给你放假了。”

她侧过脸看看着正专注开车的男人，不知道是不是酒精的缘故，她变得超乎平常的脆弱，也超乎平常地敏感。

车子已经进入小区，片刻后轻轻巧巧地停入车位。

她说：“谢谢，不管结果怎么样。”

她很少说这样的话。像“谢谢”“对不起”这些被很多人挂在口头上的客套话，她对他似乎从未说过，更何况还是这么郑重其事的语气。

意外之后，他却说：“原来你就是这么谢人的。”

或许是因为喝了酒，或许是因为心情好，也或许只是因为她确实很想谢他。

关掉引擎的车里静得出奇。

她无所谓地说：“你说吧，要我怎么谢？”

他把玩着手里的车钥匙回过头看她，夜色掩映中，那双眼睛分外明亮。她已经做好了他大概会说几句暧昧的话的准备。

其实那种话他以前也没少说，只是她这人一本正经惯了，又是他老板，年纪比他大太多，所以过往这种时候，她多半不会给他留面子，遇上他脾气也不算好的时候，两人就会展开新一轮的较劲。

不过这一次，她想偶尔顺着他也无所谓。

可是此时此刻的叶栩脸上没有一丝一毫的戏谑，那双看着她的眼睛目光沉沉，像是在酝酿着什么。

她突然就有点心慌了。

她烦躁地以手当扇扇了扇：“车里热死了，先上去吧。”

“等一下。”他拉住她，还是那么看着她。

江美希知道有些事情逃避也没有用。于是她镇定下来，没用多久就下定了决心——哪怕明知是伤人伤己的决定，但她已经想好了，只要他提出公开关系或者要她给什么承诺，即便冒着两人分道扬镳的风险，她也会拒绝。

想到这些时，她自己都吃了一惊。她从来不知道自己可以薄情寡义、自私自利到这种程度，一边贪恋他带给她的刺激和陪伴，一边又害怕将来分开时自己受到伤害，所以才这样小心翼翼不让自己付出太多感情，一旦他不满足于现状，她就要毫不犹豫地来个快刀斩乱麻。

她突然开始厌弃这样的自己，既然知道什么都给不了他，那又何必贪恋他给她的好？或许早点结束对他来说也是及时止损。

想到这些，不等叶栩再说什么，江美希率先开口叫了声他的名字。

可是后面的话还没有说出口，对面的年轻男人突然松开了握着她的手。

他低头摸出烟盒，抖出一根张嘴衔住，又摸出打火机将其点燃，一套动作行云流水。

缓缓地深吸一口，他突然不怀好意地回头看她，在她还没回神前，将一团烟雾尽数喷在她的脸上。

他轻笑一声：“想什么呢？一脸的苦大仇深。”

江美希被他这口烟呛得狂咳起来，咳到泪都出来了。

她没好气地等着他，他却无所谓地说：“你以为我想要什么？”

她还在咳嗽，他轻轻替她拍了拍背，然后顺势将她搂到跟前，凑到她耳边说了几句。

她的脸立刻就红了，恼羞成怒之余，又暗自松了口气。果然他还是老样子，是她自己想多了。

“怎么样？”他笑着问。

沉沉暮色中，她看着他修长手指间那抹忽明忽暗的猩红，想到刚才这人的恶作剧，冷笑一声，丢下一句“做梦吧你”便愤然下了车。

她想快点走，奈何酒劲没散，脚步虚浮。在她又一次差点崴到脚时，他也追了上来，没跟她说话，也没看她一眼，只是在走过她身侧时，一手握住她纤细的手腕，半拉半扶带着她往楼里走。

刘刚酒都醒了，才收到叶栩的短信说他去不了了，松了一口气的同时又很生气——这是在耍着他玩吗？

于是憋着口气打电话给叶栩。

等了很久，没等到叶栩接电话，刘刚都快放弃了，电话却突然接通了。

刘刚怒气冲冲：“耍着我玩是不是？老子等了你一个小时，你又说你来不了了？”

“谁让你等了？”

说出这话时，叶栩的声音是断断续续的，而且略微哑，像是在极力忍耐着什么。

刘刚的火气瞬间就灭了：“什么情况？生病了？”

叶栩坐在浴缸边沿，垂眼看着跪坐在自己腿间的某人说：“好像是有点，不知道是不是被什么人传染了。”

被切换成外放模式的手机里又传来刘刚聒噪的声音：“得了得了，那你早点休息吧。”

叶栩应了一声挂掉电话，再去看垂头丧气的某人：“干什么呢？”

江美希恨透了！双手捂着脸想，自己作为老板的尊严是彻底没有了。

周五晚上江美希和叶栩到了厦门酒店时已经是深夜。叶栩倒是还好，但江美希开了一天的会，又坐了三个多小时的飞机，早就累得不行了，几乎是一到酒店就睡了。

其实她很少能在酒店睡得踏实，这一晚却一夜无梦。

再醒来时窗外早已天光大亮，她看了眼旁边的人，应该是早就醒了，正半倚在床头用笔记本上网。

见她醒来，他问她："饿吗？"

她哑声答："有点。"

他看了眼时间："那我把午饭叫到房间，收拾一下就出门。"说着就合上笔记本，掀开被子起身下床。

他赤裸着上身，下面穿了一条她在门口小超市里随便替他挑的棉布居家裤。裤子很宽松，松紧口，松松垮垮挂在他精瘦结实的腰腹上，当睡裤倒是挺合适。但真是随便挑的便宜货，最大号穿在他身上也有点短，露出一段骨节分明的脚踝来。不过即便是这样，穿在他身上，依然不显得邋遢廉价。

江美希不由得感慨，这人真是天生的衣服架子。

"我穿什么？"看着他随便从行李箱中找了件白T恤套上，她随口问了句。

因为她昨天回家比较晚，行李都是他替她收拾的。昨天赶到酒店后，她依稀记得他把两人周一要穿的职业套装拿出来挂在了酒店衣柜里，但出门去玩总不能穿那种衣服。

他闻言，顺便拿了两件衣服放在沙发上："穿裤子吧，方便。"

她抻着脖子看了一眼，是牛仔裤和一件T恤，不知道是不是他故意的，也是件白色T恤。

江美希起床洗漱，只涂了点防晒，没有化妆，看着倒是显得多了几分稚气。

两人随便吃了点东西，很快准备好出了门。搭乘电梯时，江美希看到反光的电梯门上映出两人的身影，都是牛仔裤、白T恤，清新脱俗得就像附近大学的小情侣。

电梯门再度打开，他拉着她走出去，快走到酒店大门前时，他看了眼门外突然停下脚步："你等我一下。"

江美希以为他是落了什么东西在酒店，也就没多问，坐在休息区的沙发上等他回来。

正在这时，她看到两辆黑色奔驰由远驶近，最后停在了酒店门口。

车子一停稳，副驾的门率先打开，一个穿着职业套装的年轻女孩匆匆下了车，然后立刻去替后排的人开车门。车门打开，一个女人不紧不慢地从车上下来。

她穿着一身最新款的香奈儿职业套装，黑而密的头发一丝不苟地梳在脑后，扎成一个一寸来长的短辫，搭配着她圆润饱满的额头和姣好的五官，看着干练又时尚。不过她周身那种不怒自威的气势和沉稳老练的气场，又让人猜不准她的年纪。

江美希觉得这人有点面熟，只是一时有点想不起在哪里见过。

这时候，一行人马已经浩浩荡荡进了酒店。那女人和刚才替她开车门的女孩走在最前面，渐渐走近，江美希总算想起了对方的身份。

就在三年前她还是个高级经理的时候，跟着Linda参加过一次广化集团的项目竞标。当时那个项目很大，广化要找的是能够服务于全集团的会计师事务所，所以当时广化的总经理秦丽梅亲自为那次招标把关。

江美希还记得，U记和另外一家外资事务所都是那次竞标的热门公司。但两家事务所实力相当，口碑相当，最后谁能胜出还真不好说。U记内部对那次竞标也很看重，她和Linda曾为了见秦总一面在她办公室外等了近两个小时。

虽然过程有点艰辛，但是见面后她们和秦总聊得还算顺利。当时她就对这位秦总印象非常深刻。之所以深刻，是因为在她看来，能做到那个位置的女性本就不多，做到这个位置后必定也有上位者的不可一世。在等待的两个小时中，她想象了很多，也无比忐忑，但见到对方后，那种忐忑就渐渐消失了。

那位秦总不是没有上位者的威严，只是那种有好涵养打底的气场全开和不可一世是截然不同的。三个职场女性坐在一起聊了很多，不过最后因为种种原因还是另外一家事务所中了标。

人已经走到距离江美希几米远的位置，五官也更加清晰起来，和她记忆中那个气场全开的女霸道裁完全重合。

江美希立刻起身迎了过去，礼貌地笑看对方："是秦总吗？"

秦丽梅停下脚步疏离客气地看着面前的人："你是……"

江美希习惯性地在身上摸了一下，这才后悔，因为是想着出去玩，也没有随身带名片。

好在秦总脸上的神情已经从刚才的困惑不解渐渐变成恍然大悟：“江小姐？”

江美希立刻伸出手：“没想到您还记得我。”

秦总笑着回握她：“看来我记性还不算差。”

说着，她上下扫了眼她的穿着打扮：“这是……来度假，还是工作？”

江美希略微想了下说：“都有吧。您呢，来工作吗？”

秦丽梅点头：“这边的公司有点事情来处理下……”

说到这里，秦总突然停了下来，目光正看向她的身后。江美希不解地回头看，正看到叶栩站在她身后不远处也看着她们这边，而他手上多了一顶女士遮阳帽。

江美希这才想到还有个叶栩，突然有点紧张。

她很担心叶栩会突然走过来，因为他不知道该如何对面前的秦总介绍他的身份。说朋友吧，如果以后江美希想走秦总这条线建立起和广化集团的合作，叶栩是U记人的身份就会曝光，这种说是朋友的身份介绍就会给对方一种她不够真诚的感觉。

可如果说是同事或者下属，她刚才又分明承认了自己是顺便来度假的，而且他俩这孤男寡女的搭配，还有他手上她的帽子都会让人浮想联翩。她不想给对方不够专业、公私不分的感觉，所以还真不好解释叶栩的身份。

好在叶栩似乎没有走过来的意思，而秦总也没有要问的意思。她收回视线朝江美希笑了笑：“我这儿还有点事，我们改日联系。”

江美希连忙应好，然后目送着秦总在一帮下属的簇拥下走进了酒店电梯。

送走了秦总，她回头，刚才叶栩站着的位置此时已经没有人。她四下环顾，这才在玻璃窗外找到他的身影。

她快步走出去，见他正百无聊赖地抽着烟。本来是挺潇洒养眼的画面，但因为他手上那顶女士遮阳帽显得有点违和。

见她出来，他把剩下的半支烟按灭在身边的垃圾桶里，朝她扬了扬手上的帽子。

到了此时，她才有工夫去想他刚才回去拿帽子的事。看了看外面的阳光明媚，她不得不感慨她一个女人竟然还不如他细心。

她走到他面前，正要伸手去拿帽子，他却动作更快，直接替她戴在了头上，然后转身说："走吧。"

两人打车到了环海路附近，下车的地方就有出租自行车的。

叶栩问江美希："要骑车吗，还是走走？"

正好有三个年轻人也在租车，他们租了个三人同骑的自行车，正在艰难地上路。

江美希说："骑车吧，骑那种。"

她说的和刚才那三人骑走的车子类型差不多，只不过是两个人骑的。

"这种自行车骑起来比较沉，环海路有几十公里，你确定吗？"

江美希听他这么一说又有点不确定了，但叶栩已经走了过去："你喜欢就试试吧。"

说着，给老板交了押金，挑起车来。

找了一辆相对较新的，叶栩让她在前面，他在她身后。

因为两人是一前一后，所以也不方便说话。可就是这份默契的安静，再配上那满眼的好风光以及迎面拂过她面颊的风，让她觉得前所未有的惬意。

她已经不记得自己有多少年没有像今天这样可以抛开工作，肆意呼吸自由的空气了。

叶栩看着前面纤瘦的身影，感受着微风吹过时带来的她的味道，还有似有似无扫过他鼻尖的发丝，不禁勾了勾嘴角。

身后传来一阵笑闹声，不一会儿有人骑着一辆跟他们同款的双人自行车从他们身边经过。应该是一对小情侣，女孩子双脚踩在车辆上，一个劲儿说着"快点快点"，而她身后的男孩子满头大汗地踩着踏板，却笑容满面。

小情侣的说笑声渐渐远了，叶栩问江美希："累吗？"

江美希说："还行。不过这车确实沉。"

叶栩说："那就歇一会儿，我来蹬吧。"

江美希本来想都没想就要拒绝的，因为她不习惯被人当弱势群体照顾着，但话出口之前，她犹豫了一下，最后也学着刚才那女孩的样子把脚踩在车辆上，只让身后的叶栩来蹬车。

车速没有因为她的退出而放慢，反而比刚才更快，耳边有呼呼风声掠过，她顿觉得凉快许多。

她看着前面蜿蜒伸展的临海公路，在天的另一头隐没在海天交界处，宛如一条漂亮的绸带将绿树繁花的都市和浩瀚无垠的大海分割了开来。

江美希有点后悔，怎么之前几次来这座城市时没有哪怕片刻的停留，好感受一下这个城市的美。还好这一次有人带她来了。

她侧过头问身后的人："咱们在前面休息一下吧？"

"好。"

前面有一处观海台，两人把车子停在路边，江美希迫不及待地走到白色栏杆前眺望远海。这里比刚才来的路更开阔，风也更大，吹得她长发上下翻动。

叶栩有一瞬的失神，直到江美希回头看他，他才低头拿出手机："要给你拍照吗？"

江美希说："人就不用拍了，拍拍风景吧。"

叶栩想说风景有什么好拍的，但还是随便拍了几张。拍完之后他低头翻看，比起眼前看到的，照片拍得实在不怎么样。但很快，他突然想到什么，对江美希说："这边角度不好，我去那边拍两张，你在这儿等我一下。"

江美希随口应了句，继续看着远处。

叶栩找了半天角度，最后终于把碧海蓝天以及某人的侧影装在了一个镜头里。

他返回她身边，她探头过来："给我看看。"

他却收回手机，从旁边的车筐里拿出两瓶矿泉水，拧开其中一瓶递给她："像素不行，都不怎么样。"

江美希笑了下，似乎在说这就是她不拿出手机拍照的原因。不过刚才他问她要不要拍照时，她脑子里突然就冒出个念头：他们好像还没有过合照。但这种念头很快就被她打消了，如果现在就已经看到了这段关系最后的结局，那么留下太多的痕迹不是给日后的自己平添困扰吗？

她喝了口水，回头看着身边的年轻男人，有汗水微微浸湿了他的头发，又顺着鬓角滑向棱角分明的下巴。应该也是渴了，他随手拧开手上的矿泉水，仰起头狂灌了几口，随着他喉结微微滚动，又有细小的汗珠顺着他的脖颈滑进领口。

也不知道是看久了习惯了，还是其他什么原因，她突然发现，不管从哪个角度看，他都比他们最初认识的时候更顺眼了。

似乎是注意到了她的目光，他随手揪起T恤前襟胡乱擦了一下下巴上的水和汗，这才回头看她：“看什么？”

她平静地和他对视了片刻问：“你在担心周一的事情？”

“为什么这么说？”

“感觉你一路上心不在焉的。”

他不置可否地笑了下。

江美希收回目光，双手撑着栏杆又看向波光粼粼的海面：“我之前的确是一门心思地想着升职，虽然没想过无法升职我会变成什么样，但是就觉得不能输，不能输给Kevin或者其他任何一个人。可是随着结果揭晓的日子越来越近，我突然发现，能不能当合伙人，好像也没那么重要。既然已经尽力了，就算是输也只是输了点运气，所以就算是结果不好，似乎也没那么难以接受了。”

说完她转头去看身边的男人，发现他正看着她，神情中有毫不掩饰的意外。

她笑了笑说：“所以你也不用担心。”

叶栩看了她片刻说：“你高兴就好。”

“嗯，周一见到夏风的副总好好聊一下建立起关系，成不成我们都不算白跑一趟。”

他应了一声“好”，然后看了看远处：“还往前走吗，还是原路返回？”

江美希说："回去吧，有点累了。"

果然已经不年轻了，和一二十岁的人没法比了。

他们返程的路上，天色就渐渐阴沉了下来。等还了自行车后，天已经下起了毛毛雨。两人抓紧时间打车回了酒店，刚进房间，就见雨水已经打湿玻璃。江美希脱了鞋走到窗前，远处的风景已经在雨幕中变得模糊。

不得不说这个时节的天还真像孩子的脸，一会儿晴一会儿雨。

刚才打车的时候，两人在外面淋了点雨。江美希还好，被叶栩护着，从头到脚都干干爽爽，但是叶栩的头发和T恤都湿了，一进门就去了浴室。

房间里静得只有"哗哗"的水声，分不清是外面的雨水声还是浴室里的声音。

虽说她告诉叶栩升不升职都无所谓，但只剩下她一个人的时候，她又忍不住去想工作的事情。

这次来厦门的一个意外收获无疑是再次遇到秦丽梅，从见面时对方对她的态度可以确定，秦总对她或者是对U记的印象还是不错的。而这两年，江美希也一直在关注着广化的动态。

广化集团体系庞大，下属分公司有三十二家，目前有两家分公司前后完成了上市，还有包括广化锐丰在内的另外两家分公司正在积极筹备上市。而这些分公司虽然有独立的法人、独立的管理层，甚至已经独立上市，但分公司的实际控制权还是掌握在上一级的集团公司手中。

秦丽梅作为集团公司的股东，手里的股份并不是最多的，但她是几个大股东里唯一一个参与公司日常管理的人。

要把这样一个庞大的集团运营好，又要安抚股东们的心，广化对审计业务的需求一直在增加。除了几家上市公司必须要做的年审，个别分公司的IPO审计，其余分公司每年也都需要接受第三方审计。江美希猜测，这也就是广化突然将一些审计业务重新招标的原因。

江美希正想着回北京后，要尽快找个机会拜访一下秦总，思绪被一阵嗡鸣声打断。

她回头看了一眼，是叶栩放在茶几上的手机。

此时浴室里的水声已经停了，江美希又看了那手机一眼，对着浴室方向提醒了一句："你电话响了。"

浴室门打开，叶栩裹着条浴巾从里面出来，一边擦着头发，一边走向茶几。而此时，他的手机已经安静了下来。

他漫不经心地拿起来看了一眼，又看向江美希。

江美希被他这一看，有点莫名其妙："怎么了？"

叶栩又把手机随意丢回到茶几上："没事。"然后走到她身边，"去洗澡吧。"

江美希说了声"好"，往浴室走去。

衣服脱到一半，她突然想起来卸妆油没有带进来，拉开门叫外面的叶栩："帮我拿下行李箱里那个绿色小包。"

没一会儿，叶栩走过来："是这个吗？"

江美希接过包时扫了他一眼，发现他已经穿戴整齐，鞋都换好了，像是要出门的样子。

"要出去？"她问。

"买包烟。"

江美希探头看了眼窗外："还在下雨。"

叶栩要替她关门："你好好洗一下，别感冒了，我马上回来。"

江美希也就没再说什么。

可是直到她洗好了澡吹干了头发出来，叶栩还没有回来。

她拿起手机看了一眼，这都过去一个小时了，跑去哪里买烟了？

她干脆拨了个电话给叶栩，一阵熟悉的嗡鸣声由远及近，渐渐清晰起来。

江美希举着手机回头，就听"咔嗒"一声，房间的门被人打开，叶栩一边低头看着手机，一边走了进来。

江美希挂断电话："怎么去了这么久？"

"在外面抽了支烟。"说着他走到江美希身边，摸了下她披散在身后的长发，"怎么不全吹干？"

"全吹干对头发不好。"她随口应了句，回到房间打开笔记本查收邮件。

叶栩问她："明天还想去哪儿玩吗？"

江美希想了一下说："想休息。"

叶栩低头摸出烟盒说："也行。"

江美希抬头看了一眼，就不由得皱眉："你不是刚抽完吗？没见过你这年纪烟瘾这么大的。"

叶栩无所谓地笑了下，把烟盒又揣回了牛仔裤口袋。

江美希又想到广化的事情，于是问叶栩："Kevin和锐丰那个项目，我记得是你在跟吧？"

叶栩抬头看了她一眼，点头说："对。"

江美希皱眉："广化锐丰早就说要上市，我有个大学同学之前和他们打过交道，说他们那位金总非常不好应付，难得Kevin能把他搞定。"

江美希说的大学同学就是王芸，之前一起吃饭的时候王芸提过一次，当时她就想，王芸那样八面玲珑都搞不定的人，肯定不是一般难搞。没想到陆时禹一出马，事情就敲定了！

叶栩兴致缺缺地回了句："大概季阳起了不少作用吧。"

江美希没留意到叶栩的刻意敷衍，只当他是提起季阳心里有情绪，也就没多想。

"可是我听说金总那人最喜欢吊人胃口，不把几方人马折腾得筋疲力尽绝不松口。就算是季阳真的说得上话，也不会那么顺利，Kevin带你去见金总那次，他自己也是第一次见金总吧？见一次就搞定这么大一个项目有点奇怪。"

身后久久没有回应。江美希回头看了一眼，叶栩已经换上了家居服爬上了床，好像是已经睡着了。

在酒店房间休息了一整天后，周一一早，江美希和叶栩早早赶到夏风科技。和接待他们的副总简单聊了一下，夏风的情况，江美希大概也有了底。

目前夏风就和叶栩最初揣测的情况一样，有一定的实力，还没有上市，所以公司为了进一步发展，上市是早晚要走的路。而且上市的事情也是他们最近才提上议程的。说到这里，对方还诧异地问了江美希他们是从哪里得到的风声。

叶栩简单解释了一下自己的猜测。

夏风的副总毫不掩饰地赞叹："专业的就是不一样，其实我们公司内部一直也有合作着的本地所，但是上市是大事，还是想找家更专业的事务所帮我们辅导一下。"

后来这位副总又带着江美希和叶栩参观了公司，走访了一下公司的技术骨干、管理层人员。江美希也大概了解了，夏风的产品和业绩的确是不错，但要上市的话明显还有许多不足，足见之前和他们合作过的本地所并没有充分了解到他们的需求，或者说并没有尽到他们的责任。

夏风的副总表示："我们是希望和专业的外资事务所合作一到两年，到时候再看是否具备IPO的条件。我们此前也做过一些调研，知道U记在全球范围内都是最专业的，所以也一直期待合作。我们公司的情况，您二位也大概了解了，后续贵公司如果有意向合作，尽快给我们一个报价，我们内部商量一下就做决断。"

江美希笑着答应回北京后会尽快给个回复。谈完正事，对方留他们吃饭，但被江美希以赶飞机为由拒绝了。

公司里的确还有很多事情要处理，而且距离CPA考试的时间也越来越近，她不能让他耽误太多时间在她的事情上。

所以这边刚和夏风谈好，江美希就订了下午回北京的机票。其实这一趟厦门之行，已经比她预想中的收获大很多了。

虽然普通的年审业务量无法和IPO项目比，但是一般情况下公司在上市时不会再更换已有的会计师事务所，也就是说，如果这次年审项目谈妥，那么不出意外的话，夏风未来的IPO项目也必定是U记来做。虽然没有立竿见影的业绩猛增，但这一行向来都是如此，细水长流赚个口碑，日后总会有收获。

回到公司，江美希第一时间向公司汇报了夏风科技的情况，在得到支持后，江美希安排刘刚对接夏风的相关事宜。

处理好夏风的事，江美希想了想，拉开抽屉找出最底下的一本名片夹。找了半天总算找到秦总的名片，上面有一串座机号码，她试着拨了一下，接电话的是秦总的秘书。

江美希自报家门，对方笑了笑：“我们在厦门时见过的。”

江美希这才想起来，应该就是在厦门时陪在秦总身边的那个女孩子。

“您好，怎么称呼您？”

“江总不用客气，我叫刘芳，您叫我名字就行。”

江美希和对方寒暄了几句，表达了想约见秦总的意思，对方直接问她：“周三下午可以吗？”

正常情况下，她这样的角色要见秦总一般是比较困难的，她早就做好了吃闭门羹的准备，让她意外的是对方非但没有拒绝她，还答应得这么爽快。她一时没反应过来，有点不确定地问：“我是没问题，但是，不用请示一下秦总吗？”

刘秘书笑得很动听：“就是秦总打过招呼了呀，说您要是想见她，下周三下午她有一小时的时间。”

江美希意外之余更多的是激动，连忙确认好具体的时间，顺便又说有机会请刘秘书一起喝下午茶，这才结束了通话。

挂上电话，江美希看了眼日历，下周三正好是9月14日，CPA考试的第一天。

想到这里，她发了个信息给叶栩：“复习得怎么样了？”

片刻后，短信回了过来：“还行。”

江美希犹豫了一下回复说：“晚上我早点回去，给你辅导一下。”

“晚上你想吃什么？”

江美希看到这条回信，不由得皱眉，过了一会儿她回复：“这些你别操心了，我打包点东西带回去，没几天就要考试了，你把时间多放在复习上。”

对方没再回信息。

让江美希做饭，那显然是不可能的，先不说她会不会做，就说从观念上她就认为像做饭、洗碗，还有在餐厅等位这些事情，绝对是浪费时间，不值得。所以这么多年来，她一天三顿花在吃这件事上的时间绝对不会超过两个小时。

下班回去的路上，江美希随便找了家人不算多的中餐厅，打包了两个菜带了回去。

叶栩对她这一举动早就习以为常，好在他对吃也没什么要求，两人随便吃了点。江美希问他："书都看了吗？题做了吗？"

叶栩漫不经心地"嗯"了一声。

江美希对他这态度不太满意，但还是耐着性子说："书看一遍就够了，懂不懂都没关系。我给你的那个北大东奥的模拟习题你做了吗？"

"看了。"

"光看看不行，要搞明白，你有不会的可以问我。"

"暂时没有。"叶栩对CPA考试这个话题也没什么兴趣，于是问江美希，"夏风那边的事情怎么样了？"

江美希把桌上的剩菜剩饭连同一次性包装餐盒一起丢进一个垃圾袋里说："公司的事情你暂时别操心了，好好复习，考完再说。"

说完她把垃圾袋放在门口，然后去卫生间洗了手，再出来时直接到玄关处换鞋。

叶栩挑眉："这么晚了去哪儿？"

江美希穿好鞋拎起包包和垃圾袋说："你既然不用我辅导你，那我就先回去了，不打扰你复习。"

"有必要吗？"他有点不高兴。

江美希不为所动，推门出去："当然。"

这天之后，两人还真就没再见面，就连周末也是。江美希担心叶栩分心，直接躲到了老江女士那里，想着正好可以辅导一下穆笛。谁知穆笛根本不在家，听说是和同学一起去图书馆看书了，江美希正好乐得无事，自在地过了个周末。

与秦总约定的时间转眼就到了，因为非常重视，她特意提前半小时出了门，可还是出了意外——有辆帕萨特在三环上强行变道插在她的前面，因为当时她车速不低，两辆车又离得太近，所以她一时没刹住，直接撞了上去。

对方开车的是个五十多岁的中年女人，拉着江美希吵闹不休。江美希早就顾不上心疼自己的车了，看着时间一分一秒地流逝越发烦躁。

她也不想追究究竟是谁的责任了，试图给点钱私了，谁知道那中年女人可能担心自己吃亏，无论如何也要拉着她等交警来。江美希无奈只好打电话给自己的保险公司，还好这家保险公司服务不错，接到电话后很快就有人来了。

江美希把车钥匙交给对方，自己沿着三环路边快步往桥下走去。这样一来没少耽误时间。

下到辅路打上了车，江美希报了地址，还好这师傅给力，对路线熟悉，最后在约定时间之前赶到了秦总办公室门前。

在刘秘书打电话给秦总的短短空当，江美希随意扫了眼四周，这一扫就看到旁边一扇被擦得锃亮的窗玻璃上自己狼狈的模样。

刘秘书见到这样的她竟然没有流露出一点好奇和意外，可见多么专业。但这并不妨碍江美希自己觉得尴尬。

她连忙对着那窗玻璃整了整头发和衣服，回头发现刘秘书已经挂上了电话，正笑盈盈地看着她。

她不好意思地笑了笑："秦总现在有空了吗？"

刘秘书点头："我们现在进去吧。"

秦总还和之前几次见面时一样，温柔客气，但也透着隐隐的不容人靠近的疏离和威严。

江美希准备了很久，比三年前对广化的情况更了解，所以把U记的优势，以及能够提供给广化的服务，讲得条理清晰、头头是道。

她说这些的时候，秦总始终含笑听着。等她说完，秦总说："在我们谈合作之前，我有个私人问题想咨询江小姐你。"

江美希愣了一下，笑笑说："您说。"

"一般从你们U记跳槽出去的话，去哪里发展更好？"

江美希虽然不明白秦总为什么突然这么问，但还是仔仔细细回答说："如果只在U记工作了一两年，出去后一般还是继续做审计，或者到一些企业做财务分析师。如果是工作两三年跳槽的，去投行银行做市场咨询的比较多。如果已经在U记工作三五年了，那其实可以继续留在U记争取升任经理，但如果非要走的话，一些金融机构的财务分析、证券公司的投行部都是不错的选择，当然也有不少人会跳到客户公司负责财务相关的工作……”

说到这里，江美希脑中突然冒出一个想法，难道秦总想挖她？

秦总听完频频点头：“不可否认，U记确实是个培养人的好地方，在那儿能学到不少东西。不过依我看，如果想学得全面一点，审计用不着做很多年，差不多三年就可以尝试去金融机构工作了，历练个几年后再去管理一家上市公司，应该也不成问题了。”

这话好像又跟挖她没什么关系了……江美希听得云里雾里，但始终保持着微笑倾听的姿态。

而就在这时，秦总突然话锋一转：“所以我也没有打算让他在U记待太久，学得差不多了就换个地方继续学习。”

江美希怔了怔，以为自己听漏了什么，于是问：“不好意思，我刚才没听清，您说谁？”

秦总的笑容渐渐扩大：“我儿子，叶栩。”

江美希不知道自己此时是什么样的表情，但听到这个消息后短短几秒内，她脑中已经闪过无数个念头，其中一个比较强烈的是，眼前这位看上去也就比她大个七八岁的秦总，竟然会有那么大的儿子？但很快，她想起多年前曾看到的一则关于秦总的个人介绍。那上面的确说她有一个独生子，其中还提到她是高考恢复后，第一批考上大学的人。

想到这里，江美希看向秦总……也就是说，她现在可能已经五十岁了？

在感慨秦总保养得当的同时，江美希又想到了自己——这样一个成功的女人，又怎么可能接受自己和她唯一的儿子牵扯不清呢？

秦总和她对视片刻后，似乎有点意外地问：“怎么，那天在酒店见面后，他没告诉你吗？”

到了此刻，江美希脸上的笑容再也挂不住了。她迅速低下头调整了下情绪，这才又看向秦总：“没有。”

秦总点头：“也是，毕竟这些事知道的人少点能够省去很多不必要的麻烦。那既然是他的意思，就麻烦江小姐也继续当作不知道吧。”

江美希点头：“我明白。”

江美希此时已经镇定了下来，想想来龙去脉，也不难明白秦总这次见她的真正目的。她心里漫上一股难以启齿的酸涩，想到自己以为秦总对她还算欣赏，想到自己一路来时的狼狈模样，一向自恃冷静的她有点坐不住了。

她料想也不会有什么合作的话题要谈了，正想着是自己主动提出离开，还是等着对方下逐客令时，却听秦总说：“那我们言归正传，来聊聊合作的事情吧。”

江美希怔了一下，有点意外地看着对面的人。

秦总笑着问：“怎么，知道我是叶栩的母亲，合作都不打算谈了？”

江美希尴尬地笑笑：“怎么会。”

秦总说：“你放心，公和私我还是分得清的，这事与他无关。”

接下来的时间，秦总就针对她开场说的那些合作规划提了一些问题，江美希有点心不在焉，但所幸准备充分，还能一一作答。

两人聊了好一会儿，秦总似乎挺满意的，并表示愿意把某些业务拿给U记来做，弥补一下三年前没有达成合作的遗憾。

从广化大厦出来，江美希觉得自己像是打了一场仗。

刚才在秦总办公室里没来得及细想，现在想来，在厦门和秦总遇到的那个早晨，秦总看叶栩的眼神，叶栩看秦总的眼神，分明就是相互认识却装作不认识的样子。还有叶栩出去买烟的那一个小时，估计也是被秦总叫到房间去训话了。可惜她当时太迟钝，或者说，太相信叶栩了。

江美希不知道他们的事情秦总知道多少，但无论是今天的事情，还是厦门的事情，都让她有种自己被人当傻子耍了的感觉。至于秦总刚才说要弥补的那个遗憾，虽然她口口声声说与叶栩无关，但恐怕也是以她远离叶栩作为条件吧。

满腔的屈辱和愤懑让她的脸火辣辣的。人生中第一次，她恨自己太能屈能伸，太没骨气，不然刚才就该断然拒绝什么合作，愤愤然离开的。可是没有秦总在，她和叶栩就真的能走到最后吗？

她早就设想过，叶栩的母亲会如何看待一个和自己儿子在一起，却比自己儿子大七岁的女人。现在不用想了，秦总指不定多鄙夷她呢。

她叹了口气，漫无目的地沿着路边走着。晚高峰时的北京城，灯红酒绿，车水马龙。江美希看着身边滚滚车流和行色各异的路人，突然发现自己竟然这么形单影只。

正在这时，身后突然传来一阵鸣笛声，她以为是自己挡了谁的道，往路边让了让。

刚刚鸣笛的那辆车绕到了她的身边，却不急着开走，而是缓缓跟着她，似乎是见她不为所动，开车的人又按了两下喇叭。

江美希本来就心情不好，正想回头骂人，却注意到这辆车有点眼熟。

她不由得停下脚步，黑色的捷豹也跟着停了下来，车窗缓缓降下，季阳探过身来："上车。"

江美希站在车边有点犹豫，在季阳再一次催促后，还是拉开车门上了车。

"你怎么在这儿？"季阳问。

"见个客户。"江美希随口敷衍着，"你呢？"

季阳笑："我只要人在北京，就得天天出现在这儿。"

江美希这才后知后觉地去看窗外，原来这地方就是他公司附近。

"你见什么客户？"季阳问。

江美希不说话。

季阳笑："这附近的写字楼就那么几栋，大公司也就那么几家。那我猜猜……是广化的人吗？"

江美希有点意外地回头看他，季阳一副"我就知道"的神情问："谈得怎么样？应该很顺利吧？"

江美希还是意外："你怎么知道？"

"原本我也不知道，但是时禹和广化锐丰的金总是我牵的线，你知道吧？"

"听说了。"

"老金那人忒不好打交道，我也是卖了好大一个人情给他，他才同意见见时禹他们。结果让我没想到的是，老金那天晚上的表现实在有点热情过头了——准确地说是对时禹带去的小朋友热情过头了，差不多是当场拍板把项目交给他们做。”

“你说叶栩？”江美希问。

季阳笑着点头：“所以我就回去查了下广化集团是不是有什么大人物姓叶的，结果没查到，不过倒是听说广化秦总她老公姓叶。”

后面的事情已经不用季阳说了，江美希突然觉得有点好笑，原来所有人都知道他有个了不起的母亲，倒是她这个和他整天处在一起的人是最后一个知道的。

季阳停了下来，似乎是在给她消化的时间，片刻后才叹了口气说：“我不知道你和他现在是什么情况，但是他那样的人和咱不是一路的。而且他母亲那么强势，你要是执意和他在一起，以后肯定少不了受气。”

江美希从窗外收回视线，无所谓地笑了笑说：“谢谢提醒，不过这些事好像和你没什么关系。”

她以前从来不会这样跟他说话，再见面之后，他自觉对她有愧，她耍耍脾气，他多数时候也就忍着，但今天他也有点生气。

“到了这种时候，你难道还对你和那小子之间抱有什么想法吗？先不说他对你够不够坦白，就说你自己的想法。如果你是认真的，我劝你及时止损。我们已经过了可以冲动的年纪，那种哪怕周遭所有人都不会祝福，也要跟那个人在一起的做法不是什么浪漫，而是傻！这只能说明所有人都看清了事实，只有你冥顽不灵。”

江美希烦躁地降下车窗，有点后悔刚才上车了：“你说够了吗？”

季阳却没有停下来的意思：“但如果你就是因为寂寞，随便谈谈，那我还是劝你，到了该收心的时候了。秦总那样的人你得罪不起，还不如给她个面子，日后工作上你也方便。”

听到这里，江美希突然觉得挺可笑的，她和叶栩这究竟算什么？如果说是认真的，她却从来没有想过两人能有未来；如果说随便玩玩，她却是下了极大的决心才让自己迈出那一步接受他的。

她从来不是个会因为寂寞就拿感情做消遣的人，但是她也知道，在这段感情中，叶栩应该要比她认真得多。

江美希笑着回头看他：“你跟秦总真是想到一块儿去了。”

季阳对秦丽华的做法并不感到意外。普通家庭的母亲尚且难以接受这样的儿媳妇，别说她并不是普通的家庭主妇。

“那你怎么想？”季阳问。

江美希又想起自己刚才在秦总办公室的表现，就觉得脸上火辣辣地疼。

她突然有点烦躁地看向窗外：“就在前面停车吧，堵车堵得厉害，我坐地铁回去。”

季阳没听她的，而是说：“当年我们分开时，我没少挨我妈骂，这次回北京发展后，她老人家隔三岔五就问我你怎么样……”

江美希有点不耐烦，她不想跟他理论弄成今天这种局面到底怪谁。这显得她对他过去的所作所为还有怨气，显得她还没放下，但这不代表她愿意听他跟她叙旧，甚至又拿出长辈来压她。

“停车！”她的态度已经不太好了。

“过了这段路就不太堵了，我送你回去吧。”

“我说停车！”

这还是她第一次这样和他说话，他怔了片刻，脸色凝重地把车子朝路边靠去。

江美希迅速解开安全带，在车子刚刚停下时就推开车门，丢下一句“就算没有他，我和你也没可能”就下了车。

一声沉重的关车门声后，季阳像是反应过来什么，降下车窗叫她的名字：“美希！江美希！”

江美希听见了，却越走越快，很快就消失在了滚滚人潮中。

晚上回到家洗了澡，手机正好进来一条短信，她打开来看了一眼，是叶栩的：“怎么不问我考得怎么样？”

她对着那短短一行字看了片刻，直接退出短信界面，锁了屏。

她把手机丢在一旁，尽量不去管它，打开电脑找出《老友记》，随便打开一集，看了起来。

接下来的两天，他们谁也没联系谁，不知道叶栩是不是已经察觉到了什么，江美希一想起来就觉得头疼，这两天是因为有考试，用不着见面，那以后呢？她还没想好要怎么面对他。

还好公司临时有个事，需要她出差一趟，正好她可以趁机躲出去，好好捋一捋要怎么跟他说。

正在这时，手机又响了，来电显示是叶栩。手机在面前的茶几上"嗡嗡"地振动个不停，她心里漫上丝丝的疼痛。

还好广播里正好播报登机信息，她迅速捞起面前的手机塞进包里，拎起皮箱朝着登机口走去。

直到三小时后飞机落地，她赶到下榻酒店，才把手机拿出来开机。

有一条他发来的短信："你出差了？"

她斟酌了一下回复说："嗯，临时有点事。"

"什么时候回来？"

"两三天吧。"

"好。"

江美希看着这个"好"字，发了片刻的呆，然而正当她要将手机收起来时，又进来一条短信。

"你到底在搞什么？"

看到这句话，她一直提着的心反而落了下去。他终究还是感觉到了，那就离摊牌不远了。

她想了想回复说："等我回去再说。"

这一次，叶栩没再回她，倒让她心疼起来。

两人或许都知道，回去能说什么？无非就是分手。

她疲惫地抚了抚脸，本来以为可以全身而退的，想不到一把年纪了还是会为感情伤怀，但是一想到自己之前的自私自利，又觉得这样对他或许更好吧。

而就在她在外出差的这段时间，在9月的最后一周里，新一年的人员晋升名单出来了。叶栩跳了一级，升至senior，但是新晋合伙人的名单不在其中。

江美希看到没有自己名字的邮件时，也不知道是该庆幸，还是该失落。

两天后，江美希订好了回京的机票，但是因为航班延误，飞机落地首都机场时已经是深夜。

江美希挤在众多疲惫的旅人中排队打车，回到小区时，已经十二点多了。

她刚才在车上差点睡着，现在还有点意识不清，直到被突然从黑暗中走出来的人迎面拦住，她才清醒过来。

虽然9月的北京还不算太冷，但入了夜温度也不高，这人不知道在这儿等了多久，过来接她手上的皮箱时，触碰到她的手指冰凉异常。

两人谁也没说话，江美希任由他接过皮箱，跟在自己身后进了家门。

她蹬掉鞋，想去厨房找杯水喝，手臂被人拉住。

她深吸一口气回头看他，他低垂着眼眸也正望着她，那双眼睛好像会说话，江美希从一早就知道，只是此时它们在说什么？说想念，说委屈，说不要离开他吗？

"我惹你了？"他问。

江美希突然有点不敢与他对视，错开目光说："我今天挺累的，改天再说吧。"

说着，她就要走，他却还不放手："就现在说，有什么话现在说清楚！"

她低着头想了想，反正要说的话早晚都得说，换种委婉的说法也不会改变要分开的事实。

于是她深吸一口气说："我想过了，咱俩还是算了。"

叶栩抓着她手腕的手渐渐用力："什么算了？怎么算了？"

"当初我是抱着试试看的态度，让自己接受你。但是努力了这么久，我发现我还是过不了心里那道坎，咱俩不合适。"

"哪道坎？就你比我大几岁那事也算是坎？"

"不是几岁，是七岁。"

"那又怎么了？"他说话语气不客气，但明显声音在发颤，"我当是什么事，你婆婆妈妈、磨磨叽叽原来还是为了这点事？"

可惜他觉得不算个事，但别人不这么认为。

她笑着看他："所以呢？不算什么的话，你打算娶我吗？"

叶栩被她问得一怔。

江美希看在眼里，自嘲地笑了笑说："我早说了，我们不合适。"

说着，她就去掰他的手。

叶栩却回过神来突然发力，一把将她推在墙上欺身而上压住她："江美希你知不知道，我最烦你这种臭脾气，还有你那些自以为是的臆断！你以为你是谁？多没心没肺地活了几年就那么了不起吗？"

江美希也觉得委屈，听他这么说，火气也大了："对！我就是比你这种不知天高地厚的小毛崽子了不起！而且，既然你这么讨厌我这臭脾气，又为什么死缠烂打黏着不放？"

她说话毫不留情面，他不可置信地看着她，片刻后自嘲地笑笑："我死缠烂打？我黏着不放？"

见他眼眶渐渐红了，她的心也像被什么人狠狠抓了一下。

"好，算我犯贱！"

她只觉得身上一松，他松开了她，转身朝门外走去。

江美希没敢去看他，在他转身的下一秒，她快步走到窗前背对着门口。

她害怕，怕他或许会回头，看到她脸上的眼泪。

多少年没为感情这种事流过眼泪了，明明已经做好了迎接这一天的准备，明明也没让自己太把这段感情当回事，可终究还是这样。

人果然不能太自信了……

叶栩自那天之后再没来找过她。或许就这样真的断了吧。

很快，又一年的忙季来临，江美希特意避开和叶栩的工作交集，这样一来，两人也就真的有几个月没见面了。原来真的不想见到一个人，哪怕在一个公司也还是有办法的。

和秦总谈好合作后，江美希安排了刘刚和广化那边的业务主管对接后续的工作安排。

这事她没想着瞒着叶栩，因为知道瞒不住。所以他找来的时候，她也不意外。

两个月没打照面，她已经把情绪收拾得七七八八，至少再面对他时，不会有那天晚上的失态。

“刘刚手上那个广化的项目是怎么回事？”

面对他的来势汹汹，江美希面不改色：“什么怎么回事？我们一直在寻求和广化的合作机会，你又不是不知道。再说，我的工作好像不用向你汇报吧？”

叶栩在得知江美希拿到广化的项目后，就已经大概清楚了，他妈怕是已经见过江美希了，难怪江美希突然说要分手，原来是因为这件事。

其实他早有准备，也计划好了怎么跟他妈和江美希说，既要循序渐进，一步一步让他那个了不起的妈一步步接受江美希，又要安抚好江美希，让她不要在他还在为他们的将来努力时，就先打退堂鼓。

可是怕什么来什么，最后还是变成了现在这样。

想到这些，叶栩也觉得心寒，冷笑着问面前的女人：“所以呢？为了那么两个破项目，你就把我给卖了？”

江美希不说话，说实话，她心里也不好受。

叶栩又问：“升职对你来说就那么重要吗？比什么事都重要？”

她想说不是，但是她怎么想有用吗？

江美希笑盈盈地抬起头：“对，你又不是第一天才认识我。再说我想升职怎么了？不偷不抢有什么错吗？”

“那你在厦门说的那些话是胡扯的吗？”

江美希饶有兴致地看着他，他还好意思提厦门的事？

叶栩似乎也意识到什么，喉头滚了滚说：“我是想找机会跟你说的，但是我……”

他斟酌了一下，也不知道从何说起，但是他确实觉得挺无力的。他一早就知道，他那点底细不到万不得已不能让江美希知道，本来她那榆木脑袋就有点想不开，七岁的年龄差距已经让她觉得前路漫漫、荆棘丛生了，如果再加上门第的事，她肯定躲得比谁都快。

果然，他还没反应过来的时候，她就率先退出了。

见他没有说下去的意思，江美希也只是轻轻叹了口气：“咱俩的事，就这样吧。”

叶栩不知道自己是怎么走出江美希办公室的。

刘刚见他这模样，关切地问：“又挨训了？”

说着，他瞥了眼江美希办公室的方向：“啧啧，这脾气大的，回头升了合伙人肯定更不得了了。”

和广化的两份合同陆续敲定，江美希的业绩已然超过1500万。那也就是说，不管合伙人们什么想法，她都顺理成章地该晋升了。

这消息陆续在公司里传开，提前知道的人也会偷偷摸摸趁着没人的时候恭喜她。似乎所有人都笃定，饶是她平时再难相处，这种时候看到别人示好也会高兴吧。

可是只有江美希自己知道，她远没有那种多年夙愿得以实现的开心雀跃，反而心上沉甸甸的，压得她透不过气来。

没人的时候，她也会想起自己在厦门海边对叶栩说的那番话。如今想来，那时候才是她这些年里说起工作时最惬意的时刻。

周五下班时，她人还没离开公司，就接到穆笛的电话，说是家里听说她终于要升职了，老江女士张罗着要庆祝下。

江美希没那个心情，一边收拾着桌上散乱的文件，一边回话说：“这都忙季了，哪有时间啊？再说总部那边的通知还没下来，谁知道最后是不是我。”

穆笛又劝了两句，江美希还是不愿意回去，她犹豫了一下问：“小姨，我怎么觉得你好像不太高兴？”

江美希知道她自己最近心情一直不太好，可是为什么不太好，她也不愿意深想，于是随便找了个理由应付穆笛：“大概是忙的吧。”

穆笛想了想问：“对了，你和我那未来小姨夫怎么样了？”

江美希皱眉：“谁？”

穆笛说了个奢侈品品牌，江美希这才想起来叶栩那套被她藏在衣柜里的衣服。

“不知道你在说什么。”江美希说。

“分手了？”穆笛问。

江美希没有立刻回话，穆笛心里已经有了答案，难怪最近她看叶栩也不怎么高兴。

江美希说："没别的事，我先挂了。"

"小姨。"穆笛连忙叫住她。

"怎么？"

"你发现了没有，你看你现在这么不开心，升职都不开心，可能你真的很喜欢他。"

穆笛有意无意试探的一句话，就这样通过无线电波重重地砸在了江美希的心头上。她烦躁地看了看窗外，难道要下雨了吗？这么憋闷得慌。

至于穆笛说的是不是事实，她不愿意去多想，也不敢多想。

江美希沉默了片刻说："我没时间想那些，先挂了吧。"

然而升职的消息还没等来，却等来了一个坏消息。

事情的起因是有人在阿奇法产品专卖店里买了台手机，用了不到两个月手机出现问题，售后电话一直打不通，就又跑去专卖店，这才发现专卖店不知道什么时候已经不见了。至此这买了才两个月就开不了机的手机不知道该找谁了，所以就把这事发到了网上，没想到其他人也有类似的经历，一时间搞得群情激奋。

这事在网上发酵了一个多月，但是影响范围也有限，直到前不久突然有人爆料说阿奇法这家公司隐性负债一大堆了，出现问题是迟早的事。

这个爆料内容非常详细，说阿奇法在恶意收购芯薪之前就已经出现了经营方面的问题，收购芯薪是因为他们看好未来智能手机市场，企图靠研发新的产品改变局面。可惜新产品研发周期太长，收购芯薪时又欠下一屁股的债，让本就不堪重负的阿奇法雪上加霜，实在没办法的时候只好对外筹钱。但从北右骗来的那点钱也是杯水车薪，还不够填补一个窟窿，谁知道阿奇法一共有多少窟窿。

这则帖子隔天被一个新闻网站转载后，没多久就被顶成了热帖，关于阿奇法的各种说法也被传得沸沸扬扬。

阿奇法的股票连日大跌，与阿奇法有过合作往来的公司人人自危，越来越多的供应商上门讨债，阿奇法在短短几个月内被当成经营失败的典型案例，在各大财经节目、民生新闻中被拿出来讨论。

江美希注意到了爆料帖子中的一个词——骗。

阿奇法作为一家上市公司，如何骗股民，如何骗投资人？他们U记，或者说他们注册会计师，又在这场“骗局”中扮演着什么样的角色？

江美希头痛欲裂，重新找出那份被归了档的年审报告，那上面的数据就算是现在再看，也没有什么异常的。

如果数据没问题，那么这样一家公司，财务状况虽算不上多好，但是也不至于在短短几个月内就变成今天这个局面。

难道那数据真的有问题？可是一般程度的造假又怎会躲过注册会计师的眼睛？但如果有人替他们遮掩，那就另当别论了。

江美希想到了已经离职的Amy，但很快她又否定了自己的想法，一个小小的senior，她不敢。

她仔仔细细地回忆着去年年底的情况，好像是阿奇法找到Linda要调换审计时间，Linda同意了，但是她要出差，Linda就安排了Amy带队去完成审计工作。

怎么那么巧，阿奇法要调换时间，而她又刚好在忙别的项目？Linda一向看不上Amy，不愿意把项目分给她做，那次又是为什么主动找她？

她不由得又想到那段时间Linda和Amy之间微妙的关系转变……难道是Linda？

可是她已经是合伙人了，她这么做对自己有什么好处？当然了，也没什么坏处，因为最后签字的人是她江美希。

江美希自嘲地叹了口气，不管怎么说，Amy无疑是最了解阿奇法情况的人，如果能找到她，那就再好不过了。

她拿出手机找到Amy的电话拨了过去。

这还是Amy离职后，她第一次和她联系。电话里很快传来一个陌生的女声告诉她，她拨打的电话号码不存在。

她心里那种不好的预感渐渐扩大，Amy和Linda选在那个当口前后离职，离职后都杳无音信，难道只是巧合吗？

江美希疲惫地揉了揉眉心，再抬起眼时无意间看到窗外众人探头探脑地看向她这边，在她看出去时，他们又不约而同地错开了视线。

不好的消息总是不胫而走，看来大家都注意到这件事了，那么公司老板们应该很快也会留意到。

和Amy一起完成那份报告的还有刘刚和石婷婷，这两人的神情倒是没有别人那么轻松，看来也在担心这事会影响到自己。

她拿起桌上的内线电话拨给刘刚："来下我办公室。"

片刻后，刘刚战战兢兢地走了进来。

当这件事的矛头渐渐指向注册会计师后，刘刚就一直担心着，其实比起Amy和江美希，他一个小朋友基本不会受到这事的影响。毕竟小朋友在这种事情中能够发挥的作用有限，而且他不是注册会计师，没资格在最后的报告上签字。

但是，在人生中第一次遇到这种事，他不确定公司对这样的事情和不幸参与到这件事情中的他，会持有什么样的态度。

江美希请他坐下，开门见山地问："阿奇法去年的财务报表的数据，你还有印象吗？"

"有，刚才我也一直在看，可能我经验有限，不觉得阿奇法去年年底的报表有什么问题。"

江美希点头，视线重新回到电脑屏幕上。的确就像刘刚说的那样，从几张报表看，去年一整年阿奇法的成本费用与销售收入的变动趋势合理，存货与仓储费用、运输费用的变动趋势也算匹配，甚至产品销售支付的税金和收入规模也一致。所以单从这份报告来看，真的挑不出什么毛病。

她问刘刚："凭证呢，也都是你亲自看过的吗？还有那些回函，有没有什么问题？如果和公司管理层聊过，是不是有什么值得注意的管理问题被忽略掉了？"

她这一连串的问题反而让刘刚更紧张了，他偷偷瞥了眼江美希说："我的底稿您也看过的。"

“现在不说那些，我就问你当时的情况到底是什么样。”

刘刚支支吾吾，似乎在犹豫要不要说。

江美希见状不自觉地咬了咬牙，然后说：“你尽管说，我知道这件事跟你关系不大。谁也不会注意到你们这些打杂的小朋友。”

听她这么说，刘刚稍稍松了口气说：“凭证大部分是Amy和阿奇法财务一起梳理的，回函也是Amy过目的，走访管理层是我和婷婷一起做的，但是没发现什么特别的问题。”

江美希皱眉：“怎么什么都是她做的，你的底稿上却满满当当的？”

“本来工作量就很大，我就算做得少也没有少很多，有些工作说是我做的，最后实际经手人是她。我也没想到那么多，就以为是她在照顾我这个新人……”

刘刚说着似乎也明白了是怎么一回事，抬眼问江美希：“Maggie，是不是Amy她……”

江美希打断他：“你把你的底稿找出来，哪些确实是你做的，你标注出来发给我。”

“好的，我这就去。”

刘刚走后，江美希又把石婷婷叫进来问情况，和刘刚说的情况差不多，许多原本分配给她的事情最后都是Amy代劳。

江美希太了解Amy了，她不变着法地少干点活已经不错了，什么时候这么有担当地照顾起新人了，除非有什么东西不方便让新人经手。

石婷婷走后，江美希的手机响了，她看着来电显示上的名字犹豫着要不要接。思量再三，觉得逃避也不是办法，她还是接通了电话。

北右投资管理部杜总的咆哮声立刻传来：“我说Maggie，阿奇法的事情你给我解释一下！”

江美希当然明白对方要求她解释的是什么，但是她现在还不知道去向谁讨说法呢。

她耐着性子安抚电话对面的人：“杜总，网上的情况是真是假，现在还不能确定。就算是真的，造成阿奇法如今这个局面的因素也有很多，可能是内部经营不善，当然也不排除之前就有问题。您来找我，说实话我也正心慌，如果是因为我们没有如实反映出阿奇法的财务状况，那不用您来找我兴师问罪，证监会那边就会介入了。”

杜总还是很生气，但目前为止确实也没有明确的证据能证明，江美希他们联合阿奇法造假、坑蒙拐骗，但投进去那么多钱，眼看着就要打水漂了，谁能不生气？

最后，在江美希再三安抚下，他冷冷丢下一句：“如果你们真有猫腻，就算是季总的面子，我也不会买账的！”

说完不等江美希再说什么，就挂断了电话。

这边手机刚挂断，那边座机又响了，这一次是楼上的内线电话。

她接起电话，Allen操着他特有的口音让江美希去他办公室一趟。

Linda走后，组里的大部分事情，江美希都可以自行处理，偶尔有需要合伙人出面的，公司指派了隔壁组的Allen。

Allen这人很懂分寸，知道不是自己的地盘，一般非必要的事情他也不管，但这次找到她，十有八九是上面有说法了，让他出面做代表。

只是让江美希很意外的是，竟然这么快！

江美希调整好情绪出了门，刚出办公室就感到有人似乎在看她，她顺着感觉看过去，正对上叶栩沉沉的目光。

江美希自嘲地笑了笑，这种时候他会对她说什么？大概会笑她到头来竹篮打水一场空吧。

她漠然收回视线，朝楼上走去。

到了Allen办公室门前，她轻轻敲了敲门。Allen请她进去，还和以往一样绅士有礼。

“坐，喝茶吗？”他问。

江美希摆手，等着他先开启话题。

Allen十指交叉搁在桌前，略顿了顿说：“阿奇法的事，不知道你关注到没有？”

江美希点头：“我也是今天才注意到的。”

“其实这事情发酵有一段时间了，但是事情没查清楚前，阿奇法的现状不一定和我们有关，我们完全可以不予理会。但是最近负面消息越来越多，不少人质疑我们的报告，所以也再不能坐视不理了。”

江美希静静地听完，问他：“所以公司的意思是什么？”

“我看阿奇法这次是难逃一劫了，这事估计用不了多久就会引起证监会那边的关注，搞不好他们现在正在关注着，如果需要你配合什么，你就尽量配合。”

江美希笑了笑：“我知道，既然是我签的字，如果真有问题，我肯定脱不了干系。”

Allen叹气：“Maggie呀，其实公司是相信你的，毕竟大家都是这么过来的，也明白你的委屈。有些客户就是太不老实，他们有意遮掩什么，真不一定能查出来，遇上了也是运气不好。”

“我能不能问一个问题？”江美希问。

“你问。”Allen说。

“公司是不是早就听到了什么风声？”

不然新晋合伙人的名单为什么迟迟没有出来？这次她刚听到点风声，公司就已经找人来和她谈了，如果说一点准备都没有，谁也不信。

Allen略微犹豫了一下，颔首说：“没错，早在两个月前，公司收到一封匿名举报信，信中声称阿奇法2006年年度报告中有大部分不属实的情况。我们怀疑，这封举报信不止发到了公司，或许已经发到了证监会那边。”

江美希想不佩服都难，公司竟然将这件事情瞒得严严实实。可以想象，如果事情没有闹大，公司大概会不管真假就此揭过，权当没有发生过。但如果事情朝着不好的方向发展，也就是现在这样，他们就在不得不摊牌的时候来告诉她，公司早就决定不升她了，但要怪就怪她自己。这样一来，也就不耽误她在这段时间为了升职继续东奔西走为公司卖命，将公司的损失降到了最低。

江美希点头：“我明白了，那就等证监会那边的动作吧，如果真的是报告反映的内容与事实不符，不管当时情况究竟是什么样，我的确负有不可推脱的责任。”

Allen对她这个态度还算满意，他微笑着点头：“也别太悲观，说不准只是阿奇法自己经营的问题，到时候我们也会以公司名义追究那些造谣者的责任，还你一个清白。”

江美希低头笑了笑，清白应该是没有了。什么公司会让自己在短短几月内变得千疮百孔？如果可以，她只想找到Amy和Linda。

Allen站起身来从旁边的茶盘上拿起一个紫砂壶倒了杯茶，绕过大班台走到江美希面前递给她："来喝口茶。"

江美希看了那小巧的茶杯一眼，接了过来，却只是握在手里："谢谢。"

Allen倚靠在大班台上，居高临下地看着她："抛开公司层面，从我个人的角度说，我非常同情你。遇到这种不干不净的公司，他们有心瞒我们，我们能有什么办法？"

江美希牵了牵嘴角，算作回应。

Allen却没看出她的敷衍，突然俯下身来，一只手搭在她的肩膀上，略低着头对她说："你也不用担心，其实最差的结果无非就是罚点钱。至于升职的事情，你的能力摆在那里，哪怕今年不行，回头等时间长了，大家忘了这事，是你的还是你的。唉，我们认识这么久，也算是朋友了，你的努力我都看在眼里，老板们那边，我会尽可能地替你说说话的。"

说这番话时，他离她越来越近，到最后，他的额头几乎都要碰上她的了。

又是那种让她反胃的香水味……

她垂眸看着茶杯里的茶水，在Allen企图进一步靠近她时，把那杯茶水悉数泼在了他笔挺的西裤上。

Allen被烫到，怪叫一声跳开来，低头看自己的裤子，茶水好巧不巧正泼在两腿之间，此时那附近洇湿一片，看着尴尬无比。

江美希不紧不慢地站起身来，毫无诚意地道歉说："不好意思啊，手抖了一下。"

Allen一边忙着低头擦拭裤子，一边暗自腹诽，每次遇到这个手脚不灵便的江美希，他的衣服都得遭殃。听她道歉，他强忍着火气挥了挥手说"没事"。

谁知江美希也就真当没事了，说："既然没事，我就先回去了。"

Allen听到这话抬头看她，这哪是道歉的模样？她看着他的眼神中，不仅没有歉意，似乎还有嘲讽和鄙夷。

Allen突然意识到，哪是她手脚不灵便，上一次还有这一次，她分明就是故意的。

他的脸色瞬间不怎么好看，把手上的纸巾狠狠往桌上一丢说："好走不送。"

江美希无所谓地笑了笑，转身离开。

她从来没有一刻像现在这样这么厌恶这个地方，她奋斗八年的地方，她在这里消磨的时光和热情远比在任何地方都要多。她不知道，原来这栋她再熟悉不过的写字楼里，竟然藏着这么多污浊不堪的人和事。

江美希怒气冲冲地下楼，脚步声中自带着情绪。然而走了一半，她又停了下来……

年轻男人正靠在小阳台的栏杆上隔着一道玻璃门静静望着她。他手指间的半截烟上积了长长的一截烟灰，风一吹，伴随着点点猩红的火花，烟灰立刻四散开来。

江美希回过神来，继续快步下楼。

她刻意不去看他，但余光中还是可以窥见他不疾不徐地吸着烟。

看来是没有要跟她说话的意思，她心里稍稍松了口气，但也隐隐约约有点失落。然而就在她快要经过他面前时，她却见他突然把剩下的小半支烟掐灭在旁边的烟灰缸里，开门的动作也骤然快了起来，在她经过时，他猛然将她拽进了小阳台里。

耳边传来门关上的声音，然后是"咚"的一声她整个人被他压在阳台的墙壁上，但是她却没觉得疼。反应过来时，她才注意到，是他在她靠上身后的墙壁前，先把手掌垫在了她的脑后。

两人以这样差不多拥抱的姿势僵立了片刻，江美希回过神来试图推开面前的人，但身后突然传来的脚步声又让她不得不停了下来。

小阳台地方不大，稍微动一动，很有可能就被外面的人看到。她屏气凝神等着外面的人走远，一抬头又对上了某人似笑非笑的表情。

他低头问她："你去找Allen了？"

江美希不想跟他说话。

他又说："别去找他，他帮不了你。"

"那你说谁能帮我？"

这种时候谁能帮她？两人都心知肚明，没谁能帮忙。就算是阿奇法和Amy，甚至还有Linda都站出来坦白实情，但只要江美希在报告上签了字，就脱不开干系。要怪只能怪她自己还不够谨慎仔细，这也是注册会计师的大忌。

所以到了这种时候，别人或许还不知道，但是叶栩知道，这件事里江美希最恨的还是她自己。

更何况，那群人如果愿意坦白，当初就不会那么做了。至于她，过失也好，故意也罢，在外人眼里没什么不同，都是她的错。而且大家只愿意相信他们想相信的，一个失误显然没有阴谋诡计来得更有意思。

她突然想到自己曾经还给他讲过什么琼民源事件、银广夏事件，还有关于天台的故事……如今想想真是讽刺，他会怎么看她？道貌岸然吗？大概是吧。

“我知道跟你没关系。”他轻声说。

这短短的半天工夫，她已经在不知不觉中将自己武装得像只刺猬一样，只因为她终究还是会去介意别人的看法。

再看面前这人，他曾经不止一次地提醒她，Linda也好，Amy也罢，都没她想的那么良善无害。可是她呢？刚愎自用，自以为比他多吃几年的大米饭，也比他更懂人情世故，完全没把他的提醒当回事。

如今看来，她那点看人的功夫确实还不及一个初出校园的毛头小子，这让她怎么不挫败？更何况，他们分手分得不算愉快，以她对他的了解，年轻人最容易负气，他不落井下石已经是高抬贵手了，此时难道不该抱臂躲在一旁看她笑话吗？

可他是事情发生后，第一个站出来说相信她的人。

原本怒气冲冲、蓄势待发的江美希，在听到这句话时，心头的那把烈烈燃烧的火一下子就被灭得七七八八了。

但还是那句话，注册会计师要对自己出具的报告负责，不管内情如何。但无论如何，听到这句话后，她确实觉得心里好受了很多。

片刻的出神后，她无所谓地笑了：“怎么就没关系？从我签字的那一天起，我和阿奇法的关系可就大了。”

说完，她推开他，整了整衣服，拉开旁边的玻璃门。

离开前，她犹豫了一下，还是说："你能相信我，我很感激，但以后不要再做这样的事情了。我们已经分手了，就停留在各自应该在的位置上吧。公司里的这些事已经够让我烦了，你如果还愿意替我考虑，就不要再在这种时候让我为难了。"

说完，她没等对方回话，也没让自己回头，就快步离开了。

不久之后，证监会果然派人入驻阿奇法，开始着手调查了，所有U记出具的底稿也都被搬到阿奇法去用于调查，江美希、刘刚他们被询问了几次。

这期间有不少知情人士来关心江美希的情况。比如季阳，他打了几个电话，但江美希都没接。不过在那之后，北右确实没有再为难她，或许是知道她被调查就放心了，也或许真的是在给季阳留面子。但是和这件事真正有关的人却人间蒸发了一样，Amy如此，就连Linda也干脆换了手机号码。

不过江美希渐渐再没有时间去关注这件事，因为忙季又来了。而且U记的总监也有业绩考核，她手上的业务又因为阿奇法事件流失不少，所以不得不再去寻找新的客户。短时间内，大的上市公司肯定是不用指望了，只能找一些中小型企业的审计来做。虽然这不符合U记"把握优质客户走高端路线"的理念，但为了补上差的业绩，她也不得不接一些这样的项目。

有一家美容美发连锁公司就在这个时候主动找到了江美希。江美希对这家公司是有印象的，倒不是别的原因，就因为这个品牌旗下的美容美发店在北京多达几十家，稍微有名点的商圈就有他家的店面。

原本这样一家公司，没有上市，也不是从事金融、证券、期货的公司，并不是必须要花钱请他们来审计的。所以让江美希意外的是，这家公司必须要出审计报告的原因只是连年亏损。

江美希没有掩饰自己的意外，笑着说："连年亏损，看着不像啊。"

这是双方第二次见面，江美希虽然有所怀疑，但是也没指望对方能立刻坦白。所以这原本只是一句玩笑话，没想到对方就支支吾吾，语焉不详起来。

等江美希再多问几句，对方干脆就坦白了。和江美希猜测的差不多，这种在全国拥有着上百家直营店的公司连年亏损是不至于的，但账面上的亏损可以带来很多好处，比如税收上的。

而对方之所以专门找她，也确实是目的不纯，阿奇法事件有一定的功劳。

江美希听明白后，脸上的江氏笑容都挂不住了，她尽量用委婉的语气拒绝了那位姓穆的总经理。

那个穆总丝毫没有点自觉，只以为是江美希还在端着，于是又说：“这种事情，肯定还是你们这种见过世面的大公司更在行啊，经手的都是上市公司，那么多人盯着都没事，我们这种小公司更不会有问题了。”

江美希敷衍地笑笑：“那您实在是高看我了，其实干我们这行的都知道，真账要搞明白都不容易，别说假账了。”

说完，江美希也不打算再跟对方浪费时间，直接叫来服务生买单，然后笑着对穆总和他的助理说：“这次算我的，有机会我们再约。”

说完，她在两人的错愕中站起身来朝门外走去。然而还没等她走出咖啡厅，就听到身后人骂骂咧咧的声音：“装什么清高啊，不就是嫌钱给得不够吗？自己值几个钱心里没数吗？”

江美希去推店门的手不由得顿了顿，她强压着内心的委屈和火气，才迫使自己没有回头。

从业这么多年，自打她升任项目经理后偶尔也会遇到这种情况。对方一般会先试探，或者托中间人带话，再或者问题不大的，审计过程中遇到了再协商。但是今天这种不一样，对方几次三番传递出来的意思很明确，他们是慕名而来，慕哪个名，对方没说，江美希知道，又是阿奇法事件惹的祸。

江美希生了几天的气，但是想到事情已经过去了，也就没再多想。但是让她没想到的是，几天后她竟然又在公司里遇到那位穆总和他助理。

两人旁若无人地从她面前经过，那位穆总的助理似乎是怕她不知道他们这次是来干什么的，还特意打了个电话给陆时禹：“陆总啊，我们已经到您办公室门口了。”

陆时禹应该是听到声音了，没等他话音落下，就打开办公室的门迎了出来。

江美希看着不远处的几个人，突然就笑了。所以说，在她拒绝了帮那位穆总遮掩假账的要求后，对方又去找了别人，而且还找了向来和她不对付的陆时禹？

将两人迎进了门，陆时禹也看到了江美希。在看到她的那一刻，他的眼神明显闪了闪，然后有点不自在地关上了门。

他还有不好意思的时候？真难得。

江美希转身往自己办公室走，刚一进门，穆笛就借着找她签字的由头跟了进来。

江美希并不意外，意外的是，她本来以为她是要进来安慰自己的，没想到她开口就是替陆时禹说话：“小姨，这事真不怪Kevin，是那家公司点名要找他的。Kevin已经暗示过他们了，你的客户他不方便接触。但对方说一开始不明情况找到你，后来听说……”说到这里，穆笛似乎是意识到自己说多了，顿了顿，话头一转说，“总之就是对方非要找Kevin来做，不是他有意挖你墙脚的。”

江美希并不关心陆时禹是怎么想的，就算是真的有意挖她客户，那也不是第一次了。而且她刚才笑，也不是笑别的，就是笑那几个人还彼此不知底细，陆时禹以为自己捡了个便宜，那位穆总怕是以为找到志同道合的了。

不过此时的江美希只是好奇。

她问穆笛：“你怎么知道那两人之前找过我？Kevin跟你说的？”

江美希见穆总只有两次，还都是在公司外面，所以穆笛没理由知道这事，除非陆时禹告诉她。

穆笛脸色一僵，讪笑了两声说：“昨天中午吃饭时遇到他，他随口抱怨了两句。”

江美希若有所思地点了点头，拿过穆笛带进来的文件翻了起来，顺便随口说了句：“他说你就信了？”

穆笛说："你这情况已经够倒霉了，他如果这时候还落井下石，那他还是人吗？"

江美希不由得停下手上的动作，抬眼看着对面的外甥女："你从什么时候起那么在意我对他的看法了？"

穆笛愣了愣，支支吾吾了半天才说："我才不是在意你对他的看法，我是怕你生气。"

江美希的办公室门没有关，两人正说着话，突然被门外嘈杂的说话声打断，紧接着又是一阵带着情绪的脚步声。

江美希看向门外，就看到刚才还一脸得意的穆总等人，此时正怒气冲冲往电梯间的方向走去。他们人还没有走出办公区，紧接着又是一个响亮的摔门声传来，震得整栋写字楼都颤了颤。

一时间，办公区里所有人的注意力都被吸引到发出这动静的那扇门上。

穆笛立刻凑到窗前往外看，陆时禹办公室的门此时正紧闭着。

"什么情况？"她小声嘀咕了一句。

江美希早有预料地笑了笑，在穆笛带来的文件上签上名字说："干活去吧。"

打发走了穆笛，江美希打开电脑，打开之前收藏的一个网址。阿奇法的事情仍在持续发酵。

阿奇法的股票早就惨不忍睹了，股民们怨声载道，开了几十个帖子盖了几百层楼释放怨气。然而除了股民和投资人，对阿奇法意见不小的还有供应商。听说阿奇法光是拖欠供应商的钱大概就有六个亿。网友还上传了几天前阿奇法公司楼前的照片，楼前的玻璃幕墙上被人挂满了"欠债还钱"的大字报。

江美希疲惫地揉了揉眉心，又在地址栏里输入了另一个网址。情况相差不多，这里的财经版块在提到阿奇法时，大家态度都是一个样。这里还有一个"热门讨论"，是某位自称"内部人士"的人在爆料。

据这人说，阿奇法从两个月前就开始大幅度裁员，从原来的多地办公变成最后只保留了总部的写字楼，至于其他分公司，只留个办事处。不过听说阿奇法的老总余淮还在四处筹钱，企图让阿奇法起死回生。但这种时候又有谁敢蹚这浑水？

阿奇法内部硝烟四起、险象环生，U记的注册会计师们随着忙季的到来，已经无暇关注这些过时的八卦，甚至包括处于八卦旋涡中的江美希，也开始忙得脚不沾地。而且今年不比去年，少了一个像叶栩那么好用的小朋友，似乎干什么都没那么顺手了。

想起叶栩，就想到最后一次的不欢而散。那之后她有意避着他，能不用他的项目就不用他，这倒是称了陆时禹的意，他趁机占满了他所有的时间。现在叶栩几乎彻底成了陆时禹那边的人，什么时候对接负责人也换成陆时禹，江美希和他就真的再无瓜葛了。

时间进入11月底，江美希从公司离开时又是深夜。等回到家时，已经快到十一点了。

把车停好，她沿着小区里的行车道往自家那栋楼走，心里正想着事情，没注意到前面的路边停着一辆车。待她刚走近，车灯突然闪了闪。

江美希警惕地立刻停下脚步。赶上阴天，没有月亮，小区里的灯光也都是装饰。此时什么都看不清，只是隐约能看到似乎是辆黑色的轿车正缓缓向她驶来。

一瞬间，江美希脑中闪过很多念头，最明显的感觉是她害怕，而害怕中又有期待——如果叶栩能在这时候出现就好了。

那辆车在她面前停了下来，对方关了车灯，江美希看到车头前的标志，应该是辆捷豹。她紧绷的神经这才稍稍松缓。

她正犹豫要不要走过去，驾驶位的车窗降下，季阳探出头来："上车。"

她原本有点犹豫，但想到他可能在这地方等很久了，而且外面又实在太冷了，于是她也就从善如流地上了车。

车里暖气十足，乍一上车，她忍不住打了个哆嗦。

季阳等她缓了片刻才问："最近很忙？"

江美希心不在焉地"嗯"了一声。

"每天都这么晚回来？"他又问。

"不一定。"

有时候更晚，但她觉得没必要对他说。

“你找我什么事？”她搓着手问。

季阳看了她片刻说：“没什么，我打电话你也不接，就过来看看你。”

江美希搓手的动作停了下来：“哦，当时没看到，后来一忙就忘了回你。”

他无所谓地笑笑：“阿奇法的事情你不用太担心，最坏的结果也就是罚点钱。”

所有人都这么说，她却不这么想。对她而言最坏的结果不是被罚，不是没办法升职,而是她已经和一起不太光彩的财务造假案扯上了关系。

原来其他人不懂她，季阳也不懂。

她笑了笑，不置可否。

季阳又问：“U记现在还和北右有合作吗？”

江美希皱眉想了下：“之前还想着能有后续合作，不过经过阿奇法那事后，我估计以后都难了。”

她说得无波无澜，好像是在说别人的事。谁知他听到后也是非但没有替她遗憾，还松了口气似的：“这样也挺好，不管以后还有没有机会合作，北右的事情你都别掺和了。”

江美希觉得这话有点耳熟，仔细想了想才想起来，上一次他对她这么说时还是在上海出差的时候。当时她以为他是在排挤打压她，如今看来好像又不是。

“怎么了，北右那边因为我迁怒你了吗？我可以跟杜总解释一下，我们本来也没什么关系，上次在上海遇上纯属巧合。”

听到这话，季阳有点意外地回头看她：“我们没有关系？”

江美希愣了愣：“不是……”

她只是想说他们的关系远没有近到需要别人迁怒的地步，但是解释的话要出口时，她又什么都不想说了。

车内静默了片刻，江美希说：“太晚了，你也早点回去吧。”说着就去开车门。

“美希。”他叫她。

江美希停下动作，却没有回头看他：“咱俩之间，要说的话三年前就已经说完了。今天我挺累的，想早点回去休息。”

这一次她没有等他回应，直接开门下了车。

眼前突然亮了起来，江美希没有回头，知道是季阳打开车灯替她照着前面的路。她只管满腹心事地往前走，可刚走出几步就看到前面不远处走来一个人。

那人穿过夜色，走到车灯打出的灯光下，江美希看清了，是叶栩。

原来他也这么晚才回来。

季阳本来想着，等江美希回去了，他就离开，但他没想到会在这里看到叶栩。

关于江美希和叶栩的事情，他之前虽然不爽，但心里一直有底。他对江美希太了解了，她那样的女人，看着对什么事情都看得很开，跟着她之前那位女强人老板，做派也很强势很自我，好像什么事情都是随自己高兴，但是他知道她实际上是个心里条条框框很多的人。就比如这姐弟恋，差一两岁的可能不算什么，但这差七岁的，他一个男人都觉得不可思议，别说是她。

所以尽管陆时禹已经暗示多次，江美希和这个叶栩确实好上了，但他就是不太相信。她或许会动摇，会短暂地心动，但只要她有清醒的时候，就不会让这种动摇和心动困扰太久。

先不说现在年轻人的感情能不能长久，就说女孩子的青春短暂，几年之后她奔四了，那个叶栩还是风华正茂的时候，外貌上或许看不出来，心态上呢？

季阳一直以为江美希和叶栩最多也就是处于暧昧不明的阶段，直到此刻他在这里看到叶栩，有那么一瞬间，他突然有点怀疑自己对江美希的了解。

然而当他看到两个人只是错身而过，又什么都没说时，那颗悬着的心又落回了原处。这样看来，两个人或许只是都住在这里，大概这也是他们之前的关系更亲近的原因吧。

但是叶栩的出现，让季阳改变了主意。

他熄了火，下车追上江美希：“我送你过去。”

江美希有点意外地看他一眼：“不用了，前面就到了。”

“今天太晚了，看你上楼我再走。”

江美希没再推辞，季阳心不在焉地看了眼身后。夜色浓郁，早就看不到那人的身影了。

几分钟就走到了江美希家楼下，她正要道别离开，又被季阳叫住。

“有没有想过换个工作？”他问。

听到这个问题，江美希怔了一下，仔细想想，发现自己还真没想过这个问题。

刚进U记那一两年，也有几次熬不下去的时候，那时候她倒是想过。但是当时作为男朋友的他还劝她，说人不能爱一行干一行，好工作哪有不辛苦的，这里熬不过去，到了别的地方一样有过不去的坎。还说，你看我在投行加的班不比你少，经常熬夜经常出差，在家的时间特别少，不然人家怎么说嫁人不嫁投行男呢。当时江美希就笑，还说娶妻不娶审计女，那咱俩还挺配的。

那之后她渐渐适应了U记的快节奏，离开他后更是一心想着升职，换工作的想法已经多少年没有过了。可是现在建议她换工作的也是他。

“换去哪儿？”她随口问。

“PE、VC，或者找家客户公司？”

说来说去还是这些。

江美希想了想说：“可能会走，但不是现在。”

就算要换工作，那也应该是因为其他原因，比如她干腻了审计，或者想换种清闲的生活方式，但绝对不能是现在这样，因为被误解、被排挤、被否定，被迫离开她坚守了八年的地方。

听她这么说，他也没再坚持，换了个话题说：“我这次回来还没去看看阿姨，我想找个机会去拜访她一下。”

季阳说的是老江女士，因为当初两人在一起年头长了，彼此的父母都知道，也都默认了两人最后会修成正果，所以都把他们当成自家的孩子看。尤其老江家是北京本地的，江美希他们上大学那会儿，她就经常带着季阳回家改善伙食。季阳是很讨长辈喜欢的个性，再加上老江家一直阴盛阳衰，所以在很长一段时间里，老江女士都很依赖季阳，是真把他当亲儿子看的。但是当年再亲近，也随着他们俩分手疏远了。

所以现在季阳提起来，江美希觉得没什么必要。正想拒绝，季阳又说："当初我对不起你，我其实也没脸见阿姨，但当年她对我好，我都记着。我回来也半年多了，早想着去看看她老人家，就是怕你不高兴。"

想起老江女士这几年的确还惦记着季阳，一边张罗着给她相亲，一边又拿相亲对象和季阳比，可能就像他说的那样，抛开她和季阳的关系，老江女士也是喜欢他的吧。想到这里，江美希也就没再推辞。

"随你吧。"她说。

季阳见状笑了："那你进去吧。"

江美希没多流连，转身进了楼门。

目送着江美希离开，季阳转头看向黑暗中的某一处。光线不好，看不清有人，但是那抹忽明忽暗的猩红却分外显眼。

这么大冷的天，在这种地方抽烟，很爽吗？

季阳笑着走过去，对方也从黑暗中走了出来。

季阳问："你也住这小区？"

叶栩把烟头在旁边的垃圾桶盖上碾了碾说："嗯，有人不喜欢家里有烟味，在这儿抽支烟。"

江美希腿受伤那段时间几乎都住在他家，她不喜欢他在家里抽烟，他就是从那时候起养成了在外面抽烟的习惯的。

此时他这话说得虽然暧昧，但也就是字面的意思，完全没想着让季阳误会什么。一是他不屑于这么做，还有就是在他看来，他和江美希之间的事情就是两个人的事情，与其他任何人没有关系。

但说者无心，听者有意，季阳冷笑一声说："你如果真的为她好，就离她远一点。"

叶栩本来都要走了，听他这么一说，不由得脚步一顿。

季阳继续说："她那种人看着挺豁达，对工作以外的东西都不在乎，但是一旦对什么事情认真起来，她就能做到比别人都认真都上心。你的家庭背景，你们的年龄差距，都注定你们在一起也不会一帆风顺。她认定的事情，是不会轻易退缩的，但是让她接受别人的非议，甚至被你母亲为难，你心里能好受吗？”

见叶栩站着不动，季阳以为他的话奏效了，又说：“你要是真为她好，就趁着现在离她远一点吧，你们不合适。”

说完见他还是不动，他也不打算再多说，就想转身离开。可刚走出几步，身后的人开口了。

“如果不知道你们过去的事情，你这番话还真有可能说动我。”他说。

季阳皱眉回过头看他：“她跟你说什么了？”

叶栩没有回答他，而是问他：“什么样才算合适？你和她吗？如果是我遇到她在前，你们认识在后，我不知道你们的结果，可能会为了她尝试放手。但事实是她给过你机会了，你又给她什么了？接受她和别人在一起，那是因为我以为她会幸福。可如果明知别人不能给她幸福，那我哪怕捆绑也要把她留在我身边。所以别再跟我说这样的话，别人或许可以，反正你不配。”

留下这一番话，叶栩的身影再一次步入夜色之中。

季阳却因为那些话久久不能回神。想她曾经把最好的年华给了他，他却没有让那段感情有个善终，他确实有点愧疚。但感情不是小孩子过家家，叶栩说他没资格，他就要乖乖退出让地方给别人吗？当然不能。

这件事说到底还是各凭本事，最后看江美希的态度。至于未来大家能在一起多久，谁又能预料得到呢？成年人谈感情很少谈一辈子，因为大家都知道，一辈子太长了，未来的事有太多说不准的，但至少这一刻他是渴望她能回到他身边的。

想到这些，季阳不无嘲讽地笑了笑，某些人果然还是太年轻。

第八章
结束开始

沈阳那家汽车生产企业的年审，几乎沿用了前一年的人手去做，只不过这一次叶栩已经可以带队了。他带着石婷婷、穆笛，还有一个刚进公司的小朋友，已经在沈阳待了一周多。

他们几个关系不错，叶栩把不好干的活都自己揽下，所以即便沈阳的冬天又冷又枯燥，几个人的相处氛围也还挺不错的。

又忙到半夜才回酒店，石婷婷也不觉得困，她问穆笛：“你发现没，Daniel好像比以前更不爱说话了。”

穆笛困得有点迷糊，随口回了句：“可能因为忙吧。”

石婷婷说：“我听说他之前交了女朋友，不知道为什么没公开，现在好像分手了，是不是因为这个心情不好？”

穆笛心里一惊，瞬间睡意全无：“你听谁说的？”

“刘刚他们啊。你没听说吗？据说有一次不小心看到他和他那女朋友发短信，看内容好像都同居了。好好奇他那女朋友是个什么样的人啊，听说备注是什么820，应该是在他入职前就认识的人。不过820是什么意思，生日吗？”

这个关于820的备注，穆笛也是第一次听说，但只要江美希的身份还没暴露，她就放心了。

她随口敷衍道："管她是谁呢，干咱们这行的这么忙，对象闹分手那不是很正常吗？"

"所以我说要想长久还得找个同行，这样才能理解彼此。"

穆笛暗道不妙，小心翼翼地问："你不会还没死心吧？"

石婷婷对她一向很坦白："之前是死心了，现在他不又单身了吗？每天抬头不见低头见的，我发现我还是挺喜欢他的。"

穆笛也不知道该说什么好了，只是劝道："人家究竟分没分还不确定呢，就算分了也没分多久吧，说不准什么时候就复合了，现在你去搅和是不是不太好？"

"这有什么不好的？他们要是关系好也轮不到我啊！"石婷婷这么说的时候，已经有点不高兴了。

穆笛见状也就没再说什么，两人第一次闹得有点不欢而散。

回到自己的房间，穆笛又想起她小姨，工作被人坑，感情也不顺利，越想越可怜。而且上次她试探下来，发现她小姨自己可能还没察觉，她对叶栩还是放不下的。

自己看不透，那就需要别人来点破，穆笛思索再三，决定当回好人！

第二天趁着其他人不在的时候，穆笛斟酌着措辞问叶栩："你觉得婷婷怎么样？"

叶栩挑眉看她一眼，但很快又垂下眼，似乎完全没有要聊的意思。

穆笛见他这反应有点高兴，继续说："昨晚她说你和你神秘女友分手了，所以……"

没等她把话说完，叶栩直接朝她扔来一沓文件："所以你工作做完了吗？"

穆笛撇撇嘴，不就跳了一级吗，这就端起上级的架子了？但她不跟他计较，她就不信他对她下面说的话还不感兴趣。

"失恋传染吗？我听说Maggie也和她那高富帅男友分手了。"

穆笛说话时小心翼翼观察着对面人的神情，果然见叶栩眉心微蹙，拿着笔的手也顿了顿。

穆笛心情大好，继续说："之前没人的时候，她还跟我提过一次她那男朋友，听那口气，她对那人吧……”

她故意吊着没往下说。

叶栩等了一会儿没等到下文，抬起头来看向她，她却朝他嘿嘿一笑说：“不废话了，我这就开始工作。”

她不说，结果他也没再追问。穆笛就想看看这人能忍到什么时候，直到晚上，一天的工作干得差不多的时候，他让石婷婷他们先走，把她的底稿留下来最后检查。

等石婷婷他们走后，他从她的底稿上找出几个问题，说好让她明天清理，这才说可以回去了。

穆笛知道，他把自己单独留下就是要问江美希的事，不过既然要套人真心话，那自己还是得拿出点秘密来作为交换，想来想去觉得能让叶栩感兴趣的也就只有她和江美希的关系了。

两人一起回酒店时，穆笛说：“我有个小姨，你知道的吧？其实我之前知道Maggie那么多事，就是因为我和她有点亲戚关系。”说完，她悄悄打量叶栩的神情，见他没什么反应，她又说，“她就是我小姨。”

“哦。”

这是什么反应？怎么一点都不意外呢？

穆笛有点着急：“我说Maggie其实是我亲小姨！”

“我知道。”

这回换穆笛意外了：“你怎么知道的？”

“没有不透风的墙，还有你和Kevin的事。”

穆笛本来以为自己拿住了对方的秘密来耀武扬威一下，没想到自己的那点小秘密也早被人翻个底朝天了。

她不自觉地咽了口口水问：“你什么时候知道的？”

叶栩想了一下说：“忘了。”

“那我小姨知道吗？”

“应该还不知道。”

穆笛松了口气。

叶栩瞥她一眼笑了笑：“需要帮忙吗？”

“帮什么忙？”

“他俩不是不对付吗？”

原来他什么都知道。

穆笛狐疑地看他：“你有什么办法？”

叶栩却不答反问：“她到底说我什么了？”

原来在这儿等着她呢！穆笛没有等到叶栩来求自己，反而变成自己有求于他，虽然有点不情愿，但现在说开了，他们也算一条战线上的人了。

她说：“没说什么特别的，但你那身衣服，她还好好收在衣柜里。”

“衣服？”叶栩挑眉。

穆笛说：“就你毕业典礼上穿的那身，我知道你们的事也是因为在她家看到了那身衣服。”

叶栩想起来了：“她说被她洗坏了。”

“洗坏了？”穆笛也有点不解，“那种衣服怎么洗坏？我上次看还好好的。”

叶栩笑了，他就知道。

“你继续。”他说。

“刚才说到哪儿了？”穆笛想了下说，“上次我也问她对你是不是还放不下，她没有回答我。但我知道我小姨这个人，只有在不确定的时候才会是那种表现，如果早就放下了，我一问，她肯定直接回我了。所以我觉得她对自己的心意也不是很清楚吧。”

穆笛原本只是想试探一下叶栩对江美希是不是还有感情，但是看他今天的表现就知道他也没放下。所以她现在关心的不是这个问题，而是另外一个。

她问：“你们为什么分开，因为年纪的原因吗？”

“也不全是。”

“那是什么？”

叶栩沉默了片刻说：“因为我不好。”

穆笛从来没有见过这样的叶栩，一向漠然又桀骜不驯的人突然柔软下来，是个女孩子都招架不住。到了这一刻，她也明白了，难怪他能撬开她小姨那铜墙铁壁的心房。

两人各怀心事地走到酒店门口，穆笛问："你说帮我，怎么帮？"

"现在还不是时候。"

"什么时候是时候？"

叶栩勾着嘴角看她一眼："你让陆时禹少给我拆几次台，等我把她追回来，你们那点事，我保证她不会反对。"

穆笛有点不明白："你说他给你拆台？为什么啊？"

叶栩笑着说："他可能就是见不得别人好吧。"

穆笛讪讪地摸了摸鼻子。叶栩没明说，但不代表她猜不到。如果陆时禹真的在拆叶栩的台，可能就是为了让江美希和季阳破镜重圆吧。

她突然觉得有点对不起这位老同学，一边想着要好好敲打一下陆时禹那猪脑子，一边悻悻地和叶栩告别回了房间。

一周之后，他们结束了沈阳的工作回到北京。

难得赶上一个周末，但老江女士一早就把穆笛从床上捞了起来："给你小姨打电话叫她回家吃饭。"

穆笛迷迷糊糊地反抗着："要打电话您自己打呗，干什么非得是我？"

老江女士显然不为所动："她来不了，中午饭你也别吃。"

穆笛一阵哀号，但号过之后还是打了电话，不说别的，她也想她小姨了。

还好江美希没太推辞，答应好了中午回家吃饭。

但这电话打完没多久，穆笛就后悔了。她怎么也没想到，有生之年还会在家里见到面前的人。

季阳望了眼她身后的房内，笑着问："不请我进去？"

到了这一刻，穆笛已经明白过来了，她姥姥老江女士叛变了！

果然她还没动，就听到身后有人扯着嗓子问："谁来了？是不是小季？快进来！"

穆笛这才不情不愿地把人让进门。

季阳看她一脸不情愿也没计较，反而笑着打趣道："怎么，还记恨我呢？”

穆笛也笑：“哪能啊，我得谢谢您，好歹是婚前甩我小姨，要是婚后您突然不想过了，那她现在就是二婚了。”

季阳闻言脸上一僵，穆笛见状得意扬扬地说：“您慢坐啊，我就不陪聊了。”

老江女士出来倒茶，见到她还在就说：“快打电话问问你小姨到哪儿了。”

穆笛撇了撇嘴，转身回房间给江美希通风报信去了。

可是连打了两个电话都没人接，第三个终于有人接了，但门铃也响了：“什么事？我已经到门口了。”

穆笛扼腕叹息：“没什么，就是提醒你一下，家里来了位不速之客。”

电话里沉默了片刻，然后是防盗门打开的声音。

穆笛默默挂了电话，打开房门探头出来，江美希正和季阳一个门里一个门外静静对视着。

她叹了口气，只能让叶栩自求多福了。

“你怎么在这儿？”江美希问。

季阳笑着将她让进门：“不是跟你说好了吗？”

什么时候说好的？说好什么了？

她略微回忆了一下，这才想起来他之前提过要来家里看望老江女士的事情。

老江女士早就听到声音，从厨房探头出来招呼她进门：“你们先聊着，我再炒几个菜就开饭。”

季阳乐呵呵地应了声“好”，丝毫没有疏离的感觉。

江美希早知道老江女士喜欢他，只是没想到喜欢到这种不计前嫌的程度。

此时老江女士和江美希的大姐在厨房张罗饭菜，穆笛躲在房间里大概是不想搭理季阳。江美希无奈，也不能把他一个人晾在客厅，只好有一搭没一搭地陪他聊着。

两人又聊起工作，季阳说：“证监会那边查得差不多了，年后估计就有结果了。”

说起这个，江美希想到有个问题她一直挺想问的：“我记得余淮和你关系不错，北右投资阿奇法也是你牵线搭桥的，阿奇法的情况你是不是早就知道？”

他干咨询，业务很杂很广，这样一来消息渠道也多，如果说他对阿奇法的情况一点都不了解，恐怕不可能；如果说了解，那之前让她不要掺和阿奇法的事情难道是出于这个考虑吗？

果然就听季阳说：“听到一些消息，但谁知道真假。”

“所以你才让我别掺和北右投资阿奇法的事情？”

季阳点头：“我也没想到最后那报告还是你签的字。”

江美希却没有领情的意思：“可你明知道阿奇法有问题，还给北右牵线搭桥，让人投钱？”

季阳皱眉：“他想投，我只是给他建议，最后投不投都是他自己决定。他们也评估过了才决定投的，最后出了事情怨我吗？再说这是工作，我不能因为听到一点风吹草动就拒绝一次合作。”

江美希对季阳太了解了，他永远都是把利益摆在第一位。这么说来，如果他真的只是听到一点风声，而非明确知道阿奇法内部有问题，他是绝对不会冒着和北右合作不成的风险，郑重其事地劝她退出项目的。

所以说，他早就知道阿奇法内部问题不小，但还是极力促成北右去投阿奇法，不管别人的钱最后什么去处，总之他的那一份拿到手就行。这过程中，遇到她这个熟人算是意外，他有心提点她一句，但是也怕她知道内情搅黄他的好事，所以不管会不会连累到她，总之是不能说得太明白。最后她没听他的话，被牵扯进去，而且运气不太好，这么快就东窗事发了。他又趁机跑来安慰她几句，甚至还愿意帮她引荐个新工作。

想清楚这些，江美希苦涩地笑了笑，其实季阳一直是这样，对她或许是真有感情，只是这份感情永远摆在自己的利益后面。

季阳见她不太高兴，也没继续这个话题。

“我没想到叶栩会跟你住在一个小区里。”

江美希不想跟他聊叶栩，随口敷衍道：“嗯，凑巧。”

“是挺巧的，你们成天同进同出，可能会让人误会。不过也不着急，你要是打算换工作，到时候可以再换个离新公司更近的地方住。”

江美希突然有点不耐烦了：“咱俩现在什么关系，我要听你安排？”

季阳微微一怔，眉头不由得蹙起：“就是作为朋友的建议，你当然可以不听。”

江美希看他脸色阴沉，不由得想笑。这些年他在商场上也算混得如鱼得水，估计已经没什么人敢给他脸色看了，也就是她，仗着过去那点感情不知好歹吧。但她就是不知好歹。

她笑了笑说：“我真不后悔。”

季阳依旧皱着眉看她：“你说什么？”

“之前咱俩分开，虽然那时候不是我主张的，但是现在想来，我一点都不后悔……”

“美希……”他打断她，不耐的神情中终于表露出一点点难过来。

她仿佛没听到也没看到，继续说：“后来我和他在一起，就像你说的，我们门不当户不对，我还比他大那么多，在一起也不会有什么好结果。但我就是不后悔，甚至不瞒你说……”说到这里，她突然抬起头来，直视着对面的季阳，“我没和任何一个人说过，包括他在内，我真的很喜欢他，现在也是。所以我也不知道我还能坚持多久，大概他再来找我一次，我就会同意继续跟他在一起了吧。他母亲怎么想，其他人怎么想，跟我没关系。”

穆笛在房间里偷听了半天，虽然早知道江美希的想法，但听到她自己这么坦白地说出口时，也不由得震惊。

她悄悄把房门合上，琢磨着要不要告诉叶栩。

客厅里，季阳听完这番话站起身来，最后丢下一句“帮我跟阿姨说一声，我改天再来”，便匆匆离开了。

这顿饭终究还是没吃成，老江女士对这个结果不解之余还颇为遗憾。江美希看在眼里，提醒她妈：“妈，人活着得长点记性，他当初那么对我，这时候我再上赶着迎合他，那我这辈子也只能步您和我姐的后尘了。”

转眼又到了年底，除了少了很多熟面孔，U记今年的年会和以往没什么不同。

Allen还是一样地讨人厌，Linda离开后，他更是以江美希老板的身份自居，在年会上拉着她进进出出，还时不时做些让人反胃的小动作。

她本着多一事不如少一事的念头一直忍着，但当她注意到某人灼灼的目光时，她决定不忍了。

一方面是觉得在他面前和别人逢场作戏很难堪，另一方面也是怕惹急了他，他做出什么没法收场的事情。

趁着Allen和别人推杯换盏的时候，她悄悄躲去了洗手间。之所以躲到这里，就是怕叶栩跟来，可结果还是低估了他。

他也不管此时洗手间里还有没有其他人就直接走了进来。

江美希吓了一跳，连忙把他拉进了一个隔间。门外传来洗手和女孩子说话的声音，好一会儿，终于安静了下来。

她这才抬起头来看他，见他脸色有点红，像是喝了酒。

她甩开他的手，有点不高兴地压低声音问他：“你没事吧？你怎么跟到这里来了，被人看到算怎么回事？”

“看到就看到。”他说得有几分委屈。

江美希还是没好气：“我们已经结束了，被人看到对谁都不好，也没必要。”

他心里有火，但面对她，他还是尽量放软口气：“我妈那边给了什么好处你就接着，也不吃亏，但其他的事情不要轻易答应她。你等我回去搞定她，但在那之前你能不能先信任我？”

江美希心里难受，为自己，也为他。可是她不能表现出来，她怕自己一心软，之前种种努力就都白费了。

她嘲讽地笑了笑：“我不答应她，哪来的好处？”

叶栩抿着唇，像是很生气，江美希以为他会说点什么羞辱她，谁知片刻后，他只是说：“之前她同意合作，你也的确遵守约定跟我分开了，但分开多久不是你一个人说了算的。我们都努力过了，分不开就继续在一起，她再为难你，我就去找她。”

或许是怕她再说出什么伤人的话，话说到最后，他也不管她愿意不愿意，直接把她往怀里拉。

江美希任由他搂着，因为她既不敢抬头也不敢说话，害怕一抬头被他看出眼中有泪，也怕一开口被他听出哽咽。

她也不知道自己有什么好，年纪一把了，还能遇到这样的感情。她想，就算他们最后不能在一起，她也认了，至少曾经拥有过。

自从上次在江美希楼下见过季阳后，叶栩也劝自己有点骨气，她不稀罕他，他就不去找她吧。可是今天喝了点酒，又看到她被Allen欺负，火气就冒得老高，追着她进来也是脑子一热，但既然进来了，就想着说几句风凉话也让她难受一下，可是真的看到她时，又什么狠话都说不出口了。

还好这一次不像以往，他没想到这一次她会这么好说话，像拥着失而复得的宝贝一样，手掌在她背上轻轻摩挲着。

却没想到她会说：“为难我的从来都是你，你现在这样和Allen有什么差别？”

搂着她的那只手不由得一僵。这感觉怎么说呢，就好像你卑微地献上自己最看重的宝贝，结果却被对方鄙夷地踩进土里碾碎。

他的感情，他的委曲求全，于她而言就这么不值钱吗？

他的脸色渐渐沉了下来，江美希却没有勇气去看。

她退出他的怀抱，片刻后，听到他似乎笑了笑说：“行，我明白了。”

然后也不管外间是不是有人，直接开门走了出去。

外面传来女孩子的惊叫声，但江美希已经顾不了那么多了。看着叶栩离开的方向，她只觉得心里一阵钝痛。她以为时间长了感觉就淡了，可是这感觉非但没淡，反而比以前更加明晰了，最后化成一只骨节嶙峋的手，扼住她的咽喉，几乎能要她的命。

因为怕再遇到头一天这样的状况，第二天组里的年会，江美希直接称病请假没有去。

据说这次根据Allen的意思，没搞什么新奇花样，就是大家一起吃个饭抽个奖，搞得很形式主义。

Allen是香港人，但在内地待得久了，也深谙内地的酒桌文化，变着花样提议，频频举杯。谁也不能不给老板面子，这样一来不会喝酒的小朋友中就有人喝多了。

至于叶栩，前不久注册会计师成绩一出来，他就成了名人。一次性五门全过的不是没有过，但五门全部高分通过，又是以小朋友的身份，这在U记历史上还是第一次。

Allen一提这个，大家又纷纷去敬叶栩，这样一来，饶是叶栩酒量再好，也还是醉了，更何况心情不好的时候更容易醉酒。

但他即便醉也不像别人那样醉得明显。胃里一阵翻江倒海，他退出人群，趁着脑子还算清醒，他缓缓朝洗手间方向走去。

穆笛早就注意到他有点不对劲了，悄悄跟着过去。等叶栩进了男卫生间，她就在外面的洗手台前等着。不一会儿就传来一阵撕心裂肺的呕吐声，她光听着都替他难受。

过了好一会儿，他总算出来了，先扶着洗手台缓了片刻，才转头看她一眼。

穆笛知道他这样多半是因为她小姨，所以面对他时也有点不好意思。

她干笑两声："你没事吧？"

他不答话，打开水龙头洗手，然后用手捧着水凑到嘴边漱了漱口。

"你也太实在了，其实不用那么喝的。"

他漱完口又洗脸，然后双手撑在水池上，微微喘着气，脸上的水珠顺着他的下巴滴进水池里。

穆笛突然觉得有点不忍，想着怎么跟他说江美希的想法。

她犹豫了一下问："你现在是醉着还是醒着？我说话你能听见吗？"

他又看她一眼，然后继续低着头，盯着水池发呆，片刻后说了几个字。

穆笛一时没听清，仔细想了想，才想明白他说的是什么。

他说："别劝我。"

原来他以为她跟过来是替江美希劝他的。穆笛也想不到，他们财经大学近年来最负盛名的校草要么不动情，动起情来竟然是这个样子。跟他一比，季阳那种谈感情都像谈生意一样的人确实配不上她小姨。

她说："我劝你什么？我还指着你赶紧搞定我小姨，然后帮我吹吹枕边风呢！"

她这措辞招来叶栩一个不太友善的眼神，但看得出他不是真的不高兴。然而，她下面的话一出口，他就变成真的不太高兴了。

"前几天季阳去我们家了。"怕叶栩借酒行凶，她赶紧往下说，"我小姨跟他聊得挺透彻了，他俩没戏。"

"是吗？"他似有若无地笑了笑。

"是啊。"穆笛说，"因为她还惦记你。"

这一次叶栩转过头来认认真真地打量她，她也认认真真地朝他点了点头："而且她还说，你再去找她一次，她可能就松口了。"

本来以为叶栩听到这话会高兴的，谁知他像是想到了什么，最后只是嘲讽地笑了笑。

穆笛不知道，他确实又去找过她，可是这一次，她比以往更决绝。

他说："我没事，缓缓就好，你回去吧。"

正好此时陆时禹找了出来，穆笛说："要不给你叫个车，你先回去吧？"

叶栩直起身回头看了两人一眼："我自己可以叫车，进去帮我说一声，我先走了。"

穆笛很想和江美希说说叶栩现在的情况，但年会过后，她又被派到了哈尔滨，直到除夕夜当天才回到了北京。

家里就四个女人，年年除夕都不如别人家热闹，而且今年因为江美希工作上的事情，家里的气氛更不怎么样。

简单吃了年夜饭，老江女士拉着大女儿包饺子，江美希和穆笛不擅长这些，坐在一旁看春晚。

老江女士对江美希工作上的事情不那么关心，对她的感情问题却着急上火。那次季阳来家里一趟，结果他们不欢而散，老江女士越想越觉得遗憾，所以趁着江美希在，这话题就有意无意往季阳那儿引。

老江女士故意拿起手机看了眼说："小季这孩子就是懂事，还说明天要来看看我。唉，要是没中间那三年，他还跟我亲儿子似的，我记得以前我们家的灯泡都是他来换的。"

江美希早就不耐烦了："您要是觉得我这脸丢得还不够，您就尽管再去找他。"

江美希的大姐帮腔说："妈也是为你好，你看你今年都三十岁了，连个对象都没有，我像你这么大时，小笛都好几岁了。"

江美希也不客气："是啊，你像我这么大的时候，也离婚好几年了。"

"嘶……要不是咱俩都姓江，我才懒得管你！"

穆笛也不认同自己妈和姥姥的态度，幽幽地来了句："我也觉得你们这么上赶着有点丢人。"

老江女士作势要把手里的擀面杖扔出去："当初还不是你说你小姨忘不了季阳吗？"

穆笛立刻反驳："当初是当初，现在是现在，现在有更好的人选了，谁还惦记那渣男啊！"

两位江女士一听这话，都两眼放光。穆笛她妈问："更好的人选？是谁？什么时候的事？"

江美希只觉得生无可恋，捂着耳朵起身回了房间。

穆笛也知道自己话说多了，面对自己妈那灼灼的目光，缩了缩脖子说："我是说会有这么个人出现，到时候您二位别碍事就行。但是现在我觉得我小姨就算是单着，也不该再回头给渣男机会。"说完电视也不看了，跑去了江美希的房间。

江美希听到开门声只懒懒抬了下眼皮就继续低头上网。

穆笛一脸堆笑地蹭上了她的床："小姨，组里年会你没去真是错过了好多。"

江美希不感兴趣，随口问道："错过了什么？"

“叶栩喝醉了。”

江美希握着鼠标的手微微一顿。叶栩的酒量她是见识过的，说千杯不醉也差不多了。而他们组里那些人，论熬夜加班还行，喝酒真没几个擅长的，说他喝倒了，她才不信。

穆笛见她似乎不信，又说：“你知道这人心情一不好，就容易喝醉，而且Allen也不知道是不是故意的，一个劲儿地撺掇大家去敬他酒，组里那么多人呢……他后来吐得稀里哗啦的。”

江美希皱眉：“Allen为什么撺掇别人灌他？”

穆笛耸了耸肩：“不知道，大概嫉妒他帅吧。”

穆笛随口胡诌的话却让江美希有片刻的出神——Allen一直对她有点想法，她是知道的，现在这么针对叶栩，该不会是因为他和她的那些传闻吧？

穆笛又说：“不过话说回来，我和叶栩认识这么久，也是第一次见他喝成那样。谁敬他酒他都喝，还特实在，人家随意他干杯那种也不说话就喝酒，最后我和Kevin送他出门的时候，我还听到他说什么真狠心哪，他心里难受什么的。”

当然这话后半段是穆笛添油加醋瞎编的，江美希却没心思去辨别真假，就觉得心上像是压着什么重物似的，喘不上气来，但是怕穆笛看出异样，始终垂着眼。

然而她这细小的情绪变化早被穆笛看在了眼里。

穆笛试探着问：“没想到我们校草也有为情所困的一天。小姨，你说他那女朋友为什么不要他了啊？”

江美希随口敷衍着：“我哪知道，但是感情的事也不光是你情我愿就行的。”

“我倒是觉得感情里最难的就是你情我愿，只要彼此喜欢，还有什么困难不能一起克服？先不说放弃了会不会有遗憾，就说人生漫长着呢，不找个喜欢的人在一起，以后的日子怎么熬呀？”

这段时间发生了太多事，江美希以前就觉得时间过得快，最近却的确有种日子难熬的感觉。有时候午夜梦回时也会盼着这段时间早点过去，但是想想又觉得没个头。每次这种时候，她也不让自己去深想自己为什么这么沮丧，下意识就把这种情绪归结在工作不顺利上。但是此时听到穆笛的话，她却突然觉得眼前明朗了起来。

原来她怕的不是别的，正是不知自己要花多长时间去适应没有他的生活。

春节假期很快过去，阿奇法以收购为名停牌避险，很快又被外界曝出公司欠债高达7.3亿，公司实控人的股权还有公司的七个账户都已被冻结，阿奇法科技正式被监管调查。

直到一个月后，股票复盘，但十六个跌停让股民从心惊肉跳变成绝望，公司已然处于资不抵债的状态，开始申请破产重组。

所有人都不敢相信，一年前还盈利的公司会突然欠下这么多钱。

最后监管调查发现，阿奇法科技对外担保就有12.18亿，正对上了之前网上曝出阿奇法有大量隐形负债的说法。日前阿奇法的外债已经高达31.77亿，而其净资产只有29亿。

调查结果出来后，U记因对阿奇法科技2006年年度财务报表审计时未勤勉尽责，出具存在虚假记载的审计报告而被处罚。

听证会上，江美希没有申辩。最终U记被没收业务收入65万元，并被处以65万元的罚款，江美希和Amy被予以警告，并分别被处以5万元罚款。不出意料，Amy那部分罚款追讨不到，因为是项目制，所以另外5万的罚款也将由江美希承担。

或许是因为早有心理准备，听到这个结果时江美希也不觉得有什么委屈。倒是因为她的失误给公司带来这样的损失，她自觉挺惭愧的。升职的事情她也不想了，忙季还没过，4月底前还有几份报告要出，有了前车之鉴，她要做的就是更加谨慎。

回公司的路上，法务部的同事小张似乎觉得不说点什么有点尴尬，虽然和江美希算不上多熟悉，但场面上还是安慰了她几句。

江美希无所谓地笑了笑，在这件事最初对她的震动过后，她已经逐渐接受了，不是不遗憾，也不是不心寒，只是这些情绪都无须对外人表露。

小张跟江美希共事的机会不多，但是对江美希其人什么风格早有耳闻，现在虽看着她升职无望了，可是她周身那种生人勿近的压迫感让他一刻都不想跟她多待。好在车子很快就到了公司，两人走进电梯，小张替两人分别按下所在的楼层。

江美希道了声谢没再说其他。

感受着电梯缓缓上行，小张只盼着早点和身边这位分道扬镳。

偏巧电梯像是在和他开玩笑似的，中间每经过一层都会停下。也不知道是不是有人恶作剧，电梯门打开，外面却又没人。

他回头对江美希笑笑，尽量缓解尴尬：“也不知道是谁这么无聊。”

江美希也笑笑，但笑意未达眼底，明显敷衍得很。

电梯门再度打开，这一次门外倒是有人，但当他看到门外的人时，不禁暗道今天还真是热闹。

叶栩明显也看到了江美希，但他的目光并没有在她身上过多停留，像没看见一样走进了电梯。

关于江美希和叶栩的传闻，公司里的版本太多了，不管是哪个都很精彩，曾经占了大家所有的八卦时光。不过此时看两人这态度，小张觉得叶栩勾引老板不成反而因此得罪老板，从此被本就不怎么宽宏大量的老板肆意碾压的版本，好像更像真的。

而这个版本最耐人寻味的地方有两处：一个是小朋友不怕死地勾引了最不可能被勾引的这位煞神，另一个就是这小朋友还不单纯是个吃软饭的，别看他能做出勾引老板的事，但绝对不是个任人揉圆搓扁的人。所以结果就是这样，两人亲密恋人没做成，反而针尖对麦芒整天斗法。

小张看着站在自己前面比自己年轻又比自己高大的小伙子暗自腹诽，这种情况下还能熬过第二个忙季，可见也不是一般人啊。

他心里正琢磨着，突然意识到电梯里的两人都在看着他。他怔了一下才发现，他所在的办公楼层到了，他连忙和江美希打了个招呼，逃也似的出了电梯。

小张走后，江美希才敢把视线移到前面男人的身上。组里的人怕是都已经知道她今天去了哪儿，听证会最后的结果应该也早就传回了公司，所以他不可能不知道。

她可以不在乎别人看她的眼光，但还是做不到不在意他的。然而怕什么来什么，没想到回到公司见到的第一个人竟然就是他。

后来又有人上了电梯，他往后让了让就变成了与她并排。她面上虽然是风平浪静的，但心里还是有点虚，又想到穆笛说他那天喝得烂醉，她只觉得自己此刻的呼吸都有点不同寻常。

还好很快到了九层，她想快点离开，谁知他比她反应还快，电梯门一打开，一刻也不流连，大步流星地走了出去，空留一个修长冷漠的背影给她。

江美希叹了口气，不知怎么就想到季阳的那个提议。或许换个地方重新开始也挺好的。只是想到和叶栩这段过往，当初她想方设法逼他走，非但没有成功，最后反而是自己动了离开的念头。不知道像她这种企图给下属穿小鞋结果被反噬的失败老板有几个，但是仔细想想，她也不觉得后悔。

不知道是给她面子还是怕触她霉头，后来公司里的人都没再提起过阿奇法这件事，至少在她面前是小心翼翼刻意回避着的。

后来穆笛悄悄问过她以后有什么打算，毕竟U记历史上还没有过一个“有前科”的合伙人，就算是有人犯了类似的错，那也是当了合伙人以后的事。江美希当时的回答是，先忙完这段时间再说。

立春之后，北京的天气开始转暖，这个忙季的工作也开始收尾。江美希改完几份底稿再抬头时，才注意到外面的格子间里已经没什么人了。

她的目光不由得在某个位置上多停留了片刻。她记得那天之后，她好像没再在公司里遇上过叶栩，不知道是他恰巧在外出差，还是在刻意减少两人碰面的机会。

都市男女的感情本来就淡薄，谁没了谁日子也都照样过着，他们走到这一步，应该也就这样了。

她安慰自己，这个势头不错，这样下去或许也不用急着离开U记。

关掉电脑收拾好东西开车回家。十一二点的三环路难得地畅通无阻，车窗降下一点，夜风吹进来，并不冷还带着点新鲜的草木香气。

小区里此时静悄悄的，她的停车位附近有一盏路灯坏了，周围光线昏暗。她在黑暗中把车子停进车位，刚下了车，就听到有人叫她的名字。

声音很陌生，她回过头看，一个中等身材的男人朝她走来。

光线不好，她看不清那人的脸，只依稀看到他身上的夹克下摆反着光，还有他手里拎着东西，看大小和形状应该是个桶。

“你是江美希？”

江美希立刻回想了一下，她刚才开车过来时并没有看到什么人或者没熄火的车。这会儿这么晚了，难道这人是刻意躲在这里等她出现？她又扫了一眼他手上拎着的东西，不由得警惕起来。

“有事吗？”她一边伸手到包里摸手机一边问。

男人逼近一步：“黑心钱收得开心吗？”

听到这话，江美希已经大概猜到对方的来头了，应该是和阿奇法有关的，可能是被套牢了的股民或者其他什么人，只是她没想到对方竟然有本事找到她家里来。

她正想开口解释一下，男人突然举起手里的桶二话不说朝她泼来。不远处有人喊“住手”，但是已经来不及了。

黏稠的液体一股脑地朝她脸上招呼过来，她整个人不禁朝后踉跄一步，绊倒在身后的车上，脑中有片刻的空白，反应过来后脸上火辣辣地痛。

嘴巴和鼻腔里有种难以言说的苦涩味道令她作呕，刺鼻的气味也冲得她睁不开眼。

她怔怔地低头看了看狼狈的自己，很想哭，却哭不出来。

就在刚才，有人突然出现替她挡下了那个陌生男人的进一步攻击。如果没有后来赶到的人，她会怎么样呢？

她从来不知道，自己有一天会因为自己所爱的工作丧失信仰、丧失尊严，甚至搭上小命。一种由心底涌上的无力感几乎要将她冲垮，Linda和Amy还不知道在哪儿快活着，她凭什么要替她们承受这一切？那么多人都在糊里糊涂睁一只眼闭一只眼，倒是她，那么想清清楚楚、明明白白，最后这样的事情还是被她遇上了！凭什么！

她缓缓抬起头看向不远处，陌生男人已经被撂倒，那个熟悉的身影正朝她走来。

眼前有点模糊，但她也不知道该不该伸手去擦。

叶栩快步走近，最后停在了她面前。她眯着眼仰头看他，熟悉的轮廓映入眼帘，即便在月色下，也能看得到他眼中的焦急。

他说了什么，她没有听到，耳朵还在嗡鸣不止。但是在看清他的脸的那一刻，眼泪就不受控制地流了出来，不知道是为今天受的委屈，还是为她此刻的狼狈。

叶栩脱下身上的衣服，替她擦着脸上的油漆。

“别哭。”他说。

她还是哭，他干脆伸手把她按在怀里，安抚了一会儿，继续替她擦油漆。

不知过了多久，眼前视线渐渐清晰，她也逐渐镇定下来。越过他，她看到他身后那人踉跄地爬了起来，往路边停着的面包车走去。

“他要跑了。”她提醒他。

叶栩瞥了眼身后，不急不慢继续帮她擦着脖子上的油漆：“这东西得到医院去洗。”

说完，他把手里的衣服递给她让她自己擦，然后从裤子口袋里拿出手机拨了个号码。

电话接通，他对电话那边的人说：“有辆面包车撞上了人要跑，你们拦下来然后报警。”说完就挂上电话，重新拿过她手上的衣服替她擦。

擦得差不多了，他说：“走吧，去医院。”

强撑了这么久，到了这一刻，江美希什么都不想管了。还好有叶栩，他说什么就是什么，她只要跟着他就好。

江美希由着叶栩开车带她去医院，车子经过小区大门口时，她看到那辆面包车被拦在了路边。那个泼她油漆的男人也被几个保安制服了，门口光线好，她看清那人的脸，早被叶栩揍得鼻青脸肿了，但是依旧恶形恶状，眼见着就要和几个门卫再次撕打起来了。

叶栩停下车，朝着其中一个门卫招了下手，那年轻小伙子立刻跑了过来，听他交代了几句，又瞥了眼他们的车，折了回去。

江美希早没力气过问他们说了什么，反正他在身边，她就觉得自己什么都不用去想，也不用去管。不管明天怎么样，至少今天就自私一下吧。

深夜的门诊楼静得出奇，白色的灯光倾泻而下，照得人脸色苍白。

江美希从光可鉴人的玻璃窗上看到自己此时的样子，妆花了，脸上的漆还没擦净，一脸姹紫嫣红分外热闹。而且这漆是绿色的，兜头浇下，说不准对方还有另一层用意。

这是恨她恨到一定程度了。

江美希哑然笑了笑，这一笑又牵动脸上的皮肤。残留的油漆逐渐干了，和脸上皮肤严丝合缝地黏在一起，这么一动，就火辣辣地痛。

身后的叶栩此时正在打电话。这一晚上，他电话不断，她无意间听了两句，知道泼她油漆的人已经被拘留。至于他是怎么在她本人没出面的情况下搞定这一切的，她也不太清楚，而且现在也没心情去问。

突然有人叫她的名字，她回头，一个小护士正立在一个诊室门口朝她招手。

她立刻拿起挂号单走了过去。

不久之后，她清理好出来时，他靠着墙等她。

她走过去问："派出所那边还需要我过去吗？"

他上下扫了她一眼，像是检查清理得怎么样，然后说："明天吧，今天太晚了。"说着，他转身往门诊楼外走。

刚才她整个人都是蒙的，好多事情都没注意到，这时候她回过神来，才发现他脸色和口气都不怎么好。她以为他也是累了，就没在意，跟着往外走。

她的车就停在门诊外面，一出门她差点没认出来——原来遭殃的不止她的人，还有她的车。

他也看到她盯着车头看，但脚下没停直接拉开车门上了车。江美希见状也没再纠结，跟着他上了车。毕竟比起这天晚上的其他损失，车上多了点油漆就显得没什么大不了的了。

车子狂奔在北京的街道上，难得一路不用减速。江美希望着车窗外街灯林立、霓虹闪烁，内心却有种说不出的委屈。

距离事情过去几个小时了，那颗因为突逢意外而变得柔软的心，此时又不得不被武装起来。

车窗上有她略显苍白的影子，隐约还能看到他的。两个人的脸这样出现在一个地方，让她觉得有点温暖。

可惜这个夜晚很快就要过去了，太阳会照样升起，软弱一时可以，时间久了，就再也坚强不起来了。

以前季阳就说过她，活得不够傻，可惜又太计较。当时她不以为然，觉得聪明人才懂得计较，权当那话是在夸她。到了这一刻，她算是明白了，她这样的，有时候反而更辛苦。

明明很想靠近，明明非常喜欢，但是因为太计较，她怕恋爱谈得没了骨气，怕付出太多没有回报，更怕明明有情却没有未来。

说到底患得患失，就怕自己太吃亏。但是没办法，三十年都这么过来了，一时半会儿改不掉。

车子很快回到小区。

叶栩停好车，陪着她走到她家楼门前，朝楼上望了一眼，有点迟疑："不知道那人有没有找到你家。"

江美希说："我看他那样不像有同伙。今天多亏你，回头你把派出所那边的联系方式发给我，明天我自己过去就行。"

叶栩看她一眼："回去好好检查一下门窗，别粗心大意，防着他们还有后招。"

江美希看着他犹豫了一下，还是决定把该说的话早点说了："我估计我很快会离开U记了。而且这里我应该暂时也不会回来住了，就像你说的，那些人能找到我家，说不准还有什么事情等着我。所以我想先住到我妈那儿去，这里可能出租或者卖掉。"

这是她回来的路上刚做好的打算，太过私密，以他们俩现在的关系，她也没必要跟他说的，但是她就是想表明一下自己的决心，只是不知道这究竟是做给对方看的，还是做给自己看的。

等她说完，叶栩冷笑了一下：“怎么，还怕我借着这次机会继续纠缠你吗？要不你干脆也像Linda和Amy那样，把手机号也换了得了。”

她点点头：“我会考虑的，如果有必要的话。”

叶栩不屑地轻嗤一声：“你放心吧，你说断了就真的断了，我叶栩还不至于行情差到这种程度，跑了你江美希再找不到下家了。”

说完他把她的车钥匙随手抛给她，她反应过来狼狈地接住，再回头看时，年轻男人修长的背影已经融入了茫茫夜色中。

第二天一早江美希赶去派出所补录了口供时，就得知了昨晚那人的身份和动机。

那人确实和阿奇法有些关系，只不过不是一般的股民，而是和阿奇法合作的电池供应商。

那人从国企跳槽出来创业，公司渐渐做大，和阿奇法建立起合作后，公司继续稳步扩张，本来以为有好日子过了，但阿奇法拖欠他们合同款几年不结，赶上原料价格上涨，这一来，规模不大的小公司的资金链就断了。他们等着阿奇法的合同款来救火，可是余淮躲到国外去了，这才在走投无路的时候找到了江美希泄愤。

对阿奇法事件的所有受害人，江美希都怀有愧疚，所以这件事情她也没追究责任，配合着走完流程就离开了派出所。

她希望这件事情能早点过去，往后的生活能太平一点。然而2008年注定是不平凡的一年。

刚刚送走了一个忙季，迎来了春暖花开的5月，位于四川省西北部的小县城突然发生了8级地震，巨大的灾难面前举国上下都是一片哀痛。

这段时间里，江美希每天都会从自动发到手机上的新闻中感受一遍生离死别、命运无常。也或许不只是她，所有人都是如此。

穆笛说：“如果你爱谁千万不要藏着掖着，因为你不知道明天会有什么样的际遇。”

季阳说：“我从来不会强求别人，尤其是感情上的事，但如果对方是你，只要你觉得能和我凑合，我也认了。要不美希，你还是回到我身边吧？”

但是当他们说起这些话时，她第一个想起的人，却好像真的消失在了她的生活中。虽然这原本是她希望的，但是愿望实现后，她也觉得心里空落落的。

然而与汶川地震几乎同时爆发的灾难还有金融危机。这一次，是与他们每个人都息息相关的。

在全球金融风暴下，大型企业的海外上市业务基本暂停，U记在海外上市IPO的收入突然消失，整体收入严重下滑。恰巧去年经济形势不错，U记大幅度扩招。这样一来，项目少了，人手多了，就有很多人没有活干。为了降低成本，十几年没有裁过人的U记不得不亮出最后一把刀。

最后几份年审报告出完后，江美希的组里就有不少人接到秘书林佳的电话，被通知去谈话。陆陆续续有人进了Allen的办公室，无一例外都是进去时满心忐忑，出来时垂头丧气。

大部分人都没想到，自己为之卖命的公司可以做到这么绝情，有人甚至刚刚熬完通宵出了报告，第二天就被叫去谈话。这不是卸磨杀驴又是什么？

一时间，原本忙碌却和谐的格子间里处处人心惶惶，躁动不安。

石婷婷也在被约谈的人中，从Allen办公室出来后就哭哭啼啼的。

江美希坐在办公室里，看着刘刚和穆笛在安慰她，时不时有人看过去，然后和附近的人小声议论着，一派人人自危的景象。

江美希倒是没有这种顾虑，毕竟总监算半个老板，虽然她之前犯了错，但是还有给公司赚钱的能力，公司是不会主动提出让她走的。然而这种氛围着实影响到了她，即便已经动了离开的念头，真的遇到告别的场景，她心里还是不太好受。

晚上她和穆笛一起回家，穆笛提起石婷婷被劝离职的事情也很唏嘘。

穆笛说：“公司也太没人情味了，婷婷今年特别努力，还想着在‘小黑会’上拿个高分，没想到就被约谈了。现在这个行情，工作也不好找。要我说，大家凭什么听公司的？反正公司不主张强行辞退员工，就不签那个文件，看公司怎么办！”

江美希笑她天真：“不签就不签，无非就是被孤立起来，然后不给项目做，还要盯着你按时上下班，看看谁耗得过谁。”

穆笛不认同江美希的说法：“一个两个去闹肯定没戏，但是人多了公司也没办法，总不能全部开除吧？回头就没人干活了。”

江美希说：“这种时候就别操心别人了，管好你自己吧。”

结果还真被江美希说中了。

第二天上午，林佳带着几个打扫卫生的阿姨，把角落里原来没人用的那几张桌子清理了出来。

有人去问林佳那是干什么用的，林佳解释说是给那些不愿签字的人用的。

结果原本就已经不太和谐的格子间里，因为突然被隔出了这么一片“特殊区域”，变得更加不和谐了。

但是这种情况没有持续多久。起初那片“特殊区域”里的人还不少，但公司想整谁，招式多得是。所以渐渐地，有越来越多的人熬不过公司，最后选择签字走人，而随着那群人的逐个离开，江美希想，自己也该离开了。

当江美希出现在Allen办公室时，Allen似乎早有预料，但面上还是客气地挽留了几句。不过大家都是明白人，到了此刻，江美希也用不着再和眼前人周旋。Allen渐渐意识到似乎只有自己在说，对方完全无动于衷，索性直接拿起电话打给人力资源，同意开始走她的离职流程。

离职手续办理得异常顺利，她在公司的东西也都陆续被带回家里，最后一天离开时，剩下的也都是些可要可不要的小玩意儿。

她捧着纸箱从办公室里出来，一路穿过偌大的办公区。经过一个月的裁员，人已经比之前少了不少，但她的离开，还是引来了所有人的注意。

有人惋惜道别，有人只是默默注视着这边。江美希从容不迫，脸上的笑容和她的脚步一样干练，毫不拖泥带水，就像过去的每一天一样。

她看到穆笛和刘刚他们的依依不舍，也看到陆时禹站在办公室门前朝她微笑颔首，甚至还看到人群中的叶栩……只是经过了那么多事后，他们仿佛又回到了最初见面时的样子，他冷淡疏离的表情下是什么样的情绪，她已经猜不透了。

江美希很快收回视线，走出了办公区。

将所有人甩在身后的那一刻，她才允许自己悄悄叹了口气。

等电梯的短短片刻，她却好像看遍了自己在这儿经历的八年。从入职的那一天起，她就在学习着如何在这浑浊不堪的资本市场中保持清明，做一个没有立场、最纯粹透明的人。然而八年过去了，最终还是晚节不保，一败涂地。

到了这一刻，说不失望也是假的。只是她也分不清，这种失望是对自己，还是对这个行业。

江美希的主动离开，也没有给自己挣得一个好名声。不知道是不是大部分人都喜欢阴谋论，她走后不久，公司里就有消息传出来，说江美希和有些客户私下里交往过密，职业操守堪忧，管理层这才决定在这个当口一并“解决”了她。

穆笛在茶水间里听到有人这么说的时候，差点和对方吵起来。别人是什么样的人不好说，但是她小姨的人品她再清楚不过。

所幸都是小女孩，又是在这种敏感时期，对方也只是单纯想过过嘴瘾说个闲话，谁也不想把事情闹大，于是没什么底气地丢下一句“又不是我说的”就匆匆离开了。

穆笛更气了，还想找那人问问祸首是谁，正好看到叶栩朝她走来。

刚才她们声音不小，说了什么他肯定也听到了。穆笛以为见到了可以同仇敌忾的盟军，就跟他抱怨起来：“这些人真过分，Maggie也太冤了！”

谁知叶栩却面无表情地丢下一句：“冤吗？我看不一定。”

江美希的离开让穆笛第一次见识到了职场的残酷，她走后众人的态度也让她知道了象牙塔外的人情淡薄。可是她怎么也没想到，就连叶栩也是这种反应，她顿时恼羞成怒地说：“你怎么这样说话？”

叶栩挑眉，但并不想在这种时候跟穆笛争论什么。就在这时，他裤子口袋里的手机突然响了，他拿出来看了一眼，是秦丽梅。

于是也不再理会穆笛，他一边朝着楼梯间走去，一边接通了电话。

秦总是最讲究效率的人，就连跟自己的亲儿子说话也不喜欢绕弯子。等电话一接通，她就开门见山地问："考虑得怎么样了？"

叶栩说："我还不想走。"

秦丽梅也不意外，耐心劝儿子："今年经济形势不好，我听说你们U记裁员超过30%了，政府那边都约谈你们的大合伙人了，你知不知道？"

关于这一点，公司里虽然没人敢放在明面上说，但是看着空掉的办公桌也可以想象得到。

然而叶栩只是冷冷地回问："这跟我有什么关系？"

秦丽梅被儿子这态度噎了一下，但还是忍着不高兴劝说道："公司这种情况，还能好好工作吗？我看你这一年多能学的也都学得差不多了，原本想让你去其他相关行业再历练一下，但现在这种行情，都好不到哪儿去，干脆早点回公司来，多积累点管理公司的经验也挺好。"

叶栩还是那句话："我暂时没有回去的打算。"

秦丽梅身处集团高位，一般工作上的事情她吩咐一遍绝对不用说第二遍，下面就有人麻利地办好。这样时间久了，她特别受不了身边人忤逆她，在家里对着那爷俩也都是说一不二。

不过她也知道，丈夫儿子顺着她都不是因为怕她，尤其是她这个儿子，从小不怎么爱说话，但想法特别多，决定要做什么，就很难改变主意。

所以这一次，她对比自己儿子大七岁的这个女朋友明显是不满意，但是她在儿子面前甚至一句话也没提，而是直接找到那女孩，旁敲侧击地表明了自己的态度。

成熟一点的女孩子也有她们的好处，就比如这个江美希，做事干练不拖泥带水。秦丽梅以前和她打过交道，就挺喜欢这个女孩子，但那种喜欢还没到可以接受她成为自己的儿媳妇的程度。

不过这一次，这姑娘没让她失望。她想说的"丑话"根本不用说得太明白，她就知道该怎么办了，是个懂得趋利避害的聪明人。

而且这件事，她也没打算瞒着儿子，她只是稍微一点拨，对方就打退堂鼓了，对他能有多少感情？这点他不会看不出来。想明白了之后，母子俩还有什么隔夜仇？可是事情过去有一段时间了，儿子对她这亲妈的态度还是冷冰冰的。而且之前说好在外面学不到东西就回公司，现在却大有要反悔的意思，这是要因为个没谈几天的女朋友跟亲妈决裂吗？

想到这里，秦丽梅也火气渐长："你要为了个认识几天的人跟我翻脸吗？"

然而面对秦丽梅的咄咄逼人，叶栩却只是笑了笑。

秦丽梅问："你笑什么？"

"读过大学，手下管着几万号人又怎么样？我看跟我奶奶那个在农村过了大半辈子的妇女没什么不同。"

叶老太太骨子里的老观念一大堆不说，对独生儿子的占有欲也到了令人发指的地步，又遇上个强势的儿媳妇，婆媳俩关系能好才怪。

秦丽梅也因为这些一直瞧不上自己的婆婆，结果听儿子这么一说，立刻觉得脸上火辣辣的——她刚才质问叶栩的那句话，确实有点她婆婆的风范。

但秦总是什么人？立刻就给自己的棒打鸳鸯找到了一个更加合情合理的解释。

"她要是只比你大个两三岁，我是那么迂腐不化的人吗？可我现在就是再开明，也接受不了你未来没孩子的事情。这不是观念问题，就说我们这种家庭，每个人都有自己的责任。可她今年多大了？你才多大？等你稳定下来，你们决定结婚生子了，她又多大了？"

叶栩听完母亲这番话，沉默了片刻问："就为这个？"

秦丽梅说："就为这个。"

叶栩笑了："那您更不应该没事找事了，最好她早点决定和我结婚生子，我也早点履行我的责任。"

堂堂秦总好久没有受过这种气了，丢下一句"我看你是鬼迷心窍了"就挂断了电话。

叶栩听到“嘟嘟”的忙音，从容地收起手机。

其实他早就知道，比起他这位当总裁的妈，那个动不动就要跟他“两清”的人才是最让人头疼的。

比起国外市场的一片萧索，国内情况倒是没那么严峻。大部分国内企业受到经济危机的影响不大，甚至有些企业还在国家40000亿的经济刺激下日益壮大起来。

但这一切都与阿奇法科技无关了。

阿奇法申请破产重组，经过几个月的折腾，最后是倒霉的北右接管了阿奇法大部分的资产和外债。

然而，早就资不抵债的阿奇法各项产业都运行得不尽如人意。能不能把保留下来的几个产业盘活，甚至在未来几年里赚回之前欠下的债务，这就不得而知了。但也可以想象，非常困难。

所以在外界看来，这绝对是一向顺风顺水、无往不利的北右集团近年来最失败的一次投资。据传北右管理层多次开会自省，北右的那位杜总更是逢人就诉苦。

而此时江美希已经在沙巴看了一个月的落日，顺便学了潜水。回国后她也没回北京，而是直接去了厦门。

自从上次和叶栩一起来过厦门后，江美希就发现自己爱上了这座城市。

到了这里，也没刻意想着去哪里玩，就找一个临海的酒店，在太阳不毒辣的时候沿着海边走一走，其余时间就在酒店里看书上网。少了时间和责任束缚的这段时间，事业、爱情双双走到了低谷的她竟然还难得地胖了一点。

江美希都快把北京的糟心事忘干净了，直到在酒店遇到了一个老朋友。

说起来她和芯薪的这位林总还挺有缘分的，总是能在意想不到的时候遇上。

林涛这次是来厦门出差，正好和江美希下榻于一家酒店。两人在餐厅里遇上，没了之前的工作关系，倒是更像老朋友一样坐在一起边吃边聊。

但两人的共同话题也绕不开工作。这一年多芯薪遭遇的变故，江美希都是知情的；发生在江美希身上的事情，恰巧也和芯薪有些关系，所以林涛对江美希眼下的境况也了解个大概。

外界早就认定江美希帮着阿奇法去骗北右的钱了，江美希自己可以不在乎，但作为朋友，林涛还是认为有必要表明一下自己的态度。

林涛半开玩笑地说："说起来，咱俩的经历还有点相似，都是受了流言蜚语的苦啊！"

这么一句话，就让江美希心里暖了不少。

江美希笑着说："假装听不见看不见，也就不苦了。"

林涛点头，又问她："以后有什么打算？其实我觉得审计这行太辛苦了。之前我们公司上市的时候，就天天看着你们通宵达旦。而且这个行业水太深，姑娘干这个，也不容易。不如趁着这个机会想想，换个行业怎么样？"

如果问她的真实想法，她并不想离开审计行业。其实干这一行八年了，还能从工作中学到什么、提升什么吗？天花板就在眼前了。但是她想留下来，除了对审计这一行有点"初恋情结"外，或许是因为她还憋着口气——不愿意以这种失败的姿态退场。

沉默了片刻后，江美希说："正是因为水深水浑，我才想留下来。"

林涛意外地抬眼看她。

她不好意思地笑了笑："您虽然没像别人一样认为我是有意犯错的，但说实话，我现在见到您这样的熟人还是觉得挺不好意思的。我知道其他人是怎么想的，但是也不能怪别人会那么想，因为这潭水确实不那么干净。U记这种外资事务所可能还好，那些内资事务所呢？"

林涛听闻笑了笑，示意她继续说下去。

江美希说："我刚毕业那会儿，大家都觉得能进外资事务所是最好的，平台好，项目好。甚至到现在，U记依旧是相关专业的毕业生的首选。大家为什么对U记这样的外资所趋之若鹜，进了U记的人又为什么在内资所的同行面前那么有优越感？以前我在U记，和其他所接触不多，以为只要自己端正态度，那些污浊的东西就离自己远远的。现在看来，这不是内资所、外资所的问题，这是整个行业的问题。只是在这种情况下，起步较晚的内资所接触的不规范的民营企业更多，更容易出问题而已。”

如果整个行业都浑浊不堪，又有哪个公司哪个人能独善其身呢？

林涛认同地点头：“所以你现在想好去哪儿了吗？”

江美希笑：“还在考虑。”

自从阿奇法的事情发生后，王芸就没少联系她，以前就是敲敲边鼓，这次简直是志在必得。但是江美希一直没有同意。不是她端着，而是经历了那些事，她几乎对这个行业寒了心，而且她也担心除王芸以外的另外一个大合伙人，是不是和她们志同道合。

林涛举杯：“不管怎么说，再跳槽至少也是合伙人了。”

江美希双手捧着杯子，和林涛的那只轻轻碰了一下，喝了口杯子里的果汁，她问林涛：“现在芯薪怎么样？”

林涛放下酒杯说：“之前的阿奇法和现在的北右都还算重视我们这块业务，但不同的老板想法也不同。我确实不擅长管理公司，只要老板们重视我们，我只需要把技术这一摊管好，其他的就不操心了。”

江美希知道，芯薪的芯片研发能力在全国都是数一数二的，又有多项专利在手，如果能靠上一棵靠谱的大树，或许会发展得更好。所以外面都说北右这个接盘侠当得憋屈，但是江美希知道，如果没有阿奇法搞那么多事，就凭北右投的那几个亿，还拿不到芯薪的控制权。

所以说这一场血雨腥风的博弈中，到底谁是最后得益的那个还没有分晓。

“或许北右是个好归宿。”江美希说。

林涛叹气：“但愿吧。”

阿奇法的债务由北右接手，这对债主们来说无疑是个好消息。这些债务虽然压垮了阿奇法，但是对于财大气粗的北右集团来说却是九牛一毛。

然而事实证明，是债主们太过乐观了。北右最初接手公司时对公众承诺的那番话在仅仅过去几天后，就被北右管理层们忘得干干净净。

债主上门讨债，北右管理层拒不见面，还强势地表示，以前的大多数债务都是余淮以个人名义欠下的，与北右无关。

谁都想不到一向很有大企业风范的北右集团也要起赖来。债主们无奈只能打官司，但是胳膊毕竟拗不过大腿，先不说结果会不会是他们想要的，就说打官司的时间，也没人耗得起。

这件事情折腾了大半年，看客们的热情渐渐消减，直到有人站到了北右集团公司的天台上，这件事才再次被推向了高潮。

记者们无孔不入，江美希很快看到了网上的照片。把照片放大，她仔细看了看，越看越觉得这个人有点眼熟。再看身形，江美希想起来了，就是之前泼她油漆的那个人。

泼油漆那事的确把江美希吓得够呛，即便她平时再霸道强悍，但说到底就是个年轻女人。那是她在人生中第一次感受到那么强烈的恐惧和无助。可是当她从那种恐惧中回过神来时，充斥在她体内的又变成了委屈和愤恨。

被自以为是朋友的人背叛陷害，被所有人怀疑，被自责折磨，然而这些都抵不过她对过去的否定，对行业的失望。自己过去的坚持值得吗？

但睡了一觉醒过来后，她还是像过往的每一天一样，起床，去公司上班，忙到深夜，下班回家。她不知道自己还能坚持多久，直到今天看到照片上那个熟悉的人，她才幡然醒悟，这不就是她要坚持的根本所在吗？

以前错了就错了，怪她道行太浅，而以后的路还长着呢，她要做的，她能做的，还有很多。

江美希也一直关注着债主跳楼的事情。本来以为北右的态度多少会因为这件事松动一点，不管怎么说，这么大的企业也要考虑社会影响。

可令所有人都意外的是，北右的态度依旧强硬，好像之前闹得沸沸扬扬的跳楼事件对他们一点影响都没有。渐渐地，整天被债主们闹得不得安宁的北右集团的办公楼门前，又恢复成往常的样子。

然而今年的北右注定是不想再保持低调了，债务风波刚过没多久，北右内部又发生了一件事——北右集团突然解聘了合作八年之久的会计师事务所，给出的理由仅仅是，对方的报价过高。

于是针对年底的年审业务，北右开始公开招标。北右光分公司就有几十家，对所有的事务所来说都是一个不小的项目。而比起各家的蠢蠢欲动，U记内部就显得异常平静了。

陆时禹在上个月被晋升为合伙人。走马上任的第一年，业绩务必要做得漂亮，所以他整天不是在拜访客户，就是在拜访客户的路上，却唯独绕过了北右。

不久后组里几人聚餐时，穆笛问陆时禹："北右的标，我们要投吗？"

陆时禹回答得很干脆："不投。"

穆笛不解："为什么？"

没等陆时禹回话，刘刚先自作聪明地说："之前出了Maggie那件事，能中才怪，就算是去投标了，那也肯定是陪跑。"

穆笛有点不高兴地瞪了他一眼，但也没什么话反驳。

还是陆时禹说："不是因为这个。"

穆笛又问："那是因为什么？"

陆时禹随意扫了眼面前的几个年轻人，见一直低头吃饭的叶栩此时也投来不解的目光，他笑了笑说："水太深。"

大家一听，八卦心顿起，开始叽叽喳喳地问个不停。可是无论众人怎么问，陆时禹就是不再说了。

这一天是周末，吃完了饭也没什么事做，穆笛和组里另一个女生约着去附近逛街。其他几人都选择各回各家。

陆时禹和叶栩是一个方向，趁着没有其他人，陆时禹问叶栩："最近你们联系过吗？"

叶栩心不在焉地问了句："谁？"

陆时禹说："别揣着明白装糊涂了，你惦记着谁，我问的就是谁。"

叶栩只是似有若无地叹了口气，什么也没说。

陆时禹也忍不住跟着叹气。

片刻后，他颇为同情地拍了拍得力干将的肩膀："天涯何处无芳草，我看你还是向前看吧。说说，你喜欢什么样的女孩？回头我给你介绍几个。我这儿资源可多着呢，除了‘黑白无常’那样的，要什么样的都有。”

叶栩说：“你什么时候开始这么关心下级的私事了？”

陆时禹打趣他：“你又不是一般的下级，这么一尊大佛在我手下干活，我肯定要多关心啊！”

叶栩笑着看他：“我上礼拜高烧到三十九度还在公司加班，你对我的关心就是在大半夜又给我一堆工作，还殷切地嘱咐我做完就可以回家了。我当时忘了说谢谢，现在补上。”

陆时禹尴尬笑笑：“好说好说。”

两人正夹枪带棒说着话，叶栩无意间一抬头，映入眼帘的却是张有点熟悉的脸。

那人坐在路边的一辆黑色轿车里，车窗降下能看到大半张脸。她虽然换了发型，但叶栩还是认出来了，应该就是多日不见的Linda。只是让他意外的是，她人竟然就在北京。

叶栩正要再次确认下自己有没有认错，对方已经将车窗升了起来。

他看了眼那车附近，路边就是院墙，没有店面，车后方倒是有条拐进去的小路。没记错的话，再往里走是一家非常低调的私人会所，贴着路边的院墙也是会所的院墙。

这么看来，Linda倒像是在等人。就是不知道这车为什么没开进去，而是停在了这里。

陆时禹注意到他神色不对，顺着他的目光看过去，没看到有什么不对劲的，于是问他：“怎么了？”

叶栩朝他摆了摆手：“我还有事，先走了。”

说着，他也没再管陆时禹，往会所的方向走去。

他还没走近，就看到两个西装革履的男人簇拥着一个身材略微发福的中年男人，从会所大门的方向走了出来。

大概因为喝了酒，几个人说话的声音都不小。叶栩仔细辨别了一下，可惜就是些生意场面上的客套话。几个男人磨磨叽叽又是称兄道弟一番后，最后那两个较年轻的人才把那个稍微发福的中年男人送上了车。

安顿好男人，他们还不忘和驾驶位上的人打个招呼："嫂子辛苦了。"

车子缓缓发动，渐渐走远，那两个男人也转身往会所方向折返。

叶栩朝着车子离开的方向皱了皱眉。

看身形，叶栩就大概猜出，这人和他之前在Linda办公室外看到的那个人应该是同一个人。可是让他困惑的是，他总觉得那个人有点眼熟，在U记看到的那一次，一定不是他第一次见他。

不过虽然他怎么也想不起来在哪儿见过那个人，但这一次没花太多时间就想到了对方的身份。

这还多亏了北右最近的不低调，时不时就有管理层的人在财经节目里露个面。所以他没认错的话，之前在Linda办公室外见到的人、刚才被送上车的男人，正是北右集团的副总李英才。

这样一来，阿奇法、北右，以及U记之间的事情，就有点微妙了。

阿奇法原本是Linda的客户，对阿奇法的情况，她应该比谁都清楚。可是她和北右之间既然有了李英才这层关系，那又怎么能眼睁睁看着北右的钱打水漂呢？

叶栩猜测，或许北右一早就是知情的。可是明知道阿奇法是个深不见底的陷阱，北右还偏要往里跳又是为什么？虽然几个亿对北右不算什么，但这么做总有原因吧。

晚上回到家后，叶栩第一件事就是打开电脑，上网找到北右近两年的财报。联系起北右最近解聘原来会计师事务所的事情，叶栩的直觉是，北右并不是那么循规蹈矩、安分守己的。

他注意到之前的事务所出具的北右内部控制审计报告中显示，公司财务报告的内部控制中存在着重大缺陷："财务部门与业务部门缺乏沟通，可能对财务报表中存货等产生重大影响。"

虽然就是这么简简单单的一句强调事项，但是根据叶栩的经验看，真实情况远不止这话表达的那么简单。不过这家事务所依旧对北右2007年年报给出"标准无保留意见"的审计结果。

可惜的是，报告发布没多久，这家事务所依旧难逃被解聘的命运。然而，也就是这一点，才是最耐人寻味的。

叶栩大胆猜测，北右解聘之前的事务所的原因绝对不是对外说的费用问题，应该是北右内部存在某些问题，而之前的事务所也不愿再帮助北右遮掩，这才不得不分道扬镳。

叶栩想起来，自己有位师兄正好就在那家被北右解聘的事务所工作，之前聊天时，还听他提过一次，好像他也参与了北右的年审工作。

叶栩的这位师兄读书时和他关系不错，听叶栩打听北右的事情以为他们也在准备投标。

“U记也要参与投标吗？那还有其他所什么事？”师兄调侃道。

叶栩说：“目前也是处于初步接洽的阶段，最后鹿死谁手还不确定。”

师兄说：“你就甭谦虚了，U记的名头摆在那儿，起点就比别人高，不过你打听这个，后续万一谈下来了，是你来跟吗？”

“不一定，看老板安排。”

“那只能祝福你了。”师兄讳莫如深地说。

叶栩笑：“什么意思？”

因为是对叶栩说，师兄也就不避讳什么：“北右真是我见过最棘手的客户，从财务总监到总账会计都是出了名的难搞。前两年跟这个项目的，后面都不愿意做了，我才被迫过去。”

叶栩状似无意地问：“不愿意配合总有原因吧？是不是你们得罪了他们什么人？”

“听说他们财务总监和我们老板有点不对付。”话说到这里，师兄不屑地笑了笑说，“不过都合作这么多年了，以前怎么过来的，怎么就这几年越来越不对付了？”

叶栩说：“那可能是工作上有分歧吧。”

师兄冷笑：“都按规矩来能有什么分歧？”

叶栩知道后面的话就不方便明说了，所以他也没有继续追问，而是换了个轻松的话题聊了几句就挂断了电话。

叶栩回到电脑前，又找了些北右近几年的新闻，还有李英才的。

不搜不知道，一搜才发现北右的迅速壮大其实是有迹可寻的。

北右的业务范围非常广，医药领域、食品加工领域、机械加工领域……能想到的领域，他们几乎都有涉猎。近两年主要发展的就是智能电子产品。

叶栩注意了一下北右新产品发布的时间，还有相应各个行业当年的市场动向，竟意外地发现北右每一次拓展新领域的动作都在竞争对手之前，而且每一次都是以少的投入赚取可谓巨额的利润。其决策者的眼光和胆识可以说是又准又狠了。

然而巧的是，这些投资项目的具体决策者是谁无从确定，但是这些投资项目的负责人都是李英才。当然，这也可能与公司职务分工有关，但也不排除其他原因。

第二天一早，叶栩就找到陆时禹，也不绕弯子，直接问他："北右那边你之前有联系吗？"

陆时禹闻言有点意外地看向他："嫌活儿太少吗？"

这就是已经知道叶栩想做什么，但明显不赞成了。

叶栩坐进陆时禹对面的椅子里，双手交叠不紧不慢地说："新官上任，你不是要业绩吗？"

陆时禹笑："你什么时候这么替我着想了？"

叶栩面不改色："自从你搞定我的老同学后。"

碍于陆时禹和穆笛的上下级关系，两人暂时都没有公开恋情的打算。公司里知道内情的也就是叶栩。

陆时禹和穆笛都不拿他当外人，而且时间长了，难免有需要他帮着遮掩的时候。叶栩一般不拿这事出来说，但像今天这样绝对不是随口说的，明显有点胁迫陆时禹的意思。

陆时禹"嘶"的一声像是牙疼，无奈地问："你怎么就盯上北右了？你要是有这精力释放在别的地方，我肯定高兴还来不及，但是北右这样的，还是绕着走吧，别给自己找麻烦了。"

叶栩不为所动："麻烦也是他们麻烦，跟我们有什么关系？我们只负责如实披露。"

陆时禹冷笑一声："就冲你这态度，北右就不能让我们干。为什么解聘原来的事务所，你心里没数吗？”

“所以你是确定不参与竞标了吗？”

陆时禹头也不抬地说：“对，确定。”

办公室里安静了片刻，叶栩又说：“那你看现在和他们接洽的几家事务所里，哪家最有希望？”

陆时禹警惕起来：“你想干什么？”

叶栩靠着椅背长腿一伸，似笑非笑地说：“哪家有希望，我就考虑给哪家投投简历。”

又是“嘶”的一声，这一次陆时禹是真的牙疼了。

他问叶栩：“你是不是听到什么风声就想去行侠仗义了？我劝你还是别太天真了。先不说这项目轮不轮得到我们做，就算是我们来做，人家那么大的公司，而你一个小小胳膊，还想拗过大腿是怎么着？”

叶栩依旧是那副无所谓的表情：“这不是有你吗？”

陆时禹突然觉得，不光牙疼，头都疼了：“我现在真怀疑你是Maggie留在我身边替她报仇的。”

叶栩也不说话，就等着他做决定。

陆时禹揉了揉脑袋，显然没打算这么快就妥协。

他索性敞开了说：“你是怀疑北右投资阿奇法那件事情有猫腻吗？我知道你替美希不平，但我劝你还是别揪着这事不放了，讨不到什么好处。”

见叶栩不说话，他继续说：“就算北右真有什么不规矩的地方，这次的投资也不会有什么大问题。再说Maggie也不是一点过失都没有，在职场上摸爬滚打，谁还不受点委屈……”

陆时禹还想再劝叶栩几句，叶栩突然开口了：“李英才这人你接触过吗？”

陆时禹愣了一下：“你说北右集团的副总？集团副总的级别不低，我们一般接触不到。我们能接触到的都是下面的业务部门，比如投资部、财务部这些。”

叶栩点了点头：“不过我在公司见过他。”

“李英才？什么时候？怎么可能？”这次换陆时禹惊讶了。

见陆时禹是这个反应，叶栩满意了，继续说道："我听说Linda那时候有个身份神秘的男朋友。"

陆时禹怔怔地："你的意思是……他俩？"

叶栩笑，曲起的手指在他面前的桌上轻轻叩了叩："要不你再找你那位老同学确认一下？"

"季阳也知道这事？"

叶栩觉得该说的都说得差不多了，于是长腿一收，站起身来："北右的相关资料，我已经整理好发到你邮箱了，至于要不要蹚这浑水，老板你好好考虑一下吧。"

叶栩走后，陆时禹出了好一会儿神。他原本以为，江美希的事情要怪只能怪她道行太浅被阿奇法算计了。但如果事情真像叶栩说的那样，李英才和Linda的关系匪浅，那这事还真就耐人寻味了。毕竟被自己人算计和被别人算计是完全不同的。

想到这里，陆时禹立刻拿起桌上的电话，打算打给季阳问问情况，但号码拨到一半，他又犹豫了。

如果季阳知情的话，他为什么不提醒江美希，还是已经提醒过了她不听？可是如果话说明白了，江美希也没有理由不听。那么就只有一种可能性，季阳并没有提醒江美希，或者没有明确提醒。但是以他对她的了解，怎么会想不到这种事一旦被发现，会对她造成什么样的打击呢？

陆时禹的心情不由得有点烦躁。此时不经意间一抬头，就看到穆笛端着杯有点满的咖啡，正颤颤巍巍地从他门前走过。那专心致志缺心眼的模样还真是独树一帜，可是在他看来别有一番可爱。

望着小女朋友渐渐远去的纤瘦身影，陆时禹悠悠地叹了口气。别管气场多么不一样，但从骨子里透出来的那种单纯劲儿，穆笛和她那小姨的确是如出一辙啊。

第九章
一生中最爱

在厦门和林涛分别后，江美希很快回到了北京，在老同学王芸的引荐下见到了云信会计师事务所的创始人李信。

虽然她和李信师兄是第一次见面，但是有王芸在，也不怕冷场。大家又都是财经大学毕业的，足足从校园时代一直聊到这几年的行业现状，甚至说起阿奇法事件。

江美希和王芸一直是有联系的，彼此知根知底，知道她和自己在很多方面都能达成共识，这也是她考虑加入云信的主要原因。然而真正让她惊喜的是，李信师兄竟然也和她们一样，对行业有一样的担忧，也有一样的抱负。这样相比较起来，她自己倒显得被动很多，不像他们，想到就真的去做了。

江美希发现自己很久没有说过这么多话了，突然有点感激王芸一直惦记着她这号人，甚至感激阿奇法这事。如果没有这事，她恐怕还没有决心走出来。

云信目前有合伙人十八位，大合伙人只有李信和王芸两人。他们对江美希也非常有诚意，只要她肯加入，就是和王芸一样的大合伙人。

江美希没有考虑太久，就选择加入了云信会计师事务所。

江美希来到云信后，负责的第一件事就是大学生秋季校园招聘的事情。

因为李信在外出差，王芸恰好也有个项目投标分身乏术。随便找个项目经理去也不是不可以，不过这么多年来云信的老传统就是，这种场合无论如何要大老板出面。所以几个人商量了一下，就决定让江美希负责这事。

其实让她负责这事，李信和王芸也有所顾虑。毕竟阿奇法事件之后，江美希的身份有点敏感，像校园宣讲这种事无疑是再次把她推到众人面前。除了担心她的情绪受到影响，也担心影响校招的效果。

江美希的看法是，她不去，大家也不难查到云信多了个有污点的合伙人，与其让别人瞎猜，还不如摆在明面上说。

所以继四年前的那一次，她第二次站到了财经大学的讲台上。

江美希在自己的师弟师妹中一直都有不小的声望，上学时是因为季阳，毕业后是因为她拼命三郎的作风，在圈子里渐渐有了名气。

她是U记里晋升最快的注册会计师，又差一点成为U记最年轻的合伙人。然而所有的正面消息都不如负面新闻传播得快。

阿奇法事件闹得沸沸扬扬，因为关乎行业内最大的外资事务所还有江美希，这件事从发生到结束，包括每一个与之相关的细枝末节，校内BBS上都有人在跟风转帖关注。这样一来，原本不知道江美希的人也都知道了。

江美希站在教室的讲台上，分明看到台下的学生们交头接耳、窃窃私语。有人甚至悄悄打开了摄像头对准讲台的方向，然而她全当没看见。

宣讲开始，她首先介绍了云信会计师事务所，中规中矩地把下级为她准备的PPT念完，用时不到二十分钟。讲完这些，她合上笔记本扫视台下众人。

“在你们看来，审计到底是什么样的？”

台下众人面面相觑，似乎是不知道她怎么突然问起这么简单的问题。

江美希自问自答：“在我刚入行的那两年，我认为审计就是一个数字核对与钩稽的过程。而当我成为项目经理后，我发现那些数字要表达的不再是一个简简单单的数，这时候的审计就是一个通过数字发现问题的过程。其实大部分的审计师最后都停留在了这个阶段。这其中有些人很幸运，因为这些就足够他们在这个行业生存下去。但是并不是所有人都能这么幸运。其实我们的立场非常尴尬，是乙方，但又是个不能全听甲方摆布的乙方。在物欲横流的资本市场下，每一个数字都代表一方利益。有利益争斗的地方，不流血也是险象环生，学艺不精就会万劫不复。相信你们都关注了阿奇法事件，我就是个很好的例子。”

众人谁也没想到她会主动提起阿奇法事件，讲台下方顿时哗然一片。

江美希从口袋中拿出一张打印的A4纸展开，没什么情绪地念出上面的内容：“去年3月28日，我将2007年的财报发给了阿奇法。不久，北右集团参考了我们当年出具的年审报告，决定投资。5月，我们替北右完成尽职调查报告。这期间，对阿奇法的财务状况的调查，主要参考了当年的财报数据。那次北右和阿奇法的合作很顺利，阿尔去很快收到北右的5.8亿元投资款。但是在短短几个月后的11月，阿奇法开始爆出经营不善、负债累累的消息。12月，事情愈演愈烈，证监会介入调查。今年3月，你们就看到了调查结果。”

江美希放下那张纸，抬头看向众人：“我知道有不少事务所或者项目经理，甘愿充当企业的遮羞布，甚至有人说就是我伙同阿奇法打算瞒天过海骗取投资人的钱。然而不管内情如何，这件事情至少说明了一点——天下没有不透风的墙。短短几个月而已，证监会的动作非常迅猛，很快就有了调查结果。而且我相信，在未来，证监会对这类事情的监管力度和惩罚力度还会加强。这种情况下，再想替甲方遮掩什么，那冒的风险可就大了。这真的只是一份工作而已，卖力很好，卖命就算了。”

有人率先笑出声来，其他人也跟着笑了起来。教室里的气氛总算有所缓和。

江美希续说道：“企业的舞弊手段越来越高，在这种情况下，审计工作究竟是什么样的呢？我认为审计应该是在风险导向理念中全面了解企业的过程……”

江美希洋洋洒洒讲述着自己从U记离开后这段时间里反思出来的想法，台下的学生们也都听得入了神，先前那种看好戏的心态也早被抛在了脑后。他们从江美希的话里了解到了审计工作的另一面，这是和那些刚毕业的师兄师姐所说的完全不一样的东西。

她讲完之后，看着台下众人："下面进入提问环节，你们有想了解的都可以问我。"

众人安静了片刻，前排一个女孩子举起手来。其实江美希刚才就注意到了，在别人都认真听讲的时候，她的脸上还挂着那种不屑的笑容。但江美希还是点了她，请她提问。

女孩依旧坐着，并没有起立的意思："那你从以前的U记跳槽到现在的云信，是退而求其次的选择吗？"

这个问题有着明显的攻击性，就是暗指江美希在阿奇法事件后走投无路，这才不得已离开U记，选择了一个内资事务所。

跟江美希一起来的公司同事听到女孩这么问，立刻有点不高兴地站了起来。可是江美希只是给了下级一个安抚的眼神，然后朝那女孩笑了笑，不紧不慢地回答说："你看，你这话惹得我们公司的同事都不高兴了。如果说我选择到云信工作是退而求其次，那就是承认了云信不如U记。确实，从整体实力上看，现在的内资事务所和U记这样的老牌事务所是没法比的，但是哪家更好也要看是对谁而言。就比如对今年的毕业生而言，在我看来云信和U记就各有千秋。今年我们对新员工从培养到待遇上都有相应的政策变动，也就是说，选择来云信工作的同学在收入上不会再比U记的同学低，而且云信所有面对新员工的培训，都是对标U记的。至于大家未来在公司内的成长，我也不能保证什么，但有一点是有目共睹的——我们云信除了我以外，现任十八名合伙人全部都是劳苦功高、为公司奉献多年的同事。除此之外，从事务所的长远发展来看，这几年国家出台了不少利于内资所发展壮大的政策，而且目前依旧是这么个趋势。所以在未来，好的内资事务所的发展也是不可估量的。无论是从现阶段的新人待遇看，还是从未来发展看，云信对个人而言都是个不错的选择。"

江美希话音没落，台下众人就小声讨论起来。以前大家选择外资所，很大一部分原因是外资所工资待遇高，现在内资所的待遇也提上去了，那这么看来，去云信也是个不错的选择。

先前提问的那个女孩笑了笑说："这么说，那大家都别去U记这种大公司，都去云信好了。”

这态度实在算不上有礼貌，但江美希依旧好涵养地回答说：“这个还是看个人选择。不过看你刚才对我的情况似乎很感兴趣，那我就多说一点。我的经历，其实一般人不用参考。就好比你如果犯了跟我一样的错误，那也不能期待有跟我一样的际遇。一是你没办法让U记在大幅度裁人的情况下还想着留下你为U记赚钱，二是你没有一个一直惦记着挖走你当合伙人的老同学。所以你能做的就是在以后的工作中不要犯错。”

所以她从U记离开加入云信，这究竟是被迫还是她自己的意愿，这几句话就解释得明明白白了。

那女孩听了悻悻地笑了笑，江美希也不再理她，开始回答其他人的提问。

不出意料，江美希的这次宣讲视频又被发到了财经大学的BBS上，顿时引来众人的议论和关注。

不过众人的言论再不像之前那么一面倒了，她虽然一句也没替自己的错误辩驳，却让越来越多的人对她改变了态度。至于她提到的风险导向理念和未来内资所的发展，甚至被学院里的某个教授当作课题来请学生们一起讨论研究。

叶栩打开穆笛发来的视频连接，默默看了两遍，不由得勾了勾嘴角。

陆时禹从外面回来时，看到叶栩的电脑屏幕还停留在一个视频网站上。

陆时禹不由得皱了皱眉：“马上轮到我们讲标了，你怎么还有闲工夫看视频？”

叶栩慢条斯理地保存了网页，合上电脑：“走个过场而已，最后成不成还得看你。”

“你是不把我推进火坑不甘心吧？”

叶栩笑得很无害：“这怎么能算火坑呢？富贵险中求啊。”

正在此时，有酒店会议室服务人员进去添茶倒水，坐在会议桌主位上的中年男人正专注地看着会议文件，他面前的桌牌上打着他的名字：李英才。

等会议室的门再度合上，陆时禹啧啧感慨："真看不出来，他会跑到我们办公室去……"

当时的情形，叶栩没有说明，但陆时禹这种人精，瞬间就猜出个大概来。

叶栩收回视线没有作声，陆时禹还惦记着八卦："也不知道Linda怎么想的，这李英才不是有老婆吗？平时那么强势的一个人，这事上怎么这么能忍？"

叶栩握着鼠标的手不由得一顿，似乎想到了什么。

陆时禹注意到了，问："怎么了？"

"没什么。"

叶栩说得没错，投标的过程确实就是走个过场。在此之前，陆时禹约了那位财务总监几次，对方一开始还是一副公事公办的模样，后来试探了陆时禹几次，他都一副"您说什么是什么"的恭顺态度，对方就渐渐有点松动。

至于价格，陆时禹也没按照常理出牌，并没有为了中标而降低价格，反而报了个比市场价格至少多出80万的价位。按照他的意思就是，这么报价才会让对方认为这里面包含了某些不可言说的额外服务。他还特意把这价格透露给了竞标的其他几家，有底气的大所也就都把价格往上抬了抬，虽然还是陆时禹的报价最高，但也和其他人相差不多，最后中标也不会显得那么明显。

所以叶栩打趣他富贵险中求一点也不假。就是不知道那位财务总监最后发现事情没办成，钱还多花了，会是什么样的心情。

"不过你也别抱太大希望，就算是给我们机会去查北右的账，对阿奇法那件事也于事无补。"

叶栩说："我知道。"

Amy自己没有理由也没有能力替阿奇法遮掩，所以只能是授意于Linda。而Linda和李英才关系匪浅，她不可能任由李英才决策的投资失利。也就是说，北右是明知道阿奇法有问题却还是执意投资，这肯定有他们的目的。

至于他们的目的究竟是什么，看最后北右到底从这次“失败”的投资中得到了什么，也就不难猜了。

而阿奇法之所以会落得破产的境地，除了家底本就太薄以外，最后的催命符其实就是强行收购了芯薪。

叶栩想到芯薪上市前，江美希收到的那条信息，或许很早以前事情就已经有了苗头。

这其中有两个人或许可以作为突破口，一个是Amy，另一个就是和他稍微有点过节的前芯薪财务总监王明。

北右的招标结果，不出意料是U记中标。其实有心人会注意到，北右对阿奇法的投资失利，U记自然难辞其咎。这种情况下，本不该由U记中标，但是北右自己都不提，其他人也就不会说什么。

Amy暂时还没有下落，但听说王明在阿奇法破产后没有继续留在上海，而是回了南京老家。

投标的事情尘埃落定后，叶栩借着去上海出差的空当特意绕道去了趟南京，按照地址找到王明住的那个小区。

这是近几年新开的楼盘，看着房子品质不错，周边配套也算方便。

小区的侧门外就有个菜市场，叶栩下车的地方就是在这附近。说来也巧，他刚一下车，就听到有个熟悉的声音。

时隔这么久，叶栩还能从这么嘈杂的声音中辨别出那位王总的声音，也是多亏他的声音独特。他是那种虽然有点沙哑，但穿透力极强的嗓音。

叶栩回头扫了眼几米开外的菜市场，正看到那位昔日的王总在和菜市场门口的一个小摊贩讨价还价。看来之前亏心钱虽然没少赚，但突然丢了饭碗也只能在这些鸡毛蒜皮的小钱上斤斤计较了。

叶栩看着就笑了，冤家路窄，正好省得他进小区里找人了，于是摸出根烟来点上，边抽边等着王明讨价还价完走出菜市场。

王明拎着几袋子菜往自家小区走，老远就感觉得前面那个年轻人在盯着自己看。一开始他也没在意，走近了发现那人还在看他，而且看他的眼神中满是戏谑和不屑。

不知道是在哪里见过，他觉得这人有点眼熟，再联想最近发生的事情，不免害怕起来，不是哪个被阿奇法坑了的家伙不开眼地来找他讨债了吧？

想到这里，他低着头加快脚步，但他刚走过那年轻人身侧，就感到肩上一沉。

“王总，别来无恙啊！”

这声音也很熟悉，王明强撑着场面皱眉问：“你谁啊？”

叶栩手指间夹着半支烟，低头瞥了眼他拎着东西的手，状似随意地弹了弹烟灰，那烟灰簌簌落下，正好落在王明的手背上。

他陡然就想起了似曾相识的一幕，以至于那烟灰虽然没什么温度，但他还是吓得猛然收回了手。

叶栩笑：“这回该想起来了吧？”

“是你……”

不是来找他讨债的，王明悄悄松了口气，但也不敢掉以轻心，毕竟从认识这人时就觉得他身上透着点邪气，他来找自己即便不是讨债也准没好事。

叶栩把他脸上变幻莫测的表情看在眼里，故意问：“不然你以为是谁？找阿奇法讨债的？”

王明冷哼一声：“阿奇法的事情跟我有什么关系？冤有头，债有主，要找也该去找北右集团！”

叶栩点头：“我觉得也是，不过有些事还是得问问你。”

“我没什么好跟你说的，再纠缠我，我就报警了！”说着，王明就要离开。

叶栩也不着急，不紧不慢地说：“北右翻脸不认人，债主们正要债无门呢，您好歹也被余淮重用过那么长时间，不知道债主们是不是也想见见您老人家。”

王明恨得牙痒痒，但还是怕他把自己的地址告诉那些债主，那自己的安稳日子也就到头了。

叶栩见他停下脚步，微笑道:“就几句话的事，不会耽误你太长时间。”

王明叹了口气说：“你要问什么就一次问完吧，以后别再来找我了。”

“那就要看你今天给的答案有没有诚意了。”

两人也没走远，就在旁边的冷饮店里买了两杯老酸奶，坐下来边喝边聊。

原来，阿奇法要收购芯薪是因为得到消息说政府会大力扶持智能手机的研制，而且从国际市场看，未来的国内市场也会是这个趋势。照这样下去，别看诺基亚现在还占着巨大的市场份额，以后能不能存活都是问题。但是研制智能手机，处理器芯片是个问题，国内市场有这个研发能力的公司屈指可数，而芯薪就是其中一家。

叶栩皱眉：“从国际市场推断国内市场趋势这个我理解，可是政府要出台的相关福利政策也是最近才有个雏形，一年多以前阿奇法是从哪儿得来的消息？”

王明说：“那就不清楚了，余淮人脉广，相关部委也有熟人，透露点风声就够了。”

叶栩点头，难怪余淮愿意倾其所有收购芯薪，原来是想着日后必定能回本，甚至可以靠着对未来智能手机市场的垄断让阿奇法跻身于一流大企业行列。

叶栩说：“我听说林涛原本没有上市的打算，是听了朋友撺掇才动了上市的念头，这事你知不知道？”

王明轻咳一声：“什么叫撺掇？上市肯定是为了公司更好地发展，他林涛就一门心思搞技术，我们其他股东还得养家糊口！”

王明虽然没有明说，但叶栩已经猜到个大概：“所以你早在芯薪上市之前就认识余淮了？而你之所以认识余淮，就是因为他打上了芯薪的主意？”

王明没有否认。

叶栩继续猜道：“可是林涛手握公司绝大部分的股份，他又是个对股份很看重的人，不会轻易拿出来。那么只有通过芯薪上市这一条路，余淮才能伺机突破把手伸进芯薪内部去，所以就唆使你去煽动林涛？”

王明明显愣了一下，像是有点意外于会被叶栩猜到，但也没有反驳。

而叶栩也不是凭空瞎猜，王明在芯薪已经是一人之下的地位了，后来去了阿奇法也不比在芯薪时境遇更好。但是他不惜背叛老友，冒着风险在关键时候倒戈。叶栩猜测，这其中除了利益诱惑，还有一点就是新老板要靠谱。这么一分析，王明和余淮必然也是早就搭上线了。

叶栩接着问："芯薪上市前我听说中介机构一直定不下来，应该是有人捣乱，这事你知不知道？"

这次王明回答得很痛快："这事我也有点奇怪，不过究竟是谁在捣乱也说不好。我猜有可能是芯薪的老东家华诚，华诚的老板就见不得芯薪好。"

说起这个华诚也有点意思。因为阿奇法的事件，江美希受到牵连，所以叶栩就把和阿奇法、北右有关的所有公司都列了出来，关注了一段时间。

这才注意到北右早在投资阿奇法之前就投资了华诚，而那时候芯薪刚刚从华诚内部剥离出来。华诚这几年的业绩并不理想，产品技术落后，几乎没有让金主北右赚到什么钱。这样下去用不了多久，市场上可能再没有华诚这个品牌了。

叶栩想了一下说："余淮知不知道芯薪上市前的小波折？"

王明诧异："你怀疑余淮？"

"不能吗？"叶栩挑眉，"捣乱的人除了想阻碍阿奇法上市，还有一种可能，无非就是想发出点对芯薪不利的消息，虽然不影响芯薪上市，但是影响了芯薪的估值。这样一来，日后收购起来可以少花点钱。"

而事实上也确实如此，当时因为林涛在业界口碑不好，中介公司又频频更换，的确影响到了芯薪的估值。如今看来，当时那点风波还真未必是华诚捣乱，更像是阿奇法的手笔。

王明知道的事情也有限，他自己无非就是商人逐利过程中的一枚棋子罢了。而他知道的那些，叶栩也早就猜到个大概，见他一面就是当面确认一下而已。不过叶栩并非没有新的收获。

从南京回北京的路上，叶栩在想，当时阿奇法对芯薪势在必得，不惜负债累累，看来王明说的那个内部消息确实是有。

那么北右是不是也得到了类似的消息？所以北右才会在之前投资

了华诚，结果发现核心技术人员出走后的华诚并没有研发新产品的实力，这才又在明知道阿奇法财务状况不好的前提下毅然选择投资，就等阿奇法东窗事发，然后以大股东的身份接手阿奇法的优质资产，其中自然也包含芯薪的技术。

这么想来，那两封分别递到U记高层和证监会的举报信，很有可能就是出自北右之手，准确地说是李英才之手，毕竟阿奇法多撑一天，北右就有一天的风险在。

还真是螳螂捕蝉，黄雀在后，谁能想到被众人同情的“接盘侠”，其实就是那只黄雀呢？

可是这样黑吃黑说起来可恨，但北右和阿奇法不同，一切程序合情合理又合法，就算明知道真相是这样，也拿他们没办法。要说最大的问题，可能也就是身为副总的李英才和身为U记合伙人的Linda关系过密了，可Linda已经辞职，这一点就算不得什么大问题。

机舱外云层叠绕。叶栩闭上眼睛，又想起多日未见的江美希。

她被信任了多年的人利用，吃了个哑巴亏，如今看来也不想再追究什么了。但是真实情况和外界猜测的情况性质是完全不同的，而且这样的名声恐怕会给她日后的工作添不少麻烦。

想到这些，他不由得有点生气，想着就算她自己不想再追究，他也会让真相公之于众！

2008年7月，苹果公司推出iPhone3G，自此智能手机开启了新的时代。风潮波及国内市场，国内的手机开发商也开始迅速转型。然而智能手机的操作系统对处理器的要求很高，国内虽然有不少芯片公司，但是具有研发手机处理器的公司屈指可数。

芯薪早在还是华诚的研发部时就开始自主研发芯片，不过在此之前，芯薪研发的芯片主要用于配套网络和视频应用，直到脱离了华诚后，林涛开始主张开发一款用于智能手机上的处理器KS3C。

也不知道是不是因为这个原因，阿奇法在出现危机前曾对媒体透露，公司正在开发智能手机，这其实也是让阿奇法走向衰败的一个关键性决策。

不过阿奇法没有完成的事，都有北右来替它完成了。听说北右也在紧锣密鼓地筹备新产品上市的事情，不出意外的话，会在第二年春天发布消息。

而U记在这半年的时间里，经历了最初的动荡后再度回归平静。进入忙季后，审计业务没有像最初预想的那样大幅度缩水，但是裁员之后的审计人员仅仅是过去的七成左右，留下来的每个人的工作量几乎翻倍。

公司众人从人心惶惶变得怨声载道，但是公司里最重要的部门，陆时禹治下的审计一组，在这种情况下却依旧井然有序。不仅如此，陆时禹的业绩更是赶超了前任合伙人Linda。

公司把他的成绩看在眼里，开始大力重用他。

陆时禹的职能分工有了倾向性的变化，具体项目管理，他介入得相对少了一些，主要分管市场开拓的相关工作。

与此同时，叶栩在他的保举下又跳一级，不出意外的话，将在来年升任项目经理。

又是一天加班到深夜，陆时禹看完底稿伸了个懒腰，看了下日历，算着叶栩入驻北右已经有一段时间了,要查出账面有问题也该查出来了。

眼下刚过十一点，料想他应该还在工作，陆时禹就拨了个电话给他。

果然叶栩还在北右的会议室里加班，接到电话后，他从会议室里退出来，走到一个角落里才问：“有事？”

“有问题吗？”陆时禹问。

叶栩顿了一下说：“有一点。”

陆时禹知道有些话电话里不方便说，于是说：“明天能抽空出来几个小时吗？有家客户有IPO的需求，正好你跟我一起去聊一下吧。”

叶栩大概猜到他是要问北右的情况，爽快地答应下来。

江美希加入云信后，除了她自己带去云信的客户资源，李信也逐渐把一些他自己做不过来的业务分给她做。

这天正好有一位客户来北京出差，李信就和对方约了见面的时间，想着借此机会把江美希引荐给对方。

这位客户来京就住在王府井附近的希尔顿酒店，于是见面地点也就约在了酒店的咖啡厅里。

见面之后，几个人聊得很顺畅，尤其对方以前也是外资所出身，和江美希的处事风格倒是很相似，所以两人非常聊得来。后面要不是客户还有别的安排，江美希还打算请对方吃个晚饭。

最后虽然晚饭没有吃成，但从咖啡厅出来时，江美希的心情还是不错的，直到在酒店大堂里遇到了陆时禹和叶栩。

这还是自江美希被泼油漆后第一次遇到叶栩。

闲暇时经常想到的人，午夜梦回时经常梦到的人，再次出现在自己面前时，竟然是这样的感觉。

两人视线相触，江美希不由得停下脚步，情绪不受控制地翻涌起来。然而比起她的失态，叶栩的脸上却没有任何被触动到的痕迹。

他的神情还是一贯的漠然无波，目光也没有在她身上过多停留，匆匆一扫后看向了她身边的李信。

江美希迅速收敛起了自己的情绪，只是想到上一次分别时说了那么多决绝的话，再见面时难免尴尬。

所幸李信和陆时禹是旧相识，师兄师弟见面倒是挺熟稔的样子。

陆时禹和李信他们两人打过招呼，又替李信引荐了叶栩。

李信很热情，可是对比之下，身为后辈的叶栩就显得过于客气疏离了。他态度不冷不热的，一时间让除了他以外的几个人都有点尴尬和不解。

尤其是江美希，她知道叶栩这人虽然有点桀骜不羁，但大概是从小教养使然，大多数情况下，他还是会顾全周围人的颜面的。就像在U记时，他虽然为人冷淡，但也只对她一个人不太客气。可是这一次，面对业界声望和地位都远超于他的李信，照理说他不该是现在这种态度。

李信见他这副态度，倒是没生气，只是也不再多说，又和陆时禹寒暄了两句就带着江美希离开了。

而直到江美希从叶栩身边走过，他都没再多看她一眼。

从酒店出来，李信似乎是随口问道："刚才那位师弟你之前认识吗？”

江美希顿了一下说：“以前的下级。”

李信有点意外地回头看了一眼，好像在说，看他们刚才的样子，并不像是昔日上下级的关系。

江美希也知道他在意外什么，只是无奈地笑了下。

李信没再继续这个话题，回去的路上却说：“平时看你和所里的同事相处都挺好的，不过每个人性格观念都不大一样，偶尔会有那种怎么都合不来的人，所幸只是个旧同事，你也不用太在意。”

江美希这才意识到，李信是误以为她和叶栩以前在工作上有过节，这是在安慰她。

一时间，虽然明知他是误会了，但她心里还是挺受触动的，索性就顺着他的话说：“您说得对，所以这会儿就不在意了。”

李信笑：“跟我不用这么客气了，我比你和王芸大不了几岁，王芸都直呼我大名的，你要是愿意，叫我声师兄也行。”

江美希笑：“好的，师兄。”

说话间，江美希望向窗外，正好路过一片写字楼，隔着老远可以看到忙忙碌碌为生计奔波的都市白领。

在这座城市中，每一个人都在自己的轨迹上为了生活冲锋陷阵，能真正留给自己的时间少之又少。停下脚步，躲去角落里舔舐伤口，这对他们来说是既奢侈又无用的事。

她不由又想到刚才的叶栩，他从来最懂得得失利弊，或许她还在偷偷缅怀已逝的感情时，他早已到达下一站了。

虽然还有不舍，但不得不认命，这或许就是他们最终的归宿。所幸她还有热爱的工作，忙碌起来，能让她彻底忘掉自我。

2009年春节假期刚过，北右公司市场部负责人向媒体宣布，国内第一款智能手机即将在6月面世。

可以想象，北右将以如何强势的姿态挤入手机市场，而北右的股票又将如何一路飙升。

然而，比国内第一款智能手机的发布更引发众人关注的，是北右副总李英才不足为外人道的“家事”。

就在北右集团备受关注的风口浪尖时刻，李英才的老婆王瑜却在网上连发七篇文章，控诉李英才的“七宗罪”，其中就包括他和某知名外企原合伙人的不正当婚外关系，以及他主张策划的北右某新兴材料技术指标造假，骗取国家高额补贴的阴谋。

七篇文章洋洋洒洒加起来数万字，而且是图文并茂，证据确凿。文章最后，王瑜还隐晦提了一下他和某些部委领导过于亲密的关系，似乎暗指他行贿官员，为己谋私。

一时间网上闹得沸沸扬扬，网友们一边调侃副总老婆文笔了得，一边控诉北右对“韭菜们”太过残忍。

意料之中，北右的股价持续大跌。

面对网上诸多的负面消息，北右官方代言人曾多次辟谣，但都无济于事。丑闻总是更容易被人信服和传播，短短几天的工夫，Linda的老底也被神通广大的网友翻了个遍。

聪明的人很快就注意到一个奇怪的现象——Linda之前所在的知名外企不就是U记吗？U记不就是那个联合阿奇法骗来北右投资的会计师事务所吗？一个是集团副总，一个是事务所合伙人，两个人又是那么不可言说的亲密关系，那么那场所谓的骗局，究竟是意外还是有人蓄谋已久？

渐渐地，有越来越多的人嗅到了阴谋的味道，各式各样的猜测在网友间流传着。

就在广大网友的讨论日益白热化时，有位一直关注此事的秦姓记者找到了一位“内部人士”，并且从这位“内部人士”口中得到了不少线索。

原来Linda曾经是江美希的老板，阿奇法也曾经是Linda的客户，但是不知什么原因，阿奇法在出事前竟然变成了江美希的客户，这也就是为什么最后在财报上签字的是江美希而非Linda。而更有意思的是，在阿奇法成功拿到北右的投资款后，Linda和Amy相继离职。最后东窗事发，Linda将事情撇得干干净净，Amy似乎也被人遗忘了，所以就连最后的证监会上也只有江美希一人出现。

众人都不傻，很快就搞清楚，这几人中Amy是那个具体做事的人，Linda和江美希都是老板的身份，并不直接插手具体审计工作，但也绝对有能量运作什么。可是究竟是其中某一人授意Amy帮阿奇法遮掩，还是两人合谋，这点虽然没有明确，不过从结果看，事情败露后，Linda和Amy人间蒸发，却留下江美希一个人收拾烂摊子。谁在其中避害获利，谁又遭了殃，这就一目了然了。

后来有人把江美希到财大宣讲的那次视频发到了讨论最热烈的财经论坛上，并且说："自从注意到最近网上的这些'秘闻'，怎么觉得这姑娘说的每一句话都别有深意，透着无尽委屈呢？"

其他人回复："不是委屈，明显是不屑。"

众人纷纷附和，对江美希的看法也开始有所改变。

几天之后那位秦记者再度发出一个音频文件，让大家对江美希彻底改观。

这个音频文件是一段录音，录的是两个女人的对话，效果虽然不太好，但还是能清晰地听到她们的对话内容。

其中一个清冷的女声说："实际情况就是这样，我们只是如实披露。"

另一个较成熟妩媚的声音说："可是从这个赊账交易看，并不能确定明年他们一定会退货啊。"

片刻后还是妩媚的那个说："我也承认东秦的确有问题，但是看上去还在可控范围内，就算剔除可能存在的虚假利润，东秦这家公司也不是无药可救的。东秦的项目算是个大项目了，之前一直是我们的竞争对手在做，这次难得有合作的机会，你这个报告一出，对我们双方的影响都不小。要不你看这样，要求他们限期整改，你把他们存在的问题作为强调事项体现在报告中怎么样？"

清冷的那个明显不为所动："有些问题是可以整改，但虚报利润这种怎么整改？"

妩媚那个似乎不太高兴了："对方好歹是我们的客户，有些时候双方有商有量才能继续合作下去。"

清冷的那个又说："可我们为什么要这么做？如果无法继续合

作，这也不是我们的责任，而真正犯错的人可能还不知道他们究竟错在哪里。就算这次替他们遮掩过去了，那下一次呢？对于这件事，我就是一个态度——我的工作是披露企业真实的财务状况，至于其他的，不归我管，我也管不了。”

妩媚那个明显没有什么耐心了：“你怎么就听不明白，在这种关键时刻，和客户撕破脸对我们谁都没有好处……我也是为你好……”

“我知道。”清冷女声说，“但我觉得这份报告才是最公允的，改一点都不够真实。”

妩媚那位似乎终于妥协了，然后是翻动纸张的声音，最后妩媚那位说：“现在高兴了？升职名单里没你的时候，你可别哭！”

虽然不知道这段录音是怎么流出的，但很快有“专业人士”证明这段音频应该不是造假，而且指出录音中说话声音略微清冷的那个人，应该和之前网友发出的宣讲视频里的江美希是同一人。其实这一点，大家光是听就听出个大概来。

紧接着，有越来越多的U记员工站出来评论说：“之前江美希的业绩非常好，本来是板上钉钉要升任合伙人的，但就是因为阿奇法事件被搁浅了。”

而就在这时候，秦记者又发布了一篇文章，文章中有一段分析道：“自从2006年国家将核心电子元器件、高端通用芯片、基础软件产品列为重大科技专项之后，各大高校、科研院所开始大力投入芯片研发，其中民用领域中，用于手机端的职能芯片的研发正好顺应了市场的发展。早在两年前，国家就在规划相应的福利政策，从最近一些省部委发布的针对高新企业的场地免租、厂房建设补助、生产设备退税等福利政策就可见一斑。据说早期阿奇法强行收购芯薪也是因为得到了‘高人’指点，只可惜螳螂捕蝉，黄雀在后，阿奇法在这次收购中元气大伤，没有等到新产品问世就因资金链断裂落得个破产重组的下场，让北右用仅仅不到6亿拿到了芯薪的控制权，之前的新产品也改名换姓，变成了北右的新产品。不过目前看来，北右这只黄雀在抢占国内智能手机市场的道路上也并不是那么一帆风顺。”

所以，事情经过究竟是怎么样的，结合大家的爆料，又经这位记者一点拨，就没什么不清楚的了。

冒着被警告、被罚款，甚至大好前途尽毁的风险也要争当客户的遮羞布，这是正常人会做的吗？说是被虚假财报蒙蔽了双眼，让巨额投资款打了水漂，但又迅速计划着靠从破产公司那儿瓜分来的优质资产垄断国内新兴市场，这真的只是傻人有傻福吗？

不仅如此，也有人猜测，为什么大家都对芯薪这么志在必得？很快有人注意到，北右早在两年前就投资了华诚，而华诚正是芯薪昔日的东家。不过投资华诚并没有给北右带来太多利润，从这个角度来说，北右在“不得已”的情况下接手芯薪的控制权，好像也没有那么不得已了。这么说来，无论是此前的阿奇法，还是如今的北右，竟然不约而同地对芯薪如此看重，或许都是得到了那位“高人”的指点。

这样的猜测得到了绝大多数网友的认同，各个财经频道、广播电台也开始争相报道这件事。

北右官方明显已经坐不住了，多次辟谣无果后，扬言要利用法律武器打击造谣者。而就在这时候，最新出炉的财报直接打肿了北右高层的脸。

之前在副总夫人王瑜的爆料中，提到的那项高科技材料的生产和销售，被质疑原材料价格过低，连带着近10亿的利润也被质疑。除此之外，还有公司内控存在诸多问题，同时大额公司资产去向不明……

最后U记出具的报告是一份“无法表示意见”的报告。

一般审计报告中不会直接出现“否定意见”。所以说“无法表示意见”几乎就是在告诉投资者，这家公司问题很多，以至于审计师们没办法给出具体结论。

这份报告让在风雨中飘摇了几个月的北右股价彻底无力回天。

投资者们的血汗钱被套牢，一时间网上怨声载道。北右集团各个分公司门前闹事者不断，昔日阿奇法面临的局面再度上演。

叶栩接到电话时，也正好在看网上大家的评论。

秦记者笑嘻嘻地问：“表弟，再跟你打听点事。你们U记的合伙人当初对阿奇法事件是什么态度啊？是不是睁一只眼闭一只眼，出事以后才丢个人出来顶锅？”

叶栩笑着说：“你问我江美希、Linda和阿奇法的关系，我如实告诉你了；Linda和Amy的辞职时间，我也能记住个大概；但你让我猜合伙人的想法，这么主观的事情，我就爱莫能助了。”

秦记者笑：“别啊，之前Linda和李英才的八卦，你帮了我大忙。你什么时候有时间，咱们哥俩出来坐坐，顺便聊聊你们所的事？”

叶栩说：“你们新闻人不都讲究尊重事实吗？我知道的就那些，你再让我多说就只能瞎编了。再说李英才那事你也不用谢我，我就告诉你我在 Linda 办公室门口见过李英才，后面那些事还是归功于你自己的调查。不过关于阿奇法那件事，你要想了解更多，有个人或许可以帮忙。”

秦记者立刻来了兴致：“谁？”

叶栩拿起桌上的一个便签把上面的地址念给他这位表哥。

秦记者记完后问：“这是谁的地址？”

“Amy。”

秦记者意外：“不是说她人间蒸发了吗？”

叶栩又看了眼那张便签，笑着说：“法治社会，哪来的人间蒸发？她要是没惹什么事，自己想躲清静，那是她的自由，否则如果真的有人想找她，有的是办法。”

后面的事情，叶栩也没再过多关心。北右的事情闹得那么大，早就有相关部门介入调查了。北右的几位高管、Linda和Amy，甚至某位和李英才来往密切的高官陆续被调查，这是意料之中的事情。但是让所有人都意外的是，被调查的人中竟然还有季阳。不过听说他被带走后没多久就又被放了出来，可能这些事情确实与他无关，也可能，只是暂时找不到证明事情和他有关的证据。

不过叶栩已经不担心季阳了，通过这件事情更能说明，他和江美希不是一类人。

这段时间，江美希倒是一直关注网上的动静，有关阿奇法和北右的事情，她之前也猜到个七七八八，但是当猜测被证实的时候，她还是挺唏嘘的。不过有一点是她没想到的——竟然会有人录了她和Linda关于东秦的对话。

因为时间有点久，她对那天的一些细枝末节也记不太清楚了。所以那段录音究竟是谁录的呢？当时只有她和Linda在场，难道是Linda？

但这个猜测刚冒个头就被她否定了，这段录音发出来对Linda一点好处都没有，她那种利己主义的人，一定不会这么做。

她皱眉想了半天，也没想到是怎么回事，于是干脆不去想了。

难得今天没什么事，江美希一下班就离开了公司。因为把车送去修理了，只能打车回家。

刚走到路边，就看到从旁边星巴克里出来的陆时禹。

这地方离U记还有段距离，也不知道他怎么跑到这儿来买咖啡了。

陆时禹明显也看到她了，加快脚步朝她走来。

“你怎么在这儿？”江美希问。

陆时禹见正好遇到她了，也就没说自己是专门来找她的，随口胡诌道：“见个客户路过这里。你车呢？”

“送去修了。”

“哦，一会儿有事吗？一起吃个饭？”

说来虽然都是老同学，但他俩至今为止还没单独吃过饭。想想都诡异，所以江美希想都没想就拒绝了：“家里我妈做好饭了。”

陆时禹也不意外，犹豫了一下说：“那我顺路送你回去吧？”

江美希瞥他一眼：“你哪门子顺路？”

陆时禹嘿嘿一笑：“那就绕路送你呗，这时候肯定打不上车。”

江美希猜测陆时禹或许是有话要对自己说，于是也就没再推托，上了他的车。

两人一开始还东拉西扯，后来话题还是绕回到了北右的事件上。

陆时禹说：“我没想到那事季阳也掺和了。”

江美希没吱声，阿奇法出事以后，江美希回想起季阳曾经多次提醒她不要参与那件事时，就大概猜到了。

她知道她和季阳在有些方面的理念一直不同。她保守，他激进；她瞻前顾后，生怕有负于谁，他信奉利益至上，大家各凭本事。其实回想起两人多年的相处，或许从根上就有问题，在他看来，她执拗又单纯，可在她心里，他何尝又不是个疯狂的野心家。

陆时禹说："他打算回美国了。"

江美希微微挑眉："那他那家咨询公司怎么办？"

"交给其他合伙人了，他退出。"

两人又是一阵沉默。

过了一会儿，陆时禹又说："他说走之前想约咱们一起吃个饭，你能去吗？说是这一次走，就不一定回来了。"

江美希看向窗外，此时的街道上车来车往，倒是热闹非凡。但来来往往才是人生常态，既然有些人注定没缘分，又何必徒增烦恼。

片刻后，她说："我最近挺忙的。"

陆时禹也没再说什么，好像对她的拒绝早有预料似的。

陆时禹很快又想到什么，说："哦，对了，我前几天见到Linda了。你们真的一点联系都没有了？"

江美希说："没有了。"

陆时禹叹气："要我说啊，这女人一旦面对感情上的事情，就有点不理智了，哪怕是Linda这样的人，也不能免俗啊。"

有时候江美希会想，人和人之间都有所谓的缘分。她和季阳是缘分到了头，她和Linda或许也是这样。

其实她原本很庆幸人生中遇到了Linda这么一个人，感激她曾在她绝望时拉她一把，在她迷失时给她指引，在她踽踽独行的这几年，她充当了陪她走上一程的那个人。但是亦师亦友的情分最终抵不过失望。她失望于她不再是那个一直被她视为榜样的人，更失望于她亲手打破那些她们原本一同坚守的信念。

她教会她如何保持怀疑的职业精神，可是最终她因为从未怀疑过她而输得惨烈。

资本市场的守门人……她以为那就是她的立场，现在看来也不知道她从来都是随便说说，还是这几年来渐渐改变了。

江美希笑问陆时禹："你们见面时怎么样？你也算间接把李英才送进去的人吧。"

陆时禹叹气："别提了，你真以为我愿意蹚这浑水？早就听说北右有些猫腻，所以之前参加竞标，我挺犹豫的。你也知道，查不出来问题，我们可能就有问题了，可一旦查出来，损失北右这个客户倒是没什么，就怕其他客户人人自危，对我们敬而远之。毕竟现在这些企业，谁家还不是多多少少有点问题，就看问题性质严重不严重了。”

江美希当然明白他的意思，这也就是U记每接一个客户都要提前做好风险测评的原因。如果怀疑客户有问题，他们宁愿不接这个客户，也不愿意最后出具非标报告。

她问陆时禹：“那你后来怎么又想通了？”

陆时禹笑：“要不是叶栩那小子非要做，我是真的不想惹麻烦。”

“他？”骤然听他提起叶栩，江美希不自觉地心跳乱了一瞬，“他为什么非要掺和这事？为了业绩？”

“他连个项目经理都不是，要什么业绩。他这么和北右死磕，还不是为了你吗？”

虽然她也猜到过这种可能性，只是他们分开这么久了，当初分开又是不欢而散，她实在没有那个自信，他到现在还惦记着她。

所以此时得到证实，她的心就像是被一只无形的手捏了一下，让她有一瞬的呼吸困难。

片刻后她说：“北右投资阿奇法的事情挑不出什么错来，财报错报，我的确有负责，没什么好说的，他其实不用这么在意北右。”

陆时禹说：“我也劝过他了，北右明显是扮猪吃老虎，就等着阿奇法破产好拿下阿奇法的优质资产。虽然有点恶心人，但明面上应该没什么问题。就算是他有心从别的地方抓北右错处，可人家也不一定有小辫子给你抓。就算真如外界传闻说的那样，北右有猫腻，但这猫腻也可大可小，挑出来对人家也未必有什么影响。这些利害关系，我都跟他说了，可你猜他怎么说？”

江美希回头看着他，等他下文。

陆时禹见关子卖得有效果，乐呵呵地继续说：“他说那也没事，要么赚它的钱，要么让它原形毕露……这小子是真记仇。”

听到这话，江美希也不由得露出点笑容，她似乎可以想象得到叶栩说出这些话时的语气和表情。

陆时禹见她心情似乎不错，突然说：“看来这小子对你还是旧情难忘，要我说，从男人的角度看，这小子挺不错的，虽说年纪比你小了那么一点点，但我看这护着你的心思一般人比不了。”

江美希这才意识到自己刚才有点忘形了。她敛起笑容问陆时禹：“你说的‘一般人’是哪些人？包括季阳吗？我怎么记得你前段时间还在撮合我和他，这才过了多长时间，就又换人了？”

陆时禹一时哑口无言，毕竟季阳在阿奇法事件中扮演的角色的确让人意外，就算是普通的同学之间，季阳那么做都显得有点不厚道，别说江美希还是他扬言要追回来娶回家的人。所以单说对女人的这份心，叶栩不知比季阳强出多少倍。

还好当时江美希没有接受季阳，不然出了这样的事情，两人指定还是要分道扬镳的，到时候江美希会不会迁怒于他也说不准。那他和穆笛的事情就更困难了。

想到这些，陆时禹满心劫后余生的感触，他尴尬地笑笑：“当时是当时，现在是现在，我觉得吧……”

江美希没等他把话说完，直接打断他：“堂堂U记合伙人这么关心我这点事，我真要怀疑U记现在是真没活儿干了。”

“你这话就见外了，咱们这么多年的老同学了，我当然关心你了。”

她摸了摸手臂，面不改色地说：“有点冷。”

陆时禹也不生气，过了片刻说：“你和他真的不可能了吗？”

这一次江美希没有半点玩笑的意思：“我不知道。”

年少时太把爱情当回事，以至于被伤得体无完肤。后来历经磨难，觉得自己总算脱胎换骨了，也发觉人生中还有很多比爱情重要的事情。所以决定分开的那一刻，她虽然也会心痛，可想着与其患得患失守着一份没有未来的感情，不如早点放下。时间长了，也就淡忘了。

她原本没觉得自己这么选择有什么错，本来生活已经荆棘密布、困难重重，纵使一身钢筋铁骨，她也不愿意等到泥足深陷后又不得不放手，最后再次经历那种心痛和无望的感觉。能选择简单模式，谁愿意选择困难模式呢？

然而万万没想到的是，她没有自己想的那么洒脱，也低估了爱情本身的力量。她以为七年的感情都能割舍，与叶栩相处才短短一年多，说不准睡个觉起来就什么都忘了。但也不知道是人不同了，还是她心境不同了，有些感情注定不能用时间去衡量。这或许就是为什么，她即便给心房筑起厚厚城墙，还是让他的影子渗透进了她的内心里，而且一进来就再也挥之不去了。

可是，认清得太晚，如今两人渐行渐远，陆时禹说他对她还有感情，可是她又想到上次见到他的场景，那感情真正还剩多少？是爱多一点还是恨多一点，还是不甘心多一点，他们谁都说不清。

江美希暗自叹了口气，可能这辈子，和他就是这个结局了。

告别陆时禹，刚一到家，江美希又接到了石婷婷的电话。

自从她们相继离开U记后，逢年过节时石婷婷偶尔会和她联系一下。所以石婷婷这通电话打来，江美希也没觉得意外。

她接通电话："怎么了？"

石婷婷似乎有点不好意思，扭捏了片刻才说明了自己打电话来的意思——她想从现在的公司跳槽到云信去，不知道江美希这里还招不招人。

江美希挺高兴的，对石婷婷的能力和态度，她还是肯定的："我们一直在招，你感兴趣的话就把简历发我邮箱吧，回头我让人力资源那边看一下，然后会有人通知你面试的时间。"

"好嘞。"石婷婷欢欢喜喜地应了一声，"我之前从U记出来时就注意过云信，我是真的挺想去的。"

江美希笑："那我就等你的好消息了。"

不出所料，石婷婷后来的面试都很顺利，不久后就正式到云信报道了，而且就在江美希负责的审计部门里工作。

石婷婷以前在U记时就因为芯薪IPO的项目，和江美希的关系比别人亲近，这回更是因为抱着"同宗同源"的心态，到了云信后，对江美希简直算得上依赖了，也不像其他同事那么怕她，有点什么事都愿意跟她说一说。

江美希这人本来就是面冷心热，下班的时候聊聊工作以外的事情也不介意，但是她没想到，石婷婷会跟她聊到叶栩。

“美希姐，你和叶栩还有联系吗？”到了内资事务所，同事们很少用英文名字，她也很快入乡随俗，和新来的几个小姑娘一起叫江美希为美希姐。

江美希愣了一下，斟酌着回答：“没什么联系，怎么了？”

“我一直挺喜欢他的，你知道吧？”

江美希微笑：“之前听人说起过。不过你怎么突然想起说这个？”

“我这人藏不住心事嘛，跟别人又说不着，就跟你说说呗。”

江美希不知道她说这话的目的是什么，也不知道她对她和叶栩的事情了解多少，保险起见，她试探地问：“我是不介意你跟我说，但我和他的关系你也知道……”

她话没说完，石婷婷笑着摆手打断她：“U记里所有版本的谣言我都听说了，太离谱了。我猜你俩最多就是有点工作上的小矛盾，其他也没什么，对吧？”

江美希暗自松了口气，看来她和叶栩的关系别人还不清楚。于是再面对石婷婷时，她也就从容很多：“差不多，那你继续说吧。”

石婷婷说：“本来我离开U记后对他都不抱什么希望了，可是那天出去吃饭又遇到他了，我没想到他还是能让我心跳加速。后来我就和穆笛打听了一下，听说他现在还是单身，我一激动就借着那次偶遇的机会，回家后给他发了个信息问候他近况。”

说到这里，女孩“嘿嘿”一笑：“他回我啦！”

江美希也笑了，内心却在感叹，没想到叶栩一点点的回应就能让别的姑娘这么满足，对比起来，当初的自己可以说是不知好歹了。

“然后呢？”江美希问。

石婷婷继续说道：“那天晚上我给他发了好几条短信，他都回我了。哎，其实叶栩人真的挺好的，在外面做项目时都挑最难最累的做，虽然不太爱理人，但也没有因为我追求过他就看轻我。你看我这都离开U记多久了，早和他没有交集了，但我发信息给他，他那么不爱和人打交道的人还怕我没面子，那么耐心地应付我。这么好的人，要是我男朋友该多好啊！”

江美希不由得又想起年前他们在希尔顿碰面时的样子，看来他对其他人都过得去，唯独对她，多看一眼的耐心都没有，可是又愿意为了她去招惹北右，他究竟是怎么想的呢？

江美希正出着神，突然听到身边的姑娘说："我决定了，再追他一次！如果这次还不行，我就彻底死心了！"

"啊？"江美希以为自己听错了。

石婷婷说："我说我想继续追求Daniel。"

"就因为他回了你几条短信？"江美希一般不爱管别人的闲事，更何况这里面涉及叶栩，不过她也不愿意看石婷婷难过，于是理智地帮她分析了一下，"你之前试过不止一次两次了吧？我觉得他但凡对你有点想法，就不会一直拒绝你。你再尝试一次，可能结果还是那样。退一步想，就算他这次真的被你打动了，但你有没有想过以后？谈恋爱挺累的，尤其是要追着一个人跑的恋爱，所以能够长久维持的感情都是恋爱双方感情比较对等的。如果我是你，我可能不会再在他身上浪费时间，你年轻又漂亮，去找个喜欢你的男孩子，什么都替你着想，为你考虑，那样不好吗？"

石婷婷听完想了一会儿说："其实我也知道他不喜欢我，也知道找个喜欢自己的人会轻松很多，但那人要不是自己喜欢的，我怕接受对方的好都受之有愧。反正我现在也没有更喜欢的人，他又是单身，只要我不怕再被拒绝，有什么不能尝试的？"

石婷婷绝对是那种想一出是一出的人，这点和穆笛有点像，说到这里，她就拿出手机来："明天正好周五了，要不我约他一起吃个饭怎么样？"

江美希见自己那番话白说了，于是也就不再多说。不过石婷婷无意中的几句话也触动到了她——无论是因为用情不深，还是天生乐观，反正那种不计得失的洒脱，让江美希非常羡慕。

她正沉浸在自己的思绪里，冷不防听到身边的女孩"嗷"的一声。江美希被吓得手一抖，险些扶不住方向盘。

她皱眉："什么情况？"

石婷婷捧着手机笑眯眯地说："他竟然同！意！了！"

"什么同意了？"

“明天一起吃晚饭，他同意了！”

石婷婷一边说着，一边美滋滋地看着手机。

江美希不由得有点晃神。原本以为石婷婷这次又是白费劲的，但是他同意了，同意和她单独吃晚饭，或许下次除了吃饭，还会看电影、逛街，甚至做点更亲密的事情……

这一刻，她该替身边女孩子高兴的，心却不听使唤，渐渐往下沉。

明知道他或早或晚，总会放下过往开始一段新感情的，她也做好了接受那一切的准备，只是当这一刻真的要到来时，她发觉自己的手都在发抖。

看来挺过一段情殇，并不能像病毒一样在病去后还给身体里留下某种抗体，只要她人还没有对感情麻木，只要还会动心动情，那么每一次的心痛都是真真切切、锥心刺骨的。

后来石婷婷说了什么，江美希已经听不进去了，她勉强把她送到家门口，看着人离开，才敢坐在车里认真地感受这一刻的难过。

不希望第二天那么快到来，但第二天还是如约而至。

一上班，江美希就发现，一向素面朝天的石婷婷化了个淡妆，衣服一看也是精心挑选过的。

知道她是为晚上约会准备的，江美希努力不流露出什么异样的情绪，中肯地点评道：“很漂亮。”

石婷婷听到她这么说很高兴，但还是有点惴惴不安：“他说晚上来接我，嘿嘿。你说我要注意什么吗？自从工作以后都忙得没时间谈恋爱了，早忘了跟男生约会是什么样了。”

江美希失笑：“这我就爱莫能助了，我单身的时间可比你久多了。”

石婷婷不好意思地笑了笑：“你是眼光高，你要是也为了告别单身随便找个配不上你的，我第一个不同意。”

虽然知道这话里安慰和马屁的成分居多，但江美希也从她的眼神中看出几分真心来。想到自己和叶栩渺茫的未来，这一刻她倒是能由衷地说句祝福的话了。

“祝你晚上旗开得胜。”

石婷婷笑得很甜："谢谢美希姐。"

不过一想到叶栩要亲自来接石婷婷下班，江美希又开始惴惴不安起来。

云信的办公地在一个老式的办公楼里，这栋楼总共六层高，江美希的办公室就在二层。从办公室窗子望出去，正好是办公楼唯一的大门。

下班时间一到，就见那辆熟悉的揽胜停在了离大门最近的停车位上。叶栩人也没在车里等，而是站在车外倚着车门，一边抽烟一边等着石婷婷出现。

距离上一次见面又过去几个月了，可能是因为最近工作不忙，他整个人的状态也比上一次好不少，头发短了一点，更显得清爽干净，身上的衬衫和休闲西裤也很笔挺板正。他什么样子她都见过，这个样子绝对是上了心的。

不知道是不是感知到有人在看他，原本正低头抽烟的男人，毫无预兆地抬起头来，目光直扫二楼她办公室的窗户。

她连忙后退一步，不知道有没有被他看到，但是她也知道自己这样有点丢人。

想着要忙点什么才好，于是拿起空掉的马克杯走出办公室。一出门才发现，外面格子间里的众人也不忙着下班了，都挤在窗口探头探脑小声议论着。石婷婷的位置上已经没有了人，应该是赴约去了。

等着咖啡煮好的片刻工夫，恰好又有其他同事进来倒水喝。

"这会儿还喝咖啡，不怕晚上睡不着呀？"来人是个四十多岁的大姐，对她倒是不像其他年轻人那样敬而远之。

江美希笑了笑："习惯了。"

大姐叹气："外资所还有个淡季忙季之分，咱们所一年四季都那么忙，这会儿人家淡季了，我们呢？下面的小朋友还能偶尔放松一两天不加班，你们老板却还是一个比一个忙，也真辛苦。"

江美希依旧笑笑，没有说话。

大姐又说："刚才看到婷婷的新男朋友了，小伙子真不错，我都恨不得再年轻二十岁了。"

江美希垂眼看着黑色液体慢慢注满马克杯，似乎是随口问起：“已经是男朋友了吗？”

她也不知道自己怎么就问出这么一句。

大姐也愣了一下，仔细想了想说：“听说他们以前就认识，这约会还专门跑来接，就算现在不是，估计也快了吧。”

江美希点头：“也是。”

回到办公室，江美希仔细想了想，还是觉得这段时间应该跟石婷婷保持点距离的好，至少可以少听到点他们的消息，也少一份煎熬。

所以自那天起，她就刻意疏远了石婷婷，不过石婷婷也很少再找她一起下班，后来听同事们说，是因为叶栩经常来接她下班。

江美希自认为很了解叶栩，所以之前才会劝石婷婷不要冲动，现在看来这次真是她错了。

她抬头看了眼墙上的挂钟，此时已经下班一个多小时了，这会儿出去，应该不会遇到石婷婷和叶栩。她这才收拾了东西往外走。

可没想到，怕什么来什么，一出门就看到了那个熟悉的身影。

他依旧倚着车门站着。此时天色已晚，赤红霞光从他身后射来，让她看不清他的表情，但是她几乎可以想象得到，那是一张多么漠然的脸。

江美希正犹豫着要不要打个招呼，忽听到身后有脚步声，一回头正是石婷婷从楼里出来。

刚才竟然没有注意到她还没走，仔细想了一下，她这段时间应该没什么工作需要加班，那就是在等叶栩了。

石婷婷还像以往一样笑嘻嘻地和她打招呼：“美希姐你也才走啊？”

江美希随意应了一声，待石婷婷走近才注意到她又恢复了平时的样子，素面朝天，穿得也随便，虽然年轻女孩子怎么样都好看，但也可以由此看出两人的关系已经很亲密稳定了。不过反观叶栩，还跟她上一次在办公室里看到的一样，穿着看似随意，但细致处都透着讲究，这么看来，倒是他比石婷婷更在意这段感情了。

石婷婷亲亲热热挽起江美希的胳膊说：“既然遇上了，就一起吃个晚饭吧？”

她说着就抬头去看对面的叶栩，江美希却不等对方表态就立刻拒绝了："我晚上约了人，你们去吧。"

说完从石婷婷手里抽出胳膊，在她背上轻轻拍了拍以示亲近，然后也不再看叶栩，淡定地转身走向自己停车的方向。

望着她离开的方向，石婷婷叹了口气。

叶栩拉开车门，上车前招呼她："上车吧。"

石婷婷坐上车，一边低头系着安全带一边说："你刚才就该立刻表态邀请她一起的，人家也不知道你是什么态度，与其被你拒绝肯定先拒绝你。"

叶栩不说话，默默发动车子。

石婷婷说："把我放在前面地铁站就行。"

叶栩说："害你等到这么晚，吃完饭再回去吧。"

石婷婷想了一下说："算了，我刚才差点睡着，现在还犯困呢，回家煮个面更省事。"

叶栩也不强求："那我送你回去。"

叶栩心情不好，石婷婷也知道，所以两人路上也没说什么话。

当初石婷婷第一次约他一起吃饭并没有抱什么希望，所以他那么爽快就答应了她，她自己都非常意外。其实她也不相信他会突然就喜欢上自己。

那天她忐忑不安地去了，他还是那副冷冷淡淡的样子，但是那天晚上他对她说的话，比他们认识以来说的所有话都要多。

原来一直被同事们盛传的他那位神秘女友竟然是江美希。在最初的震惊过后，她渐渐接受了这个事实。虽然在普通人看来，两人的年龄差让他们看起来没那么般配，但她一直认为优秀的人之间互相吸引再正常不过。一直知道男神心里有人，之前也猜度过、羡慕过，甚至嫉妒过，但想到对方是她一直当成榜样信奉的江美希，好像也就没那么难以接受了。

叶栩告诉她这些，其实是希望她能帮他追回江美希。毕竟江美希这人认死理、固执、爱面子，有时候还有点不知好歹，正常的追求方式未必见效，他也是实在无奈才想到了找人帮忙。

石婷婷回家后想了很久，也难受了几天，最后总算想通了。反正她自己和叶栩是不可能了，与其不知他以后找一个什么样的人，还不如看着他和江美希有情人终成眷属。

不过这些天的试探下来，石婷婷都要同情叶栩了。也不知道是江美希情绪掩藏得太好，还是她真的不在意他，石婷婷这个旁观者都觉得他挽回她的希望渺茫，就是不知道在这种情况下他还能坚持多久。

快到家的时候，石婷婷说："我觉得你这样隔三岔五制造个偶遇，对你们的关系根本无济于事，充其量也就能满足你远远看人家一眼。要想知道她对你到底还有没有感情，怎么也得来剂猛药。"

叶栩闻言，淡漠的脸上露出些许困惑的神情。

石婷婷也不打算跟他说太多，免得他瞻前顾后，就道："说了解，还是女人更了解女人，你等我消息吧！"

第二天中午时，石婷婷约江美希一起吃午饭，江美希本来是不想去的，但是一时间也没想好太合适的理由，只好答应下来。

结果话题大部分还是围绕着叶栩，这让江美希一顿饭吃得食不知味，同时她也暗自下决心，下一次不管石婷婷怎么说，她也不会跟她一起吃饭了。

石婷婷好像完全没有察觉到江美希的意兴阑珊，一脸幸福地问江美希："美希姐，你说见家长的话应该注意点什么呀？"

正在喝汤的江美希闻言差点呛到自己，缓了一下，确认道："什么见家长？谁见谁的家长？"

石婷婷不好意思地笑笑："他把我们的事情跟他家里说了，他妈妈听说了我的情况后好像挺满意的，就想见见我。"

"这么快？"话一出口，江美希才意识到自己的态度有点不对，轻声咳嗽了一下说，"我是说，你们不是刚确立关系吗？"

石婷婷不以为然："又不是大学生了，我们这个年纪谈恋爱，只要感觉对了就很快，隔壁组小娟和她老公是相亲认识的，认识三个月就结婚了！比起他们，我们这都算慢的了。"

江美希怔怔地消化着这个消息。

石婷婷自言自语："不知道他妈妈是什么样的人，好不好相处。"

石婷婷对叶栩家的情况是不知情的，自然也不知道叶栩的妈妈秦丽梅和江美希之间的微妙关系，就觉得要证明两人关系好到一定程度，订婚、结婚这种编造不了，只能说见家长了。

没想到正是这点直击江美希的软肋。

饶是一个人心态再好，自己那么在意却得不到的东西，别人轻易就得到了，这多少会让人挫败，更何况那东西叫作"人心"。

想到秦丽华这么快就接受了石婷婷，江美希心情很复杂，看来那位秦总对儿媳妇的要求和普通人家的母亲没什么不同，她唯独不能接受的，只是她江美希而已。

"美希姐？"石婷婷见她没反应，叫了一声，"想什么呢？"

江美希回过神来，对石婷婷笑了笑说："我也没什么经验，不过他妈妈既然说了对你很满意，你正常表现应该就没问题了。"

石婷婷笑："我也是这么想的，但是架不住有点忐忑。"

江美希看着对面女孩的笑容，想了片刻说："其实只要他够喜欢你，他母亲就不会说什么。"

石婷婷暗自琢磨着这话里的意思，似懂非懂地点了点头。

吃完饭回到办公室，石婷婷观察了一下午，发现江美希除了刚听到她要去见叶栩父母时有点心不在焉外，再没有其他不对劲。

这下石婷婷也拿不准了……前任和别人好了，就算是已经没感情了，听到这种消息多少也会有些触动吧？而且看江美希对她这"情敌"的态度还是一如既往地好，完全没有嫉妒和不甘。这么说，她对叶栩是真的放下了？

下班前，石婷婷斟酌再三还是决定把情况跟叶栩汇报一下，于是就发了个短信给他。可是这条信息仿佛石沉大海了，直到深夜都没有见他回信。

睡觉前，石婷婷又看了眼手机，叶栩还是没有回信，这也是他们认识以来的头一次，看来叶栩是被伤得不轻。

想到这里，石婷婷不由得叹了口气，感情这东西折磨起人来太要命了，还好她对叶栩已经死心了，不然就像江美希说的那样，感情不对等，以后可有罪受了。

然而就在这时，她的电话突然响了，来电话的竟然是江美希。

她立刻接通电话，电话里传出的声音却不是江美希的。

“你是机主的朋友吗？”

听对方是个男人，而且环境有点嘈杂，石婷婷立刻警惕起来：“你是谁？”

“我？我就是个倒霉蛋！”对方语气不太好。

石婷婷以为自己听错了：“什么蛋？”

“行了行了，我今天也不知道走了什么背运，遇到你这朋友，她喝多了，非碰瓷说我摸她了！她醉得跟摊烂泥一样，我真是有理也说不清！”

石婷婷听得一头雾水：“什么意思啊？”

“得了，什么也别说了，你赶紧来处理一下吧。”

说完，对方又报了个地址就挂上了电话。

石婷婷反应了一下，看对方给出的地址是个串吧，稍稍放下心来。她正要穿衣服出门，才注意到那地方好像离叶栩的住处不远，脑中瞬间闪过一计，于是拿起手机把电话拨给了叶栩。

这家串吧就是上次叶栩带江美希去的那家。

叶栩挂上电话后，立刻赶了过去。

因为时间已经很晚了，大堂里只剩零星的几桌客人。叶栩进门后，就注意到那几桌人总时不时地瞥向一个角落。

他顺着众人看过去，就看到角落里坐着一个气急败坏的年轻男人，身后不远处的几位似乎是他的朋友，几人隔着个空桌闲聊。而年轻男人对面趴着个女孩，仔细看才注意到，她虽然是趴着的，像是睡着了一样，但是她的一只手横在桌上，死死攥着对面男人的袖子。

叶栩没有立刻走过去，看到一个路过的服务员，叫住她问了江美希那桌的情况。

原来那个年轻男人是和朋友一起来吃饭的，路过坐在拐角处的江美希时，不小心碰了她一下，结果江美希非说人家非礼她。男人跟她理论半天，也没理论出什么结果，但她就是抓着人家不放。那人跟个醉汉也没办法讲理，这才被逼无奈下用她手机打给了她的朋友。

了解清楚大概情况，叶栩走到那个年轻男人面前："不好意思，我来接我朋友。"

男人一愣，上下扫了叶栩一眼："接电话的可是个女孩，你真是她朋友？"

短短一句话，叶栩就更加确定，这人在这种时候还懂得保证江美希的安全，看来的确只是个误会。

叶栩说："你刚才是打给一个叫石婷婷的姑娘吧，她来不了，所以才让我过来的。"

男人这才点了点头，然后看了眼依旧趴着不动，但就是不松手的江美希，开始抱怨起来。

叶栩一边道歉一边去拉江美希的手。

江美希似乎是被吵醒了，抬头见是他，含糊不清地问了句："怎么是你？"

说话间，倒是松开了抓着那年轻男人的手。那人如蒙大赦，立刻回到了同伴那桌。

而这边江美希早就顾不上管其他人了，看向叶栩的目光始终没有挪开。

叶栩心里有点高兴，他说："回家吧。"

她依旧不动，和他静静对视着，片刻后，竟然"哇"的一声哭了出来。

他一下有点慌神，在他的印象中，她还是第一次这么哭。

他也不管周遭人怎么看，低头看她："为什么哭？"

她不理会他，只顾哭自己的。

他问："既然这么难受，为什么不说出来？"

江美希仿佛没听见他的话，却从大声哭泣转为抽噎。

叶栩只是静静地看着她，看着她微微耸动的单薄肩膀，还有她用手背擦眼睛时的可怜模样。

她脸上的妆早就花了，眼线在眼睑处晕染开，又被她蹭了几次，硬是蹭出点脸谱的效果来。恐怕谁也想不到，钢筋铁骨造就的江美希也有如水的一面。

看着这样的她，叶栩突然就无奈地笑了。

“走吧，回家。”

这句话，她却是听到了，乖顺地站起身来，晃晃悠悠地跟着他往外走。

扶着江美希出了门，叶栩问她：“你现在住在哪儿？”

江美希晃晃悠悠地抬手指了一下，正是他们住的那个小区。

“你搬回来住了？”他问她。

江美希在他怀里点了点头。

她早就搬回来了，当初放狠话说要卖这房子，其实她是舍不得的，不为别的，就为这恐怕是她和他唯一的羁绊了。可惜以前是怕见到，现在也不知道是不是他故意的，自从泼油漆事件以后，他们就再没有在小区里遇到过。

脑子里能想到很多，但是一张嘴胃里就是一阵翻涌。所以当叶栩问她是什么时候搬回来的，她一个字也回答不了。

江美希闭上眼强忍着不让自己吐出来，迷迷糊糊间不知过了多久，她总算不那么难受了，可是眼睛也睁不开了。

叶栩坐在床边看着她，看到她微微皱起的眉头渐渐舒展开来，似乎是睡着了，他才再度起身，替她脱掉鞋盖上被，这才离开。

王芸知道“江三杯”的酒量也就三杯，饭局上喝酒都替她挡了，所以江美希上一次喝醉是什么时候，她自己都不记得了。这一次一不小心没控制好量，比之前几次醉酒更厉害，以至于昨晚的记忆里有一段是完全空白的。

她只记得昨天吃饭时自己好像和人闹起来了，然后后面的事情她就完全不记得了，不过中间似乎听到过叶栩的声音，但也不知道是不是自己的错觉。

正头痛欲裂的时候，放在床头柜上的手机突然响了。她拿起来看了一眼，是石婷婷。

江美希接起电话，含糊地“喂”了一声。

石婷婷的声音立刻从听筒里传了过来：“美希姐，你好点了吗？”

她知道她昨晚喝醉了？

江美希揉着额头又回忆了下昨晚的情况，但是没有结果。

石婷婷见她没反应又问：“昨晚的事情你不记得了？你喝多了，有人用你手机给我打电话，我看你吃饭的地方离叶栩家挺近的，就让他去接你回家的。”

江美希这才“哦”了一声，看来她昨晚听到的他的声音并不是幻觉。

石婷婷又说：“我已经帮你和公司请假了，你等舒服一点的时候再过来就行。”

卧室的窗帘很厚重，拉起来时房间光线很暗，所以她以为此时时间还早，但听石婷婷这么说，她立刻看了一眼时间，竟然已经快十点钟了！

“公司里有什么急事吗？我一会儿就赶过去！”

“不着急，我说我们昨晚去见客户，你不小心多喝了两杯，王芸姐让我转达说你没事的话就下午再来也行。”

“好。”

挂上电话，江美希已经彻底清醒了过来。

她环顾四周，没有一点那人留下的痕迹。

她起身拉开窗帘，温暖的日光照进来，她一回头，就从梳妆台的镜子上看到了自己此时的模样。身上穿的还是昨晚那套衣服，又脏又褶皱，头发蓬乱，脸上的妆也花了，可以想象她昨晚回来时有多么狼狈。可即便是这样，也没让那人动动恻隐之心替她稍微整理一下，看来能帮她脱个鞋盖个被已经是发扬人道主义关怀了。

想到如果不是石婷婷找到他，他昨晚都未必能出现，江美希觉得折腾了一晚上的胃又难受了起来。

然而，想到石婷婷，小姑娘那么信任自己，自己却一直惦记着人家的男朋友，江美希顿时觉得脸上火辣辣地痛。

她呼出一口浊气，甩了甩脑袋。是要好好理一下自己的情绪了，无论如何，像昨晚那种情况不能再有第二次了。

石婷婷本来以为见家长那一剂猛药下去，总算是唤醒了江美希对叶栩的感情，少不了也能激起她挽回叶栩的斗志。然而令人没想到的是，自那晚之后，江美希就像失忆了一样，再也没有提起醉酒那天的事，当然也没再说起叶栩。

石婷婷怕打击到叶栩，也没再跟叶栩汇报江美希的情况，只好找小姐妹穆笛一起分析江美希的想法。石婷婷是个不太能藏住话的人，其实叶栩跟她坦白的那天晚上，她就把事情告诉穆笛了。

石婷婷说："你跟美希姐关系更好，你快帮我想想，她到底怎么想的。"

"这女人啊，一上了年纪，心思确实难测！"穆笛没有犹豫太久，就把后面的工作包揽了下来，"你等我回头去探探情况再跟你说！"

周末的时候，穆笛约了江美希去逛街。

江美希对买东西一向兴致缺缺，倒是穆笛，买完鞋子买包包，买完包包还要买衣服。

江美希有点不耐烦："你那点血汗钱够你这么胡造吗？"

穆笛扒拉着衣架上的衣服随口应道："我又不用养家，赚了钱不买这些干什么？"

江美希微微挑了挑眉，似乎听到了一丝炫耀的意味，她又想起穆笛之前戴的那条项链，打趣她说："看来男朋友经济条件不错啊。"

果然就见穆笛抿起小嘴笑了笑："还行吧。"

江美希冷笑一声："都谈这么久了，什么时候约出来见见？"

穆笛却没有回话，拿起一件衣服对她说："我先去试一试！"

然后一溜烟地小跑进了更衣室。

江美希不屑，什么宝贝，至于这么藏着掖着吗？

还好穆笛没有让她等太久，没一会儿就出来了。

她问江美希："好看吗？"

这衣服刚才穆笛拿在手里的时候她就看见了，A形过膝长裙，还有点蓬蓬袖，布料也厚，还里三层外三层，一大堆蕾丝绣线。这种衣服一旦穿不好，就和隔壁俄罗斯大妈没什么不同了，但没想到这衣服穿在瘦得只剩下一把骨头的穆笛身上，出奇地有种清新的少女感。

江美希由衷地感慨：“平胸真好啊，至少显年轻。”

一直侍立在一旁的导购小姐“扑哧”一笑。

穆笛却对她小姨的说话风格早就习以为常了，知道这是在夸好看呢，于是高高兴兴地对那导购说：“就要这件。”说完又问江美希，“你不找两件试一试？”

江美希摇头：“我衣服够多了。”

“你那些衣服，不是黑的就是白的，难看死了。”

江美希坚持：“我对穿什么要求不高。”

穆笛趁机坐到她身边问：“你最近状态很不对啊。怎么，跟我那位前小姨夫彻底没戏了？”

江美希瞥她一眼没有说话，穆笛却捕捉到了那声似有若无的叹息。

这一次，穆笛算是确定了，江美希对叶栩还没有忘情呢。

于是她说：“他知道你这么割舍不下他吗？或许他知道了，你们就和好了，要不你主动点，事在人为嘛！”

江美希难得地没有敷衍她，微微皱了下眉，似乎真的在思考主动表白的可行性，但末了只是说：“不行。”

穆笛也急了：“为什么？”

“他有女朋友了。”

穆笛反应了好一会儿，才明白江美希口中这位“女朋友”指的是谁。

江美希也没有多谈这个话题的意思，抬手看了眼时间，皱眉催促穆笛：“不看别的了吧？赶紧结账回去吧！”

然而她嘴上不说，心里却依旧烦躁不安。原来割舍不下一个人竟然是这种感觉。

这种情绪持续了几天，她听说瑜伽能够修身养性，于是立刻给自己报了个瑜伽班。除此之外，她还担心自己闲下来瞎想，又替自己报了个日语班。

江美希以为这样一来，总不去想起一个人，时间长了也就真的忘了。但是她差点忘了，身边还有个石婷婷。

几天之后石婷婷又来找她“谈心”，这次和以往不一样，她出现时哭丧着脸，虽然没真的哭出来，但已经是一副山雨欲来的模样。

江美希心里暗叫不好，不会是小情侣吵嘴找她倒苦水吧。可是她还没来得及说自己正在忙，石婷婷就带着哭腔说：“我单身了！”

这倒是让江美希有点意外：“这么快？”

石婷婷委屈地点头。

江美希见状，拒绝她的话也就没说出口，想了一下，试着安慰她说：“恋人之间吵架是再正常不过的，偶尔说几句气话也没什么，你们冷静一下，这不都见家长了吗？过两天或许就和好了。”

石婷婷在心里感慨，不愧是她女神，工作上雷厉风行，感情上虽然有点迟钝，但人品真没得说，她心里不知道多难受呢，还能三天两头听她说这些，并且站在她的立场劝慰她。而且她听得出，这些话都是出于她真心。

想到这些，石婷婷演得更卖力了：“真不是，我们俩没吵架，而且他那人咱们都知道，不会说气话，说出什么话那肯定是他已经想好的。”

好像是这么回事，这下连江美希也意识到事情有点严重了。

“那你们为什么分手？”

石婷婷似乎有点难为情地说：“其实之前有个情况我没好意思跟你说，当初他是答应跟我试一试，但我俩都知道他其实不喜欢我的，我猜他或许是想尽快从之前那段感情里走出来吧。”

听到这话，江美希心里闪过一丝牵痛，但她没有让自己多想，而是问石婷婷：“这种情况下他同意和你在一起，你心里不觉得委屈吗？”

石婷婷眨巴着大眼睛，似乎真的在体会自己是否委屈，体会半天给出的结论是：“不委屈。”

这下江美希开始好奇了：“你真的喜欢他吗？”

“喜欢啊！但也没那么喜欢，就觉得他长得帅、身材好、有能力、酷酷的，就算不能最后走到一起，和这样的男生谈一次恋爱也挺不错的。所以他提出分手，我就是有点遗憾而已，况且之前家长也没见成，更没什么顾忌了。”

江美希怔了怔，到了这一刻，她才真真切切体会到什么叫“代沟”。

不过她还是试图安慰石婷婷：“你也不用这么快就下结论，在其他事上再理智冷静的人，在面对感情的时候也有例外，或许这次就是他的例外呢？要不你再跟他好好聊聊？”

听了她的话，石婷婷并不回话，只是非常怜悯地看着她。

江美希有点不解：“你那么看着我干什么？”

半晌，石婷婷幽幽地叹了口气：“老天爷真的是公平的，让你在有些方面出类拔萃，有些方面就是一窍不通。”

江美希听得一头雾水：“什么意思？”

“没什么。”石婷婷无所谓地耸了耸肩，“总之我们俩努力过了，发现真不合适，也说好了，以后就做普通朋友，感情上的事情互不干涉。”

江美希彻底蒙了，看看人家，这么快就走出来了；再对比自己，分手那么久了，还会难受。不得不说，还是年轻好啊！

怕江美希不去找叶栩，石婷婷好人做到底，几天后又捧着个纸箱敲开了江美希办公室的门。

江美希扫了眼她手上的东西问：“这是什么？”

石婷婷说：“美希姐，能不能再麻烦你一件事？”

江美希额角神经突突跳了两下，只觉得不是什么好事。

“你说吧。”她说。

石婷婷笑了笑：“听说你和叶栩住在一个小区，这是他之前送我的一些东西，我俩这不是分手了吗，再见面怪尴尬的，你能不能帮我还给他？”

江美希腹诽，自己去见叶栩绝对比她还尴尬，但是面对石婷婷，她又想不出太好的拒绝理由来，犹豫了一下，只好说：“那你放这儿吧。”

石婷婷立刻欢欣雀跃地道了谢离开了。

江美希刻意没有去留意桌子上那箱东西，继续看着手上的底稿。

不知过了多久，再一抬头时，窗外天色已经全黑。

她关掉电脑，起身收拾东西，正要出门时，又看到白天石婷婷送来的小纸箱。犹豫了一下，她还是折回办公桌前，捧起纸箱，才出了办公室。

回到小区停好车后，她特意看了眼叶栩家的窗户，灯是亮着的，应该有人。

她又看了眼副驾驶位置上的小纸箱，一尺见方，没有多沉，刚才捧在手里时就感觉里面晃晃荡荡，应该没有装满。石婷婷说是叶栩送给她的东西，会是什么呢？

那纸箱盖子没有封口，应该就没防着人看，她犹豫了一下，打开来看了一眼，原来就是几本书，不过从封面上看应该是言情小说，只不过不知道为什么封面文字都是繁体。

她拿起其中一本随便翻了一页，不看还好，一看她整个人都不太好了，情节尺度大到令人咂舌不说，这故事中的主角竟然还都是男的！

这确定是叶栩送的吗？

震惊过后，江美希很快想到一种可能，这或许不代表叶栩的品位，但因为女朋友喜欢，他就无条件满足。想到这些，江美希的心里不禁酸酸的。

把书原封不动地放回去，她下了车，捧着纸箱直奔叶栩家。

走到叶栩家门前，她情不自禁就想去按密码，但很快又收回手指，转向一旁的门铃。

片刻后，房间里传来拖鞋摩擦地板的脚步声，紧接着门被打了开来，那个熟悉又陌生的身影出现在了她面前。

叶栩在看到她的那一刻，原本冷漠到有点厌世的脸上立刻闪过一丝诧异，但也是转瞬就又恢复了平静。

江美希把手上的东西递到他面前："婷婷让我带给你的。"

叶栩的目光从她的脸上移到了那个纸箱上，停顿了片刻，也没说什么，伸手接了过去。

江美希盯着那个纸箱，又想到那书里的内容，不由得多看了叶栩一眼，正好遇到他也看向她。

两人视线相触，她慌了一下，但她一向善于掩饰情绪。

见他虽然没有要请她进去坐坐的想法，但也没有要立刻关门送客的意思，她突然觉得这个时候不说点什么，好像对不起自己跑这一趟。

"前几天不小心多喝了几杯，听说是你把我接回家的，谢了。"

她说完等了片刻，本以为他能给出点什么回应，哪怕说句“不客气”也行，谁知他只是依旧那么垂眸看着她，一言不发。

真的无话可说了吗？

江美希突然觉得心脏正在被什么庞然大物一寸一寸地碾压着，她喉头发酸，像是被人扼住了喉咙。

脑子一片空白，理智有一瞬的缺席，但就是这一瞬，她什么都不想管了。

“我以为放弃不难。”她不敢看他，微微垂着眼说，“我们在一起时间不长，我虽然被你吸引，享受跟你在一起的感觉，但我从始至终都不看好这段感情的未来。我不敢投入太多，但又习惯从你身上汲取温暖，我以为我足够珍惜我们在一起的每一天，这样最后哪怕分开也不会觉得遗憾。可是真的分开之后，我才发现我没有自己想的那么洒脱。我承认是我太自私，想掌控这段感情的节奏。我们之间变成现在这样，我负有很大的责任，所以如果是真的替你着想，我就该继续跟你保持距离。但是我控制不了我自己，还是想问问你，事到如今，你还愿意接受我吗？”

因为母亲和大姐的婚姻不幸，江美希从小看到大，知道女人过得不体面是什么样，所以懂事以后的她最在意的东西就是脸面。

要着强较着劲，谨小慎微活到三十岁，还没有什么人能让她抛开脸面不顾一切，除了她自己。

第一次是季阳提分手那次，因为对方提得太过突然，她一下子慌了神，说了什么做了什么全凭自己当时的想法来，那种情况下说出的话有不舍的感情在，但也有冲动和不甘心。

而这第二次，就是此刻，年岁渐长的她绝对比几年前更爱面子，但即便如此，还是觉得没什么能比挽回这段感情更重要。所以她才让自己站在这里，放低姿态，冒着被拒绝的风险，想要给自己和他重来一次的机会。

然而对面的人还是没有一点反应，江美希不由得奇怪，因为就算是要拒绝她也不该是这种反应。

她用眼神询问他。

他还是那么看着她，片刻后才“嗯”了一声，终于开口说道：“好的，我知道了。”

这是什么意思，到底是接受她还是不接受她，又或者是需要考虑？

江美希微微挑眉，继续表示不解。

就听叶栩用略哑的声音又说：“刚才我这儿有人在说话，没听太清楚，你直接发邮件给我吧。”

还要发邮件？

一瞬间，江美希脑子里千回百转，难不成面前的人是故意耍着她玩呢？

正在江美希恼羞成怒时，叶栩微微偏过头，指了下自己的耳朵。江美希这才注意到，他的左耳上别着一个笔帽一样的东西，反应了一下才意识到，应该是蓝牙耳机。

原来他刚才一直在和别人打电话。想到这个，她顿时觉得脸上火辣辣的。

刚蒸腾起来的火气虽然消得差不多了，但是刚才表白时那种落泪的冲动早就不见了踪影。不过她还是想知道，刚才自己那些话，他听到了多少，于是也没有立刻离开，等着看他接下来的反应。

叶栩像是看穿了她的想法一样问：“刚才接了个挺重要的工作电话，也没注意听，你说什么了？”

她心里涌起一阵难掩的失望，原来是她打扰到他讲电话了。

江美希微微一笑：“没什么，就是谢你上次把我送回来。”

“不用客气。”他顿了一下说，“怎么觉得你脸色不太好，眼睛怎么红了？”

江美希还是那副表情，只不过笑意少了几分：“有点伤风，那没事我就先走了。”

“好的。”

然而就在江美希转身的一刹那，叶栩的唇角微微翘了翘。其实听到她说那些话时，他又怎么会不动容，想着自己这段时间的煎熬和努力没有白费，他几乎就想顺着那一刻的心情把某个罪魁祸首揽入怀中。

可是他忍住了，他不是公司里她招之则来挥之即去的小朋友。以他过往和她打交道的经验来看，有些人，你太顺着她，反而让她不知道珍惜。

难得鼓起的一腔热忱犹如汇入江河的水一样没留下丝毫痕迹，失望吗？难过吗？那么他就要她牢牢记住这一刻的感受，以后也不会动不动就要跟他“两清”了。

送走了江美希，叶栩打开那纸箱随便看了一眼，当他看到里面花花绿绿的书时，立刻有了点不好的预感。他随便拿起一本翻了翻，顿时脸就绿了。

他不由得想到江美希把箱子递给他时看他的那一眼，难怪他觉得怪怪的，她该不会以为这是他的品位吧？也难为她在那种情况下还能说出那番表白的话。

想到这些，叶栩恨得咬牙，江美希该不会误会他有什么特殊癖好，所以才假装没听见吧？他恨她不够聪明，恨自己疏忽大意，当然最恨的还是自己脑子一热找来的猪队友。

看来追回江美希这事依然任重而道远，早知这样刚才也不端着了。不过等他追回江美希后，他也要和他那猪队友说一说，少看点这些乌七八糟的东西，说不准还能早点嫁出去。

江美希人生中的第一次表白竟然发生在她即将跨入三十一岁的时候。在本该经验丰富的年纪做出了这么生涩的事情，让她更加忐忑不安。

虽然叶栩说他什么都没有听见，可是江美希心里还是没底，此时她最害怕的就是他明明听见了，却装作没有听见。

所以他到底听见了没有？

而这个问题也让江美希整整一周没睡过一个好觉了。与此同时，叶栩也再没有联系过她，她的心从最初的忐忑不安，渐渐变得彻底失望。

这天，刚顶着黑眼圈到了所里，她接到了一个电话，是一串没有备注的号码打来的。

她精神状态不好，接通时也有点心不在焉的，可听到那个久违的声音时，她整个人不由自主地紧张了起来。

秦丽梅没有绕什么圈子，直接表达自己打这个电话的意图，她想见见江美希。虽然短时间内，江美希还没想明白日理万机的秦总怎么突然又要见自己，但无论出于什么原因，她还是立刻答应了下来。

这一回秦丽梅没有约她在广化总部公司见面，而是约在那附近的一家咖啡厅。

秦丽梅对她的态度和前两次见面时没什么不同，问过她的近况，又问云信的情况。

江美希对自己的情况一句话带过，对事务所的情况介绍又早就倒背如流，是以她回答秦丽梅时脑子想着的，是她约自己来的主要目的究竟是什么。

之前她们之间之所以会发生交集，主要是因为叶栩。眼下她和叶栩早没了什么瓜葛，私事自然是没什么能谈的，至于公事，难不成她放着好好的U记不用，打算来和云信合作吗？

然而出乎江美希意料的是，秦丽梅还真就是来谈合作的。可是，怎么会是集团老总亲自出马谈合作？而且就算是谈工作，怎么连个秘书或者下属都没有带？

江美希真是越来越看不懂眼前这位秦总了。

她不掩饰自己的意外，坦言道："贵公司和U记不是合作得挺好吗？我们云信虽然在国内事务所里能数得上号，但是比起U记这种老牌外资所，综合实力还是差不少的。"

秦丽梅笑："你也不用太谦虚，我选择你们肯定有我的道理。说实话，当初选择和U记合作，也是因为你。现在你离开了U记，我和U记就没有合作的必要了。而且我和叶栩的关系你也知道，以后多多少少会有不方便的地方。再说谁都有点情怀，这两年政府都在扶持内资所，我们作为国内的龙头企业，也想为内资所的发展壮大做点贡献。"

这话里究竟有几分真，江美希暗自琢磨着，可能也就只有有关叶栩的那一点是真的吧。至于其他的，江美希这点自知之明还是有的，让堂堂秦总因为她慕名来寻求合作，她没那个能力。

难不成前段时间叶栩和她有过几次来往又被秦总知道了，所以她这是想故技重施吗？

想到这一点，江美希忍不住感慨，这秦总为了儿子还真是不惜本钱。

不过即便叶栩已经拒绝了她，她也要表明自己的立场。

江美希坐直了身子，面上依旧保持微笑：“贵公司是很好的公司，如果您真是看中我们的能力，那我们云信也一定尽职尽责，但我也只能保证把工作做好，如果您还有其他要求，我不一定能做得到。”

秦丽梅微微挑眉：“其他？除了年审，我能想到的还有些税务规划方面的事情，想必你们也能做好。”说着，她又笑了，“我当然是看中你们的能力了，毕竟公司也不是我一个人的。这种事情本来由业务部门和主管负责人与你对接就好，但我也是想着咱们好久没见了，正好借着喝下午茶的工夫聊聊工作而已。怎么，不是耽误了你其他事吧？”

这一回，秦丽梅的态度就更加让江美希摸不着头绪了，不过她面上依旧不动声色，只是笑着应道：“怎么会。”

两人接着又聊起工作，江美希在其他方面有点迟钝，但一涉及工作就浑身透着专业干练的精英气场。她口干舌燥地对着笔记本说了半天，一抬头发现秦丽梅正端着手臂面带笑意地注视着她。

她微微挑眉：“有什么问题吗，秦总？”

秦丽梅这才回过神来，端起面前的咖啡喝了一口，然后说了句跟工作毫无关系的话：“其实我觉得我们有时候很像，或许以后可以多见见面亲近一下。”

江美希听得一头雾水，但职业使然，她就让自己像对待一般客户一样对待秦丽梅：“如果真的有幸能达成合作，肯定少不了要经常打扰您的。”

秦丽梅对这样的场面话也没过多表示，笑了笑示意江美希继续。

告别了秦丽梅，江美希还在琢磨着今天这事到底是怎么回事。实在想不明白秦丽梅的想法，不过她一想到自己刚才已经先把“丑话”说在前面了，除了工作方面的事情，其他方面她提的要求，她不一定能保证做到。至于最后愿不愿意合作，那还得看秦丽梅自己怎么想。

想到上一次，叶栩跑来质问她怎么能为了两个项目就把他卖了的情形还历历在目。其实那之后，她每每想到他当时失望又痛苦的神情，整颗心就像被钝刀一刀刀割着一样疼痛难耐。

那大概是她人生中最后悔的一次了。

所以如果再给她一次选择的机会，无论她和叶栩的结局怎么样，她都不会再选择用他做交易。

此时窗外天色渐暗，江美希后知后觉地意识到，竟然已经到晚饭时间了。

她瞥了眼车窗外，这正好是U记附近，距离她喜欢的那家潮汕粥店不远。于是她打了把方向盘把车子并入右转专用道上，打算顺路去打包一碗蟹粥当作晚饭。

停好车进店点了单，江美希就坐在靠近门口的那桌一边摆弄手机一边等餐。不一会儿，窗外行人渐渐多了起来，她看了眼时间，知道是附近的写字楼里白领下班了。

身后一阵风吹过，然后是店门开合的声音。进来的人一边聊着天，一边往店内走，江美希听到声音熟悉就回头看了一眼。她这一回头，刚进来的陆时禹和叶栩也看见了她。

但她依旧坐着没动，还是陆时禹走过来问她："今天怎么过来了？"

"在附近见个客户。"回答完陆时禹，她又状似无意地瞥了眼他身边的叶栩。

叶栩也没有要跟她寒暄的意思，丢下他们两人，独自找了个位置坐下开始点菜。

陆时禹问江美希："一个人？"

江美希"嗯"了一声。

陆时禹说："那一起吃吧？"

江美希说："不用了，我点的外卖，晚上还得回去加班。"

听她这么说，陆时禹也就没多说，换了个话题问她："下周末院庆，你接到通知了吧？"

"接到了。"

"我们班好久没聚会了，正好借着这次好好聚聚，你能去吧？"

他们说的院庆是金融学院50周年的庆典活动，通知他们的是原来班上的辅导员，现在学院的副院长。副院长亲自通知了，可见对这次活动非常重视，而且50周年算是大庆，能遇上也不容易，江美希还是挺想去的。

“目前看没什么工作安排，能去肯定要去。”

有她这句话，陆时禹就放心了，到时候叶栩也要去，师兄弟们凑在一起喝点酒，有些平时不方便说的话、办的事，那天就方便多了。然后等江美希和叶栩的事情尘埃落定后，他陪着穆笛回家见家长的事情也就可以提上日程了。

这时候，江美希的蟹粥已经打包好了，她接过服务员递上来的打包盒，和陆时禹道别离开。

出门前她又扫了眼叶栩的方向，他也正抬头看向她，但表情淡淡的，好像并不在意。

送走了江美希，陆时禹走到叶栩对面坐下：“你到底什么意思啊？之前找大家伙儿帮了半天忙，总算让她回头了，你又开始端着了？”

江美希对叶栩表白的具体细节，叶栩肯定是不会跟任何人说的，但是之前替他们操心的几个人也都知道，江美希已经动摇了，就是叶栩不知道怎么回事，却没有趁热打铁，反而突然冷了下来。

这回两人遇上，他又是这种冷冰冰的态度，陆时禹虽然同为男人，但也实在有点搞不懂他。

叶栩只是没什么情绪地说：“给她长点记性而已。”

陆时禹一听笑了，毕竟在她认识江美希这十几年里，还没有人敢让她长记性，他看戏的本性瞬间暴露无遗：“那你可得悠着点，别玩过火了，人又跑了。”

叶栩翻菜单的手顿了顿，却没有继续这个话题，而是叫来了服务员点菜。

9月最后一个周末，财经大学迎来了金融学院50周年院庆。

金融学院是财经大学的王牌院系，虽然只是院庆，但是学校也给予了很大的支持，活动场面非常盛大。

周年庆的典礼安排在学校的大礼堂里。

从学校大门到大礼堂前的林荫路上，随处可见庆典有关的指示标语，路旁的树上更是挂满了红色条幅。乍一看，都是些祝福母校和学院更加辉煌的祝福语，可仔细一看，竟然还有不少是学生们互相表白的条幅。

学妹李雪，我爱你！——你的师兄匡文博

金融学院2006级刘晴，有你在身边，天天大晴天。——金融学院2006级汪磊

诸如此类的条幅密密麻麻，和其他祝福语错综交叠，几乎染红了整条林荫小路。

江美希和王芸一路走，一路看过去。最初看到表白条幅还会认真读一读，后来见得多了，也就没再认真看了。

校本部的大礼堂只有在重大庆典和重大会议时才会开放，分上下两层，总共能够容下2000多人。江美希和王芸赶到时，礼堂里已经坐满了金融学院的在校生和历届校友。

江美希她们很快在校友座席区找到自己的位置坐下，虽然不是正对着舞台，但是位置很靠前，可以把舞台上的每一个角落看得清清楚楚。

她低头翻着刚才进门时学生们分发的日程安排，跟一般的典礼流程差不多，校领导以及各方知名校友会上台讲话，中间还穿插一些学生准备的节目。

其实这种活动本身没多大意思，有意思的就是可以借着活动机会把许久未见的老同学聚在一起。

她收起日程扫了眼附近的座位，就看到穆笛正朝着她挤眉弄眼。

穆笛的位置在第二排，比她的还要靠前。而穆笛前面的第一排，坐着陆时禹和叶栩。

“看什么呢？”问话的是王芸。

江美希收回视线问她：“李信师兄会来吧？”

王芸说：“肯定要来的，听说还给他安排了一个什么访谈。”

“访谈？”江美希重新打开日程看了一下，日程表的最下方确实

有一个“优秀校友访谈”的环节。

李信作为云信的创始人之一，的确担得起这个“优秀校友”的称号，不过金融学院人才辈出，优秀的师兄师姐甚至师弟师妹数不胜数。所以江美希估计，李信只是被访谈的其中之一，应该还有其他人。

她合上日程表抬起头，这才注意到王芸似乎从一进来起就开始东张西望，像是在找什么人。

“找谁呢？”她问。

王芸答得一本正经：“看看有没有帅气的校友给你物色一个。”

王芸上大学的时候就这么没正经，在各种场合下对着帅哥流口水，想不到现在年纪不小了，又是事务所的合伙人，还是那个德行。江美希一直怀疑，她就是太看脸了，才至今单身。

“还是先操心你自己吧。”

王芸找了一圈，有点悻悻的：“当初就应该去学个工科的专业，进了这阴盛阳衰的尼姑庵，注定当一辈子女光棍。”

江美希要笑不笑：“怎么，没你喜欢的？”

“唉，这帅哥质量一届不如一届啊，还不如陆时禹顺眼呢！”

离典礼开始还有几分钟，江美希难得地耐着性子劝谏老友：“你之前给我看的那个相亲对象，我看着就挺好的，长相虽然普通了点，但是看着挺舒服的，看我家那两位江女士的例子你也知道，找老公不能找太好看的。”

王芸似乎也有点纠结，不过最后还是说：“那不如让我孤独终老算了。”

江美希无奈，也懒得多说。

片刻后，王芸像发现什么新大陆一样兴奋地拍打她：“哎哎，你看你看！陆时禹身边那个帅哥，你认识吗？”

江美希顺着王芸的视线看过去，叶栩正侧过头来和穆笛说话。她这才想起来，前段时间叶栩隔三岔五往云信跑的时候，王芸正好在外面出差。这么一想，他们俩好像还真没见过。

前排的叶栩像是有感应似的，话说一半也朝着她们这边看过来。江美希不动声色地错开视线，随口“嗯”了一声。

王芸更高兴了："U记的？"

"嗯。"

"哪届的？"

"2003还是2002的，不记得了。"

"这么小啊……"王芸皱眉咂了咂嘴，旋即又笑道，"正好，现在不都流行姐弟恋吗？"

江美希被她这话吓了一跳："我记得你好像比我还大一点。"

王芸浑不在意："那有什么，女大三，抱金砖，大得多抱得多呗！对了，他怎么样啊？"

江美希被好友的豪放言论惊到了："什么怎么样？"

"性格啊，好不好相处？喜欢姐姐型的吗？"

江美希想到最近在叶栩那儿碰的软钉子，心里也有气。

"不了解。"她冷冷地说。

对江美希的回答，王芸不疑有他："那你觉得他人怎么样？"

江美希看着舞台，皱了皱眉说："能怎么样，毛都没长齐的小狼崽子。"

王芸笑："那也是长得好看的小狼崽子，毛齐不齐我就不清楚了，料想应该齐了吧。"

江美希嫌弃地瞥了眼好友，这位好友却浑然不觉自己说得有什么不对的，看了江美希一眼，有点意外地说："咦，你脸怎么红了？"

江美希面不改色："有点热！"

王芸焦虑地说："我最近也经常觉得热，晚上还出汗，别是早更了吧？"

江美希望着礼堂高高的穹顶不由得叹气，从U记离职这么久，她第一次有种跳槽失败的恼恨。不说别的，就说她这位老同学，说话从来都是这么直来直往、直击红心。而且她怀疑云信的风水有问题，不然三位大合伙人同时单身的情况也实属不多见啊！

突然响起的校歌旋律，让江美希暂时按捺住惆怅的思绪。舞台上的主持人已经就位，庆典活动即将开始。

最先是校长和院长讲话。

江美希他们毕业多年，对现任的校长和院长都不太熟悉。所幸领导讲话没持续太久，后面是在校生们准备的节目。虽然不是专业的表演，但也看得出学生们下了一番功夫，结合一点专业相关的元素在节目里，看着非常亲切。

总算到了日程表上的最后一个环节——优秀校友访谈。

之前的演员退场，场地被清理好，摆上了几张座椅，紧接着几位嘉宾被陆续请上了台。

江美希看着走上舞台的几个人，不禁有些出神。

王芸很快也注意到了几人中的叶栩：“哟！那不是那小帅哥吗？看来也是个人物啊！”

这时候主持人开始介绍即将要接受采访的几位校友代表。

原来选定他们是有原因的——这几位除了算是各自领域里的佼佼者以外，还有就是他们分别代表着“60”后、“70”后、“80”后，以及在校生。按照主持人的意思是，这能体现几代财经人的传承。

“60”后的那位代表，江美希他们都不陌生，是一个著名乳业集团的副董事长。这位副董事长行程非常满，十分钟前才赶到礼堂，二十分钟后还要赶赴下一个地方。所以主持人把要问他的问题都集中在前面问了。

回答完主持人的问题，又殷殷教诲了在场的师弟师妹们几句，副董事长不得已，万分抱歉地告辞离开。

虽然他的出现非常短暂，但是他这样的人能在这里露个面，已经看得出是很看重母校了。而且据说后面校友们的聚餐也是这位副董事长赞助的。

他离开后，剩下的时间就交给了其他三人。

李信作为“70”后的代表，算是最早创业的一批人，现在又管理着国内数一数二的事务所，肩负着振兴内资所的重任，也颇受关注，被问了很多问题，不过问题都还算轻松好回答。

但是问到叶栩时，也不知道是不是主持人故意的，那问题问得就有点刁钻了。

“据上一年想要从事审计相关工作的毕业生投票结果显示，有七成以上的毕业生首选外资所，关于这一点，你怎么看？”

关于内资所、外资所谁好谁坏的比较，大家虽然心里都有数，但私下里聊聊可以，摆在明面上说就有点敏感了。

不过叶栩没有立刻回答，而是不疾不徐地问：“不知道这个调查有没有显示另外那三成不愿选择外资所的原因是什么。”

主持人不由得一愣，笑了笑说：“这个倒是没有。”

叶栩说：“要我说，如果去内资还是外资由自己说了算的话，应该都选择去外资所吧？”

他这话一出口，满场哗然，即便是大家心里都有数的事情，但是在这种场合下说，尤其是他身边就坐着位内资所的老大，怎么看都有些不客气了。

不过他很快给出了自己这么说的原因，又让刚才还有点紧张的气氛瞬间松缓下来。

他说：“外资所给的工资高啊，大家刚毕业的时候不都只看这个吗？”

台下众人笑了起来，王芸用胳膊肘撞了撞江美希：“这小帅哥不错呀，还知道怎么先抑后扬搞热现场气氛。”

江美希依旧只是看着台上的人。

李信适时为自家宣传：“叶栩师弟说的那都是老皇历了。现在至少云信给毕业生的待遇都是对标着U记来的，当然这多亏了我们新来的合伙人，她也是我们财经大学的校友，江美希。”

说着，他照着舞台一侧比了个引荐的手势，台上众人立刻看了过来。

主持人有点意外：“是之前我们学校BBS上疯传的那位美女合伙人吗？”

李信笑而不答，但是答案已经写在脸上。

王芸很激动：“你现在已经是我们所的活招牌了！听说那之后很多师弟都慕名而来啊！”

江美希没想到李信会突然提到自己，感受到众人的目光，她虽然面上不露痕迹，心里却异常难熬。好在主持人很快又岔开了话题，众人的注意力也就没再放在她的身上。

江美希松了口气，再去看台上，一抬头却正好对上叶栩看向她的视线，但也只有那么一瞬，他就又看向了别处。

主持人接着又问叶栩："那除了待遇问题，你觉得内资所和外资所有什么本质的不同吗？"

叶栩想了一下，开始认真回答起主持人的问题："像云信这样的内资所逐渐崛起，2008年的金融危机对外资所的声誉也有一定影响，所以最近这一两年来，单从人才流向上看，去外资所的是我们这些人，去内资所的也是我们这些人，而且内资所、外资所之间还有交流，就像我的前任老板就是跳槽去了内资所。从这一点看，我觉得无论内资所还是外资所都不缺少有能力的人。要说内资所和外资所最大的不同，大概还是理念不同。"

他说起话来，不疾不徐，声音又非常好听，一时间台下静悄悄的，所有人的注意力都放在了他的身上。

"这追根溯源，和客户群体有关。我们的内资所因为起步较晚，目标客户多数是一些民营企业，而对于多数的民营企业来说，活着才是他们的第一要务，很多方面自然不够严谨规范，财务基础相当薄弱，财务分析几乎没有，给出的审计费用也相当有限。但审计工作的人工成本摆在那里，这就注定内资所能提供的服务也有限。不过改革开放三十年了，我们的民营企业和内资所都在发展，像李总这样有理想有信念的审计人越来越多，再加上国家这些年的支持，如今的一些内资所已经有赶超外资所的势头了，估计用不了几年，几乎被外资所垄断市场的局面就要被打破了。"

大部分人说起这个话题，几乎都是一面倒地说内资所的工作态度不够认真，才导致很多错报现象。但究其根本是什么，却很少有人提起。而此时叶栩这一番话，绝对不像是一个工作不到三年的人说出来的。他的话让在座众人——尤其是审计专业或者打算从事审计工作的人，无一例外被触动到了。

王芸更是自信满满："他这么欣赏有理想有信念的人，我觉得我的希望很大了！"

江美希看着台上的人，心里油然升起一股自豪感来，但是转瞬又被失落取代。不过她想，比起自己失败的初恋，这一次选人的眼光已经好了不少，就是不知道这一生错过了他，还能不能遇到比他更好的人。

此时台上被叶栩提到的李信不好意思地客气了几句，然后也阐述了自己关于内资所和外资所的观点，大体和叶栩的观点差不多。

主持人等李信回答完，又问了在校生代表的看法，这才又转回来问叶栩："那在你看来，审计师应该是什么样的呢？"

叶栩想了想说："我之前的老板对我影响很大。我刚入职的时候，她就用琼民源事件和银广夏陷阱敲打我要认清自己的角色，要时刻保持怀疑的态度、中立的立场。用她的玩笑话说，我们认真工作至少可以让天台上的人少一点。"

江美希想到那天早上自己在叶栩家里说的那番话，本来以为是对牛弹琴，他什么也没听进去，没想到她说的那些他全部都记得，还选在这么重要的场合，说给这么多人听。

其实阿奇法事件之后她甚至后悔说出过那些话，对别人她可以不在乎，但是她怕叶栩会认为她是那种说一套做一套，在下属面前沽名钓誉的小人。

但是今天从他口中听到这番话，哪怕他们真的有缘无分，就这样能给他留下一个好的印象，她也就知足了。

主持人问完专业相关的问题，又说："其实请几位上来还有一个原因。"

她故意卖关子，李信他们也很给面子地表示意外，然后面面相觑。

主持人说："几位还有个共同点，就是都曾被历届校友评为财经大学的校草。大家都说金融学院的学生毕业后忙得没空谈恋爱，所以就想请各位校草为师弟师妹指点一下，大学期间究竟是一心只读圣贤书好呢，还是要感情学业两不误呢？"

年轻人似乎对这种话题更感兴趣，所以主持人这个问题一出，那位在校生校草就抢着回答，洋洋洒洒、有理有据有节地阐述了感情学业可以两不耽误的观点。

这惹得台下叫好声连连。江美希她们和周围人一打听才知道，原来这位校草和女朋友从中学时期就暧昧不明，直到两人分别以省文科状元和榜眼的身份一起考进财经大学金融系后，才确立了恋爱关系，并且一直甜甜蜜蜜到如今。

李信作为资深单身人士也支持这位小师弟的观点，而且他以自己为例现身说法，意思大概就是他至今单身的原因，就是大学时没抓紧时间敲定一个媳妇。

最后主持人把目光落在叶栩身上。

叶栩说："不分时候吧，关键要是对的人。"

主持人问："我听说你在校几年都没谈过女朋友，那现在呢，有没有喜欢的人？"

台上静默了一瞬，然后叶栩很干脆地说："有。"

江美希的心随之漏掉了一拍，而且也不知道是不是她自作多情，她总感觉他在回答这个问题前似乎朝她这里瞟了一眼。

"哇，是女朋友了吗？"主持人问。

"还不是。"

主持人似乎对这个话题很感兴趣，继续问道："那你知道我们为什么这么关心你的感情状况吗？"

她这么一问，让在座所有人都兴奋起来，就连叶栩也是，看向她的眼神中满是好奇。

主持人满含笑意地说："就在今天之前，我们学生会在BBS上发起了一个投票，面向全校学生征集，对哪位校草的感情状况最关心，很不幸，你名列榜首。"

台下哄笑声四起，听到的竟然是这样一个答案，叶栩回以无奈一笑。

王芸开始摇晃江美希的胳膊："我去，这小弟弟不笑要人爱，笑起来要人命啊！"

江美希对闺蜜这一套套的小词表示习以为常，内心却因此而荡漾开来，只是他说的那个人究竟是谁呢？还是她吗？

"那你能不能说一些和这位女生有关的事情？"

叶栩似乎有点犹豫，但很快抬起头来。这一回江美希看得真真切切，他确实朝着她这边看了一眼。

紧接着她听到他说："她也曾经是我们院的学生，不过我知道她时她已经毕业了。”

主持人问：“那你什么时候开始注意她的？”

叶栩想了想说：“大二那年，我和同学去凑热闹，参加了U记秋招宣讲会。我在礼堂东侧的阶梯教室门前看到一个女孩子，当时她正蹲在花圃后面哭着打电话，我无意间听到几句，好像是她被男朋友甩了，哭得挺伤心的。我以为她也是来听宣讲的哪位师姐，后来见有人叫她才知道，她是U记的员工。而且让我意外的是，她是那天的主讲。我记得很清楚，讲台上的她成熟、干练、专业、自信、漂亮，和花圃里的那个女孩简直不像一个人。我这人上课很少走神，但是那天宣讲持续一个半小时，我几乎全程都在云游天外。”

主持人问：“那宣讲会结束后你有没有去要个电话号码？”

叶栩苦笑了一下：“没有，不过我记住了U记。”

台下一阵唏嘘声。江美希这才想起来，穆笛似乎跟她提起过，叶栩其实已经拿到国外大学的录取通知了，但是不知道为什么，最后却选择来U记工作。如今看来竟然是和她有关。

江美希已经不知道该用什么样的词语形容自己此刻的心情了。这是叶栩从来没有跟她提到过的，如今仔细回想，他对她的感情似乎从一开始就猛烈又毫无理由，原来他们的缘分竟然从那么早以前就开始了。

主持人迫不及待地问：“那后来呢？”

叶栩微微一笑：“后来我就走了。”

台下又是一阵躁动，叶栩接着说：“不过可能因为我那天一直心不在焉，不小心把耳机落在了教室里，我回去拿的时候其他人都已经离开了，她的同事也不在，只有她在收拾电脑。我原本想借此机会问几个问题，顺便和她认识一下，但是走近才发现，她好像在哭。其实在那之前，我都很难想象，有人能把情绪控制得这么好，在该笑的时候笑，该哭的时候哭。但其实，这对自己是非常残忍的。”

主持人问：“听你刚才所说的，你是为了她才选择去U记工作的，那你顺利进入U记时，她还在U记吗？”

“她在。”叶栩顿了顿说，“她成了我老板。”

这话中的信息量可以说非常大了，在U记能称得上老板的至少是总监以上级别的人，而能做到这个级别的至少要比叶栩大上七八岁了。这样的年龄差距、地位差距，在世人眼中那么不伦不类，但是当台上的青年不疾不徐地说出这些话时，却只是让人发自内心地想要祝福他。

王芸皱着眉头问江美希：“他老板是谁呀？”

见江美希只是面带微笑、目光灼灼地望着台上的人，王芸的眼睛渐渐地睁大：“这就是你说的你不了解？看不上？你给我说清楚！”

主持人问：“就是你之前提到的那位对你影响很深远，后来跳去内资所的前老板？”

叶栩没有回答，算是默认。

不过这一次，连坐在他旁边的李信都不掩饰自己的诧异了。

主持人咽了口口水，继续问：“最后一个问题，2002 级有几位叫叶栩的？”

叶栩微微皱了皱眉，似乎不明白主持人为什么突然问这么一个前后不搭的问题。

但就在这时，观众席上的众人却躁动了起来，尤其是坐在校友席上的人，大家东张西望似乎在找什么人，也有不少人的目光已经锁定了江美希。

此时，被访问嘉宾身后的那面LED电子屏上，“热烈庆祝金融学院50周年”的标语已然被一张照片替代。

照片是礼堂前林荫路的一个角落，在众多表白条幅中间竟然夹着一条“1995级江美希，嫁给我好吗？——2002级叶栩”。

见观众席上的众人都看向自己身后，叶栩才后知后觉地意识到什么。他倏地站起身来转过头去，就见那条横幅被放大至少两倍，展现在了众目睽睽之下。

校友席中不知道是谁先开了头，起哄叫着“嫁给他”，这起哄声也一传十、十传百，甚至坐在舞台正对面的几位老师也笑着在人群中寻找着那个叫江美希的姑娘。

叶栩渐渐从刚才的意外中回过神来，转过头隔着众人与台下的她遥遥相望。原本想着私下里带她去看，向她求婚的，不过这样，让所有人为他们这段感情做个见证也好。

江美希的视线中，那个修长挺拔的身影已经渐渐模糊，但是在模糊之前，她清晰地在那张英俊年轻的脸上看到了久违的笑容。

原本一场中规中矩的访谈，最后在满场的沸腾中不得已提前结束了。

在这之后还有个颁奖环节，有院系领导为几位优秀校友颁奖，叶栩也位列其中。

江美希趁着众人的焦点还在台上时，偷偷溜出了大礼堂。

她沿着礼堂前的林荫路一个条幅一个条幅地找过去，终于在一个不太显眼的角落里找到了叶栩写给她的那句话。

人生的际遇总是令人意想不到，当她以为全世界都抛弃了她时，她的全世界却正向她狂奔而来。

身后的喧闹声渐渐大了起来，江美希知道是典礼结束了。众人三三两两结伴出来，也有人注意到了角落里的她，但是她已经不想去在意其他，只是盯着那句话。

身后有脚步声渐近，江美希依旧没有回头，直到那个熟悉的声音从身后传来。

“可以吗？”他问。

她回过头，叶栩正在站在暖融融的阳光下，双手插兜看着她。

她明知故问：“什么？”

他朝着她头顶上方的横幅扬了扬下巴。

她煞有介事，又端起还是他老板时那张不苟言笑的脸：“这事我得好好考虑一下。”

“你不是都考虑好了吗？”

她挑眉：“谁说的？”

他笑：“都跑来问我能不能重新接受你了，难道我说能接受了，你却跟我说还要再考虑考虑？”

她生气：“原来那天你都听见了！”

他笑得有点不怀好意。

人生中第一次鼓起勇气表白，结果被人当猴耍了，她顿时恼羞成怒伸手去打他，他却就势握住她纤细的手腕轻轻一拉，将她整个人拉入了怀中。

周遭的吃瓜群众沸腾起来，江美希挣扎了一下没挣开叶栩的手，不得已只好把脸埋进他的胸膛里。

他还是那句话："可以吗？"

她声音闷闷地说："随便拉个大字报求婚，没见过比你更有诚意的了。"

他似乎笑了一声放开她，走向旁边那辆黑色揽胜。

后备厢打开，五彩缤纷的气球争先恐后地钻了出来，朝万里碧空追逐而去。他利索地从最后一个气球下方解下一个小盒子，朝她走来。

再次模糊的视野中，年轻俊秀的男人单膝跪在他面前说："戴上它，余生给你遮风挡雨。"

原来电视剧里出现无数遍的情节真的发生在自己面前时，那种最初的震撼和感动依旧不减一分。

她不知道自己做了什么、说了什么，就任由他把戒指戴在她的手指上，又将她再度揽入怀中。

"我真高兴。"他说。

"我也是。"她说。

都说人世间所有的相遇都是久别重逢，如今看来确实如此。

从多年前的那一刻起，所有与他有关的点点滴滴都鲜活了起来。那个没有眼色偷听她打电话的男学生，那个偶尔在小区里遇到，总是不懂礼貌放肆打量她的陌生邻居，那个刚刚跟她春风一度却又突然出现在面试现场的不速之客，还有那些不明所以的深爱和执念……原来所有她以为的巧合全是他的蓄谋已久。

好吧好吧，在这场敌暗我明、敌强我弱的爱情角逐中，她自此败北，铩羽而归。

番外

稳稳的幸福

和穆笛通完电话，江美希想了一下又打给了叶栩。

此时叶栩正在外出差，虽然已经是深夜，但是听得出对方还在忙碌。

叶栩的声音有点嘶哑："怎么了？"

江美希一听就有点心疼："还没结束？"

"快了，最后一稿，希望顺利。"

江美希问："累吗？"

叶栩笑："现在不累了。"

江美希也笑："做IPO项目就是辛苦点，其实我偶尔还会想起咱们在芯薪做项目的时候。我记得那时候我每天觉都不够睡，可是你看着就不怎么累，有一次加完班你还不回去，在办公楼外溜达，后来咱俩一起回宿舍时天都快亮了。"

叶栩想了想说："做了这么多IPO项目，现在回想一下，确实只有那次不觉得累。"

江美希几乎是想都没想就脱口而出："为什么？"

"你说呢？"似乎是怕惊扰到别人，他刻意压低了声音，但因为连日的熬夜，声音更加哑。

此时他这么问她时，就好像是夜深人静的时候两人靠在床头耳语一样。

江美希愣了一下，很快猜到他要说什么。

她难得地忸怩了一下："说什么？"

叶栩说："那时候不累，是因为你就在身边，加班的时间越长，跟你待在一起的时间也就越多。那天晚上我也不是没事干在办公楼外瞎溜达，我一直在门外等你，只是你不知道。其实你去之前，我也有过一次通宵的经历，在那条走廊尽头看到过日出，当时就想，如果身边有你就好了。可能心诚则灵吧，几天之后你就被送到我身边了。"

江美希抬起头，面前光可鉴人的玻璃窗上正好映出自己满含笑意的脸。

她从来不知道原来自己笑起来是这样。

心里早就甜出蜜了，但她嘴上还是说："什么心诚则灵，熬夜熬昏头了吧？"

被骂昏头的某人也不生气，反而笑着说："你怎么这么笨？"

江美希一头雾水："我怎么了？"

叶栩说："别的女孩子听到那些话不说感动得热泪盈眶吧，好歹也甜甜蜜蜜地回应两句，你这样……让我想到一个小时候的经历……"

江美希有点不高兴了，但还是好奇心更盛，于是问："什么经历？"

叶栩说："很小的时候在沈阳老家过年，听到家里大人骗小孩说外面那黑漆铁门是甜的，不信可以去舔一下……"

听到这里，江美希想象着小叶栩舌头被粘在铁门上的样子，已经笑得不能自已了，但转念又想到不对，他这话什么意思？

还不等她问，叶栩说："每次对你说点甜言蜜语，就像三九天里去舔那铁门……唉，一腔热忱不敌冰雪严寒。"

他语气轻松，意图只在调侃她，可是她非但不生气，反而真有点对不住他的感觉。毕竟他这样的人，想听女孩子说一句好听的，那还不容易吗？

可还不等她开口，就听电话里似乎有人在叫他。

叶栩跟那人说了几句话，又回头对她说："行了，你也别瞎想了，还好我这人就爱冷冰冰的铁板。早点休息，明天顺利的话我就回去了。"

甜言蜜语果然有奇效，江美希还没从那种晕乎乎的感觉中缓过来，听到他突然要挂电话才想起她打这通电话的目的。

她说："对了，穆笛那小男朋友想约我们见面，定在周日中午，你回来的话就一起去吧？"

电话里突然沉默了，片刻后，叶栩问："小男朋友？还是她之前那个男朋友吗？"

江美希被他问得有点摸不着头绪，仔细想了一下说："好像没说过换人的事。"

叶栩笑："行，我尽量一起去，见见未来的外甥女婿。"

江美希总觉得他这句话有点莫名其妙，但是又想不出哪里不对劲。

叶栩是第二天下午赶回北京的，在家里休整了小半天，周日中午和江美希一起赴约。

出门前，江美希替叶栩挑好了衣服。叶栩只是看了一眼，又去衣柜里找出相对更舒服的T恤和牛仔裤穿上，然后不管江美希提前准备好的连衣裙，也替她找了身舒服休闲的衣服。

江美希不明所以地看着他找出来的衣服。叶栩解释说："用不着那么正式，况且你不是不爱穿高跟鞋吗，穿这裙子肯定要穿高跟鞋。"

江美希没这方面经验，不太确定："穆笛这次谈了这么久才让见面，看样子是认真的，我好歹也是长辈，穿这样会不会太随便了？"

"你更随便的时候他也见过。"

叶栩说话含糊，江美希一时没听清："什么？"

叶栩笑："快换衣服吧，要来不及了。"

吃饭的地方在什刹海附近，虽然停车有点困难，但算是闹中取静，据说以前是个王府，后来不知道怎么就成了饭馆。

四合院里面曲径通幽，环境清雅。江美希一路跟着服务生走进去，心情也好了起来。看来这位未来的外甥女婿对自己那傻外甥女还是非常重视爱护的，不过想到自己和叶栩竟然穿得这么随便，她又有点后悔。

王府的厢房被改造成一个个小包间，因为是夏天，院子里环境不错，所以包间门多数都是开着的。此时服务生在前面一个包间门前停下，江美希走过去，朝里面看了一眼，就看到一个熟人。

陆时禹明显也看到她和叶栩了，站起来打了个招呼。

江美希的态度还像往常一样不冷不热的，就是心里不禁琢磨——这地方什么时候这么火了，吃个便饭都能遇到熟人。抬头看到服务生已经走远，她正想再跟上去，却被人拉住手臂。

她回头看叶栩，叶栩已经走进包间，她以为他们是有话要说，就站在门口等他。百无聊赖间就看见穆笛从前面一个小门里走了出来，看到她似乎犹豫了一下，才朝她小跑着过来。

到了她面前，也不说话，就是一脸讨好地笑着。

江美希的眉头渐渐隆起，过往经验告诉她，一会儿怕是没什么好事。

正在这时，就听包间里的陆时禹招呼着："人到齐了就快入座吧。"

于是江美希就被穆笛拉着进了包间。

看着并排坐在一起的陆时禹和自己那大外甥女，江美希才意识到这事好像有点大。

再看看完全不觉得意外或者不妥的叶栩，她进门前那点好心情瞬间荡然无存了。

叶栩回头招呼她："过来坐啊。"

江美希没好气地扫了眼对面的两个人，一个一脸讨好，一个战战兢兢。

她无语地冷笑一声，走到叶栩旁边的位置坐下来。

精致的菜肴一道道被端上来，江美希看向战战兢兢的那位："介绍一下吧。"

穆笛挤出一个笑容："其实我和Kevin……也不是不想说，就是考虑到你的承受能力……"

"考虑到我的承受能力你还这样？"江美希平时就算是训人，也都是一副古井无波的样子，像今天这么激动，的确是因为气大了。

穆笛一脸委屈："我本来也没想到真能谈这么久……"

她话没说完就听到旁边某人没什么温度的笑声。

她不禁抖了抖肩膀，鼓足勇气说："反正现在我俩是分不开了。"

她这一副破罐子破摔的样，让江美希又是一阵猛气。

憋了半天，她说："谁都行，就他不行！"

穆笛都快哭了："为什么不行？"

陆时禹也一脸无奈："美希，我们之间的误会是不是太深了？"

江美希没理陆时禹，而是对穆笛说："撬我客户、挖我墙脚、骗我外甥女，这种人品，你说为什么不行？"

陆时禹立刻替自己辩解："那叫公平竞争。"

穆笛也说："他没骗我。"

江美希自有自己的道理："他没骗你，那么多好小伙子你不选，你会选他？"

陆时禹低头扫了自己一眼："我怎么了？"

叶栩朝他点点头示意他少安毋躁。

江美希对穆笛说："吃完饭赶紧回家。"

这次穆笛也不高兴了："小姨你讲点理……"

江美希一听这话，饭也不想吃了，直接站起身来作势要走，还好被身边的叶栩一把拉住。但江美希还在试图掰开叶栩的手。

陆时禹也慌了，本来他这小女朋友就一直因为自己和江美希的关系摇摆不定，这次要是这么不欢而散，那分手也指日可待了。

陆时禹试图叫住她："Maggie！美希！小姨！"

最后这一声"小姨"让在座几人都惊呆了。

陆时禹不自在地低咳一声："来都来了，先坐下吃饭，就算没有我和穆笛的事，我们这么多年的同学了，就像往常一样，一起吃顿饭也行啊。"

她犹豫了一下，刚才也是一时冲动，但现在台阶都递到脚下了，她也就顺水推舟坐了下来。陆时禹见状很高兴，亲自端起茶壶替几人加水。

茶端到叶栩面前时，他才注意到这小子要笑不笑的表情，又想到自己刚才情急之下管江美希叫小姨，那以后岂不是比这小子也矮了一辈？自己在他面前本来就端不住老板的架子，以后更是如此了！

想到这一点，陆时禹没好气地把茶壶往桌上一放："自己倒。"

叶栩依旧似笑非笑地，慢条斯理地拿起茶壶替自己添茶。

穆笛见状也很高兴，夹了块刚上的鱼给江美希："小姨你多吃点。"

江美希抬眼看了对面的外甥女一眼，心里暗自叹气，看来穆笛是真的喜欢陆时禹，就是不知道这孩子是怎么想的，刚入职的时候被陆时禹那老狐狸折磨得瘦了十来斤，怎么两人后来就好上了？

陆时禹见气氛好转，对江美希说："美希啊，我知道你在生气什么，我和穆笛这事不该一直瞒着你，但这事不怪穆笛，就怪我。我知道你的看法在穆笛心里可能比她妈的看法更重要，也知道这事让你接受起来没那么顺利，我就自私地想拖一拖，等我们感情深一点，她的立场也更坚定点，不至于你一说不同意，她就先跟我闹。"

这番话让江美希不由得有点意外，在江美希的印象里，陆时禹像今天这么坦诚还是头一回。

其实就连穆笛都很意外。以前穆笛每次想和江美希坦白的时候，陆时禹就想尽办法拖着，理由也一大堆，只是没想到，真正的理由竟然是怕她动摇。

不过现在回想一下，如果是两人最初谈恋爱那会儿，要是江美希坚决不同意，她可能也就真的和他分开了。而现在，要分，那必定又是一次伤筋动骨的痛。

江美希看了穆笛一眼，什么也没说，但是态度已经缓和了不少。

陆时禹接着说："我知道我过去也没少胡闹，穆笛不清楚，你更清楚，你现在不同意我们交往，我也理解。但是我还是要表明一下我的态度，我是真的很喜欢穆笛，也是奔着结婚去的，只要你们同意，我们现在就去领证。"

江美希还没说话，穆笛先说了："谁说要跟你领证了？"

陆时禹一听急了："谈恋爱不就是奔着结婚去的吗？难不成这一年多你就是玩玩的？"

"没想玩玩，但也还没想结婚。"

穆笛有点没底气，话说到最后，声音也越来越小。

陆时禹彻底不淡定了："不以结婚为目的的谈恋爱都是耍流氓！"

穆笛偷偷瞄他一眼："你不也没少耍流氓吗？"

陆时禹深呼吸："跟我翻旧账是吧？那都是哪年的事了？我都奔四的人了，没时间也没心情跟你闹着玩！"

自从两人好了以后，陆时禹什么时候这样跟穆笛说过话？所以穆笛一见他对自己发脾气，心里的委屈也不压着了，大声说："你奔四了，我还小着呢！怕我耽误你的大好青春，早点说清楚！”

“唉，不是……”陆时禹无奈地抹了抹额头，“你到底想怎么样？”

穆笛拉着小脸还想再说什么，江美希先看不下去了：“你俩到底什么意思？把我叫过来看你们吵架？”

对面两人互看了一眼，都不再说话，明显是还有气。

叶栩在她手背上拍了拍：“行了，先吃饭吧，大家难得休息一天。”

这话倒是说到几个人的心坎里了，眼见着忙季要来了，又是一年一度扒皮抽筋的时候。趁着现在还没那么忙，可不是要好好珍惜休息的时间吗？

后来叶栩和陆时禹聊起工作上的事，气氛倒是好了不少。

陆时禹一边聊着天，一边趁众人没在意，若无其事地替穆笛夹了只虾，本来刚才就是被不结婚那话气得一时冲动发了顿脾气，但是脾气发过了，也就过去了，就想着赶紧把小姑娘哄好了。总不能“敌军”还没攻陷，自己内部先瓦解了。

谁知道小姑娘还不买账，直接把那只无辜的虾扒拉到了桌子上，完全不领情。

陆时禹瞥了一眼假装没看到，放在桌下的手却偷偷去拉身边人的手。

穆笛感受到陆时禹去拉她的手，挣脱几下没挣脱开，又担心他们这么一闹，江美希更不看好他们的未来，于是虽然还生着气，但也不挣扎了，任由他握着自己的手。

对面的江美希和叶栩把两人的小动作看在眼里，但都当作没看见。

一顿饭吃得一波三折，结束的时候已经下午两点多了。

告别了还在闹别扭的两个人，江美希和叶栩开车回家。

路上江美希问叶栩：“他俩的事你早就知道？”

叶栩坦白：“嗯。”

江美希冷笑：“看来只瞒着我一个人了。”

叶栩无奈地说：“他好歹也是我老板。”

江美希不以为然：“我还是你老板时，也没见你这么向着我。”

叶栩只好说：“人总有弱点，架不住被人利用。”

叶栩是什么样的硬骨头，江美希太了解了，虽然陆时禹也是只老狐狸，但在江美希看来，还不至于拿捏住身边这位。

“他能利用你什么？”

叶栩看她一眼说：“他这人有时候成事不足败事有余，之前时不时就帮着有些人和你制造个偶遇，虽然没什么效果，但也很烦人。他同意不在我们之间捣乱，我才同意帮他暂时隐瞒。”

江美希愣了一下，才搞明白为什么陆时禹突然立场大变，从不停撮合她和季阳变成撮合她和叶栩。

江美希眨了眨眼，若无其事地扭头看向窗外，嘴角却微微翘起。

她脸上那一抹窃笑并没有躲过叶栩的眼睛。

他顿时觉得心情大好，于是就大发慈悲地替陆时禹说了几句好话：“其实Kevin那个人你也了解，虽然工作上的手腕有点多，但是他什么人品你比别人都清楚。”

说起这事，江美希忍不住叹气：“可是穆笛太单纯了，搞不好回头被他卖了还在帮他数钱呢。”

叶栩听了却只是笑。

江美希问：“你笑什么？”

叶栩说：“单纯这一点不是你们家祖传的吗？一般人难以赶超，要真想找个‘门当户对’的，我看也难，还不如找个真心对她的。”

江美希回头瞪着他：“你这话什么意思？什么祖传的？”

叶栩无所畏惧地说：“就好比咱们俩，你有时候单纯得无药可救，但所幸遇上的是我，只要你高兴，这辈子可以一直单纯下去。”

江美希还在瞪着他，但眼里的笑意早已藏不住了。

叶栩也没看她，却仿佛没有漏过她每一个细微的表情：“别那么含情脉脉地看着我，不然我真觉得再不做点什么就要对不住这大好时光了。”

江美希立刻收回视线，看向车外。

此时天光正好，阳光明媚，路边的蔷薇花大朵大朵绚烂如画。以前光顾着四处奔走，走在路上，关心最多的也是路况如何，堵不堵车，却从未关注过这座城市的角落里随处可见的美景。

她也知道周遭的一切都没变过，是她的心态变了。

都说好的爱情能让人变坚强，变有趣，变得更有力气对抗这个世界的愚蠢和肮脏。她江美希何其有幸，没有早一步，没有晚一步，恰巧遇到给她这爱情的他。

想到这里，她说：“我真希望穆笛也能像我们一样。”

她没继续说下去，但叶栩已经明白她的意思。

他问她：“你知道一段感情中最重要的是什么吗？”

“是什么？”

“是你爱的那个人刚好也爱你。就这么简单。”他说。

是啊，爱情背后需要应付的人生可以很复杂，但是爱情本身却很简单。可是在这座物欲横流的鎏金之城，遇到一个能够相爱的人何其难得。

叶栩说：“我最后悔的是没有早点把你娶回家，白白蹉跎了那么长时间……所以我们吃过的亏，就不要让后辈接着吃了。”

江美希被他这句“后辈”逗乐了：“你其实是有私心吧，想听老板叫你一声小姨夫？”

叶栩摸了摸鼻子不置可否：“有的时候，这也是能力的体现，不然怎么搞定你的不是别人？”说到这里，他像是想起什么，回头看她一眼，“我没记错的话，你好像从来没有说过你爱我。”

江美希白他一眼，再度看向窗外。

此时正好路经财经大学，随处可见三三两两的年轻学生，一派朝气蓬勃的夏日景象。

她想起自己青春年少的那些年，本该最率真浪漫的年纪，却始终忙忙碌碌，谈了几年的恋爱也没搞清楚爱一个人究竟是什么样的。但是在三十一岁的“高龄”，她隐隐明白了，爱是有人不嫌岁月漫长，日日夜夜只陪伴在你身边，也觉得这样的每一天都别有一番新的滋味。

“我爱你。”她说。

他微微一愣，猝不及防：“你说什么？”

她却不愿再说一次，只笑盈盈地看向前方：“没听见算了。”

然而片刻后，她放在身侧的那只手却被另一只骨节分明的大手牢牢握住，十指交缠。

“我听见了。”他说，“但是想再听一遍。”

【全文完】

MEMORY
HOUSE